널
보러
왔어

널 보러 왔어
알베르토의 인생 여행 에세이

1판 1쇄 발행 2019년 5월 2일
1판 2쇄 발행 2022년 4월 5일

지은이 알베르토 몬디 · 이세아

펴낸이 이민선
편집 김유석 · 이해진
디자인 백송이 · 최선미
사진 알베르토 몬디
제작 호호히히주니 아빠
인쇄 신성토탈시스템

펴낸곳 틈새책방
등록 2016년 9월 29일(제25100-2016-000085)
주소 08355 서울특별시 구로구 개봉로1길 170, 101-1305
전화 02-6397-9452
팩스 02-6000-9452
홈페이지 www.teumsaebooks.com
페이스북 www.facebook.com/teumsaebook
블로그 www.naver.com/teumsaebooks
전자우편 teumsaebooks@gmail.com

ISBN 979-11-88949-15-1 03810

이 도서의 국립중앙도서관 출판예정도서목록(CIP)은 서지정보유통지원시스템 홈
페이지(http://seoji.nl.go.kr)와 국가자료공동목록시스템(http://www.nl.go.kr/
kolisnet)에서 이용하실 수 있습니다.(CIP제어번호: CIP2019014521)

널 보러 왔어

알베르토의 인생 여행 에세이

알베르토 몬디
·이세아 지음

틈새책방

/

차례

/

4장. 여기가 그녀의 나라입니까?

5장. 월급은 달콤하지만 밥벌이는 씁쓸한 이유

완벽한 곳과의 이별

이탈리아 북동부 베네치아주에 위치한 인구 2만 7,000명의 소도시 미라노. 내가 나고 자란 곳이다. 한국 기준으로 보면 작은 도시일 테지만 이탈리아에서는 꽤 규모가 있는 도시다. 도시의 중앙에는 폐허가 된 중세 시대 성과 작은 강이 흐르는 큰 공원이 있고, 종합 병원급 의료 시설도 있다. 체육과 문화 시설도 충분히 갖춰져 있다. 축제 때면 커다란 이동식 놀이공원이 설치되는데, 인근 주민들이 모여들어 한가하던 광장이 사람들로 북적인다.

이탈리아 북부 지역은 남부와는 다르게 경제적으로 풍요롭고 치안이 좋다. 그래서인지 대개 젊은이들은 고등학교만 졸업해도 쉽게 일자리를 구할 수 있다. 임금 수준 역시 낮지 않으며 저녁이

널
보러
왔어

있는 삶을 살 수 있다. 내 친구들만 해도 미라노에서 나고 자라 취업하고, 학창 시절 알던 여자 친구와 결혼까지 해서 가정을 꾸리고 아기를 낳으며 미라노에 정주하는 경우가 대부분이다. 일이 끝나면 집에 들어가기 전에 광장에 있는 단골 바에 가서 베네치아 전통 식전주인 스프리츠를 한잔하며 어릴 때부터 알던 사람들과 일상을 공유한다. 주말이나 특별한 일이 있을 때면 익숙한 얼굴을 보기가 그리 어렵지 않다.

어린 시절을 보내기에 이보다 더 좋은 환경이 있을까 싶을 정도로 모든 곳이 갖춰진 이곳에서, 나는 평화롭고 안정적인 일상이 답답했다. 살기에는 좋은 곳이지만 평생을 여기에서 새로운 일 없이 예상 가능한 하루하루를 보내야 한다고 생각하면 숨이 콱 막혔다. 물론 그런 일상이 나쁘지는 않다. 하지만 나는 좀 더 다르고 새롭고 이전에 알지 못한 것을 느끼고 싶었다. 내 고향은 사람들이 살고 싶어 하는 아름다운 곳이었지만 나와는 맞지 않았다.

2007년 3월 한국에 가기로 결정한 날 쓴 일기에는 "평범하게 살고 싶지 않다. 나의 미래를 내가 알 수 없는 방향으로 흐르게 하고 싶다"라고 쓰여 있다. 안전하고 익숙한 사람들에 둘러싸인 이 도시 밖은 어떤지, 그들은 어떤 삶을 사는지 궁금해서 어느 날 문득 고향을 떠났다. 그 후로 나는 많은 이들을 만났다. 그중에는 아무것도 아닌 나를 대가 없이 도와준 선한 사람들, 무턱대고 나를 믿고 이끌어 준 인생의 선배들, 그리고 한국을 제2의 고향처럼 느끼게 해 준 가족 같은 이들이 있었다. 그분들 덕분에 치기 어린 나는 한 가정의 가장이 됐다.

이탈리아 영화 〈피아니스트의 전설〉에 "재미있는 이야기와 이야기를 들어줄 친구만 있으면 인생은 그런대로 살 만하다"라는 명대사가 나온다. 내가 잘난 것도 아니고, 내 인생이 멋지고 성공적인 것도 아니지만, 말하기 좋아하는 이탈리아인답게 재미있는 이야기 몇 개쯤은 친구처럼 들려줄 만한 게 있다. 이탈리아 소도시 출신인 내가 인생의 소중한 것들을 찾아서 머나먼 이국까지 오게 된 여정은 때로는 우스꽝스럽고, 때로는 좌충우돌하는 모습으로 가득 차 있기 때문이다. 어쩌면 인생이 막막하고 어떻게 살아야 할지 몰라 답답하다면, 내 삶의 모습에서 조금의 위안을 얻을지도 모르겠다. 잠시 모든 것을 내려놓고 이탈리안 친구 이야기를 한번 들어보시길. 맥주 한 캔 옆에 놓고 친구 이야기를 들으며 잠시 쉬어 갔으면 좋겠다. 바로 옆에서 당신의 이야기를 들어주지 못해서 매우 아쉽지만, 내 이야기를 통해 "인생이 그런대로 살 만하네"라고 느꼈으면 좋겠다.

알베르토 몬디

널
보러
왔어

1장

유일한 행복은 기대하는 것

어쨌든 바람은 불지

길지 않은 지난날을 곰곰이 떠올려 보면, 내 삶에 처음으로 변화가 움튼 때는 열여섯 살 때가 아닌가 싶다. 과학고등학교에 다니던 시절이었다. 내가 과학고등학교에 진학한 건 과학에 엄청난 열정을 품어서가 아니었다. 이탈리아에서 공부를 잘하는 학생들이 으레 그러하듯이 자의 반 타의 반으로 선택한 학교였다. 암묵적으로 정해 놓은 기준 이상으로 성적이 나오면 본인도, 부모님도, 선생님도 당연히 가야 하는 곳으로 생각하는 학교였다. 그런데 과학고등학교 4학년이 되자 시계추 같은 내 일상에 조금씩 균열이 가기 시작했다. 어찌된 일인지 학교생활이 지루하기 시작했다. 철학과 문학 수업은 그럭저럭 견딜 만했는데, 그 외에는 도통 흥미가 생기지 않았다. 자연스레 숙제가 날마다 쌓여갔고, 이를 처리하느라 심신이 괴로웠다. 악순환이었다.

이유를 알지 못한 채 말로도 글로도 표현하기 힘들 만큼 복잡한 감정이 쌓여 가던 그 시기에 내가 찾은 안식처는 음악이었다. 그중에서도 록 밴드 퀸. '보헤미안 랩소디'를 부르는 보컬 프레디 머큐리는 방황하고 있는 나를 대신해서 읊조렸다.

'Is this the real life? 이게 진정한 삶인가?'

그랬다. 나는 어제와 같은 오늘, 오늘과 같은 내일을 견디지 못하고 있었다. 난 삶의 의미를 찾고 싶었다. 내 삶은 무엇인지, 어느 방향으로 가고 있는지를 알고 싶었다.

마음이 답답해서 삶의 경험이 많은 부모님이든, 선생님이든, 아니면 동네 어르신이든 그 누구에게라도 내 고민을 털어놓고 해결책을 듣고 싶었다. 하지만 하루도 지나지 않아 포기하고 말았다. 미라노 사람들 모두가 이 작고 예쁜 중세 도시에서 불행과 행복 사이 어디에선가 만족하며 살아가고 있었다. 이탈리아 북부 도시 대부분이 그렇듯 이곳 역시 매우 평화롭고 안정적이니 불만을 가질 이유는 없었다. 아빠는 이탈리아식 만두인 뇨키를 만드셨는데, 아빠의 인생은 뇨키 그 자체처럼 보였다. 남자의 인생이 고작 뇨키라니! 친구 아버지는 직업이 재봉사였는데 그 아저씨 역시 셔츠를 만들기 위해 사는 인생처럼 보였다. 두 사람의 삶을 유심히 살펴보고 큰 의미를 부여하려 해도, 그저 하늘이 준 소명을 다하기 위해 다람쥐가 쳇바퀴 도는 것 같은 삶을 살아가거나, 그게 아니면 고작 돈을 위해 살아가는 것처럼 보였다.

사춘기의 열병은 무척 깊었다. 때로는 생각이 너무 많아 아무것도 할 수 없는 무기력증으로 이어졌다. 내 의문은 좀처럼 해결되지 않았다. 어쩌면 인생이 끝날 때까지 답을 구할 수 없을 것만 같았다. 인생의 답을 구하지 못하는데 선생님의 목소리가 귀에 들어올 리 없었다. 당시 내가 다니던 학교는 성적순으로 자리를 배정했다. 공부를 잘하면 뒤에, 못하면 앞에 앉았다. 나는 공부를 꽤 잘하는 편이어서 늘 뒷자리를 독차지했다. 아이러니하게도 그 자리는 의미를 찾지 못하는 수업 시간을 벗어나 깊은 호흡을 할 수 있는 공간이었다. 나는 수업과 관계없는 책을 탐독했다. 수학 시간에는 라틴어로 된 문학책을 읽었고, 과학 시간에는 고대 그리스 철학자 아리스토텔레스Aristoteles의 《형이상학》과 이탈리아 낭만주의 시인인 자코모 레오파르디Giacomo Leopardi의 시를 탐독했다. 특히 인간이 지닌 이성理性이 오히려 인간의 행복을 파괴한다고 주장한 레오파르디의 비관적인 시에 흠뻑 취했다.

숨 막히는 시간은 오래 지속됐다. 세계 평화와 인류 행복 따위의 거창한 고민을 하는 것도 아니고, 그저 내 몸 하나 의미 있게 건사하며 살고 싶은 것뿐인데, 답을 쉽게 찾을 수 없었다. 그러던 어느 날, 나는 여느 때처럼 고개를 주억거리고 다리를 달달 떨며 친구들과 음악을 나눠 듣고 있었다. 레드 제플린, 제네시스, 킹 크림슨. 나를 비롯해 친구들이 추앙해 마지않는 뮤지션들의 음악에 내 마음을 기댔다. 아무런 고민도 하지 않을 수 있는 유일한 시간. 네 번째인가, 다섯 번째인가에 퀸의 노래가 내 귀에 쏘옥 흘러들어오기 시작했다. 본능적으로 세상에서 가장 편안한 자세를 취하고는 멜로디에 맞춰 가사를 흥얼거렸다. '보헤미안 랩소디'가 들리자 늘 그랬던 것처럼 나는 눈을 감고는 입술을 달싹였다. 쿵쾅거리는 드럼 소리와 징징거리는 일렉트릭 기타 소리, 아름다운 피아노 선율이 내 심장 박동을 한껏 올렸다. 그리고 5분이 훌쩍 넘는 시간의 마지막. 프레디 머큐리의 미성과 퀸의 속삭이는 듯한 읊조림이 내 귀에 걸렸다.

'Nothing really matters to me.
Anyway the wind blows.'

'내게 진정 중요한 것은 없어. 어쨌든 바람은 불지.' 갑자기 칠흑 같았던 터널을 빠져나오는 것 같은 느낌이었다. 아이작 뉴턴이 떨어지는 사과를 보며 눈에 보이지 않는 힘의 관계를 발견했을 때의 기분이 이랬을까? 그날 밤 나는 일기장에 이렇게 썼다.

'인생의 궁극적인 목표란 아름다움을 발견하는 것이다. 그렇지만 실제로 인생은 별 의미가 없다. 보헤미안 랩소디의 마지막 소절이 Nothing really matters to me. Anyway the wind blows이듯이.'

나는 사람들이 진짜 중요한 것을 놓친 채 인생을 허비하고 있다고 생각했다. 수학 문제를 빨리 풀고, 시를 빨리 분석하며, 돈을 많이 벌기 위해 바쁜 나날을 보내는 인생이란 마치 사과 한 개를 빨리 먹어 치우는 것과 같았다. 정작 다 먹고 나서는 사과가 어떤 맛이었고, 무슨 색이었는지, 또 어떤 향기가 나고, 식감이 어땠는지 기억하지 못한다고나 할까? 나는 이런 압박에서 벗어나고 싶었다. 나는 속도에 관심이 없었다. 그저 인생의 아름다움을 발견하고 싶을 뿐이었다.

중요해 '보이는' 것들에 현혹되지 않고 인생의 진짜 아름다움을 발견하는 삶. 나는 당장 코앞의 미래를 '기다리고 기대하는 시간'에 그것이 있지 않을까 싶었다. 당시 나는 노트에 이런 글귀를 적어 두었다.

'유일한 행복은 기대하는 것.La vera felicità esiste solo nell' attesa di ciò che sarà.'

몽상가가 된 나와 페데리코는 수업 시간에 선생님 몰래 필담을 나누면서 수학 문제 풀이보다는 곧 있을 우리의 미래를 '기대'했다. 수업이 끝난 후 오토바이를 타고 바람을 가르며 시원하게 동네 한 바퀴를 돌려는 계획을 기다리며 그 시간을 즐겼다. 나는 점점 내 생각에 확신을 가졌다. 우리에게는 온전히 하루를 다 쉴 수 있는 일요일이 행복이 아니라 오전 수업을 하는 토요일이 행복이었다. 예쁜 여자와 데이트를 하는 게 행복이 아니라 그녀와의 데이트를 상상하는 게 행복이었다. 무언가를 기대한다면 그 자체가 행복이었다.

어쩌면 다가올 대학 입시도, 전공 선택도 모두 행복에 맞닿아 있었다. 어떤 미래가 다가올지 전혀 알지 못했기 때문에.

/

하루하루는 지루했지만 생각이 많아서였는지 시간은 금세 지나갔다. 어느 틈에 벌써 고등학교 5학년을 마무리하고 대학 입학 지원서를 넣는 시기가 다가왔다.

이탈리아 과학고등학교 학생들은 대개 전통적으로 인기가 높은 전공을 선택하는 경향이 있다. 예를 들어 의학, 법학, 경영학이나 경제학, 건축학을 공부하려고 한다. 모두 전문직 직종으로 진출할 수 있거나, 큰돈을 벌 수 있는 직업을 가지는 데 도움이 되는 전공들이다. 주변 환경이 평온하고 안정적인 이탈리아 북부 지역에서 이런 직종에 종사한다면 더할 나위 없이 걱정 없는 삶을 살아갈 수 있으니 모두가 이런 전공을 공부하려는 건 당연하다.

부모님 역시 같은 생각이셨다. 내가 공부를 꽤 잘했던 터라 내심 의대나 법대에 진학하기를 바라셨다. 하지만 나는 그럴 생각이 전혀 없었다. 아니, 실은 도무지 갈피를 잡을 수 없었다. 프레디 머큐리의 노래처럼 "내게 진정 중요한 건 아무것도 없다"고 생각했기 때문이었지만, 그렇다고 '진짜' 중요한 게 무엇인지 아는 것도 아니었다. 남들이 선망하는 학과에 충분히 진학할 수는 있겠지만, 내 마음을 찬찬히 살피지 않은 채 휩쓸리듯 선택하고 싶지 않았다. 인생의 선택을 빨리 한다고 해서 행복한 게 아니라는 걸 난 알고 있었다.

단짝인 페데리코는 놀랍게도 대학 진학을 포기했다. 그 녀석은 물리를 꽤 잘해서 대학에서 공부를 계속한다면 충분히 성공을 거둘 만했다. 하지만 이 친구의 인생 목표는 공부가 아니었다. 음악이었다. 그것도 록 밴드! 페데리코에게 대학 공부란 시간 낭비일 뿐이었다. 페데리코는 낮에는 부모님이 운영하는 야채 가게에서 일을 돕고, 밤에는 밴드 활동을 하겠다고 선언했다. 페데리코 부모님은 과학고등학교에 다니는 자랑스러운 아들이 대학을 가지 않겠다는 결정을 내려 무척 상심하셨다.

나는 페데리코만큼 용기가 없었다. 남들처럼 대학은 가는 게 좋겠다고 생각했다. 인생의 첫 번째 큰 선택을 앞두고 고등학교 생활을 복기해 봤다. 수업 시간에 몰래 읽었던 철학과 문학책 들이 떠올랐다. 음악을 제외하고 내가 세상에서 가장 재미있다고 생각하는 것들이었다. 문제는 현실이었다. 철학을 공부하겠다는 뜻을 넌지시 어른들에게 내비쳤더니 대번에 이렇게 말씀하셨다. "애야, 철학을 공부하면 졸업과 동시에 백수가 된단다." 이탈리아 문학을 공부하겠다고 해도 마찬가지 반응이었다. 나는 현실적인 조언을 던지는 어른들과 맞서면서까지 철학과 문학을 전공으로 삼아야 하나 싶었다. 물론 그분들의 완강함에 내 생각을 접은 것은 아니었다. 사실 내 의지의 문제였다. 어려운 현실을 감수하면서까지 철학과 문학을 공부하겠다는 의지가 없었다. 물론 내가 유벤투스 구단주이자 피아트 설립자인 아녤리 가문의 일원이라면 주저 없이 철학과 문학을 선택했을 것이다.

내 관심 분야와 현실의 문제 사이에서 부유하는 시간이 길어지던 어느 날, 이 상황이 어느 하나를 선택하면 다른 하나를 잃는 게임이 아니라는 생각이 문득 머릿속을 스쳤다. 굳이 철학과 문학을 대학 전공으로 삼지 않아도 사랑하며 보듬으며 평생 곁에 둘 수 있겠다고 생각했다. 한편으로는 나 혼자 철학과 문학 책을 읽는 게 가장 재미있지, 시험을 보고, 누군가의 평가를 받으면 흥미를 잃을 것 같았다. 그리고 철학과 문학이야말로 나 혼자 충분히 공부할 수 있는 분야라고 믿었다.

결국 남들과 다른 길을 가되, 독학을 할 수 없는 분야로 발을 내딛기로 결심했다. 가장 먼저 떠오르는 전공은 아랍어, 중국어, 일본어 등 로마 알파벳을 쓰지 않는 외국어였다. 하나씩 검토에 들어갔다. 우선 아랍어. 아랍어는 복잡해 보이는 꼬부랑 문자가 충분히 매력적이었지만, 북아프리카나 중동에서 사용하는 언어라는 게 마음에 걸렸다. 이탈리아에서 아랍어를 쓰는 지역까지는 비행기를 타고 두어 시간이면 다다를 수 있다. 가까워도 너무 가까웠다.

　나는 이왕 남들과 다른 길을 갈 요량이라면 좀 더 모험을 하고 싶었다. '유라시아 대륙 끝의 언어를 배우는 것은 어떨까?' 당시 베네치아국립대학교에는 중국어와 일본어 전공이 있었는데 둘 중 하나를 선택하면 되겠다는 생각이 들었다. 더구나 어느 전공을 선택하든 철학과 문학을 공부하기는 마찬가지였다! 비록 이탈리아 또는 유럽의 철학과 문학은 아니지만 말이다.

　나한테는 중국어와 일본어 모두 우열을 가릴 수 없을 정도로 매력적이었다. 아침에는 한자가 엄청나게 아름다웠다가, 저녁에는 히라가나가 더 멋있어 보였다. 하루에도 몇 번씩 중국어와 일본어 사이에서 갈팡질팡했다. 그 당시 나와 엄마의 대화는 늘 이런 식이었다.

"엄마, 나 마음의 결정을 내렸어요. 일본어 전공을 하는 건 어떨까요?"

"너… 또 바뀌었니?"

　대학 박람회는 이런 고민을 단번에 해소하는 자리였다. 이탈리아에서는 대학 입시 철 바로 직전에 대학 박람회가 열리고, 각 대

널
보러
왔어

학의 관계자와 재학생들이 본인의 학교와 전공을 열심히 홍보한다. 나는 베네치아국립대학교에서 열리는 대학 박람회에 참석했다. 대강당에서 열린 일본어 전공 설명회장을 먼저 기웃거렸다. 일본어에 관심이 있는 예비 대학생들과 재학생들이 몇백 명이나 있었다.

"아…"

나도 모르게 장탄식이 나왔다. 일본어 전공 재학생들의 옷차림을 보고 꽤 당황한 것이다. 그들 모두 일본 만화에서 막 튀어나온 듯이 코스튬 룩을 차려입고 있었다. 일본어 전공에 지원하려는 학생들 역시 이런 코스튬 룩이 익숙한지 알 수 없는 언어로 환호성을 보내고 있었다. '오타쿠'들의 모임에 나만 홀로 섞이지 못한 채 이질적인 존재가 된 듯했다. 전혀 쿨해 보이지 않았다.

발길을 돌려 옆 강의실로 갔다. 거기서는 중국어 전공 설명회가 열리고 있었는데, 고작 30여 명 남짓한 재학생과 예비 대학생들이 있었다. 다들 심드렁한 표정이었다. 어느 곳에서도 일본어 전공 설명회장에서 봤던 '마니아적인' 환호와 열기를 느낄 수 없었다. 중국어 전공 재학생들은 중국과는 전혀 관련 없는 모습이었다. 몇몇은 레게 펌을 하고 힙합 스타일의 옷을 입고 있었고, 일부는 집에 돈이 아주 많은지 명품 옷을 차려입고 있었다. 그러고는 한자를 보여주며 서예를 시연했다. 중국어의 성조는 운율을 가진 음악처럼 느껴졌다. 쿨해 보였다.

나는 바로 그 자리에서 중국어를 전공해야겠다고 결심했다.

"중국에나 가라!"

대학 박람회를 다녀오자마자 친구들과 가족에게 대학에서 중국어를 공부하겠다고 알렸다. 그런데 반응이 좀 의외였다. 나는 "멋진 결정을 응원할게" 정도의 말을 예상했는데, 웬걸? 다들 깔깔대며 비웃었다.

"중국? 하하하하하하. 너 중국으로 가 버릴 거니?"

"뭐라고? 중국? 시장에서 조잡한 중국산 장난감이나 팔려고 대학을 가겠다고?"

"중국이 얼마나 먼 줄은 알고 그런 결정을 내린 거야?"

"너 일본어 공부한다고 하지 않았니?"

"뭐? 중국어? 중국에나 가라!"

오해가 있을까 봐 설명을 좀 해야겠다. 이탈리아에서 "중국에나 가라"라는 말은 얄궂은 욕으로 쓰인다. 중국을 부정적으로 묘사하는 게 아니라 지리적으로 매우 먼 곳, 그러니까 '돌아오기 힘든 곳' 쯤의 의미로 사용된다.

사실 나에게 그런 말을 건넨 사람 중 중국에 가 본 이는 없었다. 우리 동네 사람들은 베네치아에 온 관광객들의 이미지로 그 나라를 판단할 뿐이었다. 2000년대 초반 베네치아 사람들에게 일본인은 곧, 돈 많은 사람들이었다. 값비싼 카메라를 들고 관광지에서 열심히 셔터를 누르는 사람들, 명품 매장에 들어가서 시계와 가방을 쓸어 가는 사람들. 이런 사람들이 일본인이었다.

중국인의 이미지는 좀 더 부정적이었다. 당시 베네치아 시장에서 쉽게 만날 수 있는 중국인들은 매우 조악한 싸구려 공산품을 팔았다. 그들에게 물건에 대해 자세히 물으면 손사래를 치며 이탈리아어가 아닌 중국어로 답했다. 우리 동네 사람들에게 중국인이란 바로 시장 상인 그 자체였다. 진짜 중국이 어떤 나라인지, 어떤 사람들이 중국인인지 알지 못한 채 중국인 상인의 이미지로만 중국을 판단했다.

나는 아무도 중국에 가 본 적이 없기에 오히려 그 미지의 나라를 알고 싶었다. 하지만 과학고등학교를 졸업했으면서 왜 중국어를 공부하는지 모르겠다는 싸늘한 시선을 받았다. 의대나 법대가 아닌 중국어 전공을 선택했다는 이유로 갑자기 멍청이 취급을 받았다. 심지어 나를 가르치신 고등학교 선생님들조차 그러셨다. 다들 내게 큰 문제가 있는 것처럼 대했다. 그동안 내가 자랐던 작은 사회 안에서 처음으로 추락을 맛보는 경험이었다. 울적한 기분이 드는 건 당연했다.

어쨌든 그 모든 우려와 잔소리를 물리치고 나는 베네치아국립대학교 동아시아언어문화학과 중국어 전공에 입학했다.

/

유럽의 많은 대학들처럼 베네치아국립대학교 역시 캠퍼스가 한곳에 모여 있는 게 아니다. 도시 내 이곳저곳에 위치한 건물 몇 개가 대학이다. 중국어 전공 강의가 열리는 장소는 약 600년 정도 된 옛날 극장을 개조한 곳이었다. 교수님은 연극배우처럼 1층 무대에 올라 강의를 했고, 학생들은 관객처럼 계단식 좌석에 앉아 수업을 들었다. 2층의 대기실은 작은 강의실로 사용됐다. 그곳에서는 작은 토론식 수업이 진행됐다.

나는 이탈리아 전통이 살아 숨 쉬는 고풍스러운 극장에 앉아 고대 중국 철학 수업을 들을 때 묘한 전율을 느꼈다. 중국인 교수가 베네치아 극장에서 중국 철학을 논하고 있는 광경을 보고 있노라면 시공간을 초월하여 모든 지식이 한곳으로 수렴되는 듯한 느낌이 들었다.

첫 전공 수업 시간. 그간의 모든 걱정이 '기우杞憂'였다는 게 드러났다. 그 옛날 중국 기杞나라에 살던 어떤 이가 '하늘이 무너지면 어떻게 하지?' 하고 쓸데없는 걱정憂을 했다는 그 말처럼. 중국인 교수님은 칠판에 '一일'자를 쓰고는 '橫héng, 횡'을 설명하셨다.

"서양에서는 글자를 쓸 때 직선은 직선으로 표현하지만, 동양에서는 글자에 완벽한 직선이란 존재하지 않아요. '一'을 쓸 때 붓으로 처음 시작한 점에서 뒤로 조금 돌아갔다가 다시 앞으로 나아간 후, 그대로 마치지 않고 다시 뒤로 조금 돌아가서 마칩니다. 우리 인생도 마찬가지예요. 앞으로 나아갈 때도 한 걸음 뒤로 가서 자신을 돌아본 후 다시 앞으로 나아가고, 목표점에 도착하면 그대로 멈추는 게 아니라 살짝 뒤로 돌아가서 온 길이 맞는지 확인하고 멈춰야 합니다."

고작 글자 하나를 배웠을 뿐인데 인생의 큰 이치를 깨닫는 기분이었다. 교수님의 설명이 이어졌다. 이번에는 여백이었다.

"서양 미술은 색채를 이용해서 아름다움을 채워 나가지만 동양 미술은 공간을 활용해서 아름다움을 창출합니다."

여백을 어떻게 활용하느냐에 따라 미적 균형이 달라진다는 점은 내게 충격이었다. 고등학교 미술 시간에 예술 사조와 작가들을 달달 외우고 감상 포인트를 익혔는데 그간 배운 지식이 동양화 앞에서는 무용지물이었다. 처음으로 '진짜 공부'를 한다는 느낌을 받았다.

대학에서 나는 지적인 자유도 만끽했다. 사실 고향 친구들에게 여자, 축구, 오토바이가 아닌 다른 이야기를 하면, "남자답지 못하다"거나 "멋있지 않다"고 놀림을 받았다. 그 나이 또래 남자애들에게는 그 세 가지가 인생의 전부였기 때문이다. 물론 고등학교 때 페데리코와 다양한 관점의 철학을 논했지만, 사실 치기 어리거나 자의식 넘치는 개똥철학일 뿐이었다. 그런데 대학에 오니 내 머릿속의 생각이나 책을 읽으며 느낀 점, 공부하다가 문득 스친 생각들을 마음껏 표현해도 되는 분위기였다. 더구나 이런 수준 높은 고민을 놓고 함께 토론할 친구들이 있다는 게 그렇게 행복할 수가 없었다.

그러던 어느 날 내 의식에 커다란 전환이 시작되는 순간을 맞이했다. 노자의 《도덕경》을 수업 시간에 접한 것이다. 감히 "충격적이었다"고 표현할 만했다. 이탈리아에서 태어나고 자란 나는 자본주의 체제와 가톨릭 문화를 자연스레 접하며 세계관을 형성했다. 삶에서 가장 중요한 건 종교적 의무, 원죄, 돈이었다. 그런데 노자는 매우 신선한 주장을 펼쳤다. 상선약수上善若水. '최고의 선은 물과 같다'는 그의 이야기는 도덕적 의무와 규칙 속에서 살아가는 유럽 사회에서 찾아 볼 수 없는 삶의 방식이었다. 나는 노자의 《도덕경》을 읽으며 처음으로 물과 같이 사는 방법, 그러니까 '흐름'을 타며 자연스레 사는 방식을 알게 됐다. 그 후 나는 삶을 선택하는 데 좀 더 자유로워졌다. 눈치를 덜 보면서 진정으로 하고 싶은 것을 찾을 수 있게 됐다고나 할까?

《도덕경》 수업이 끝난 후 그 길로 베네치아 시장에서 장사를 하는 중국인에게 다가갔다. 그에게 인사를 건네고 아는 척을 했다. 아기처럼 더듬더듬 중국어로 말했다.

"니하오! 저는 당신의 나라를 공부하고 있어요. 당신 나라의 언어와 철학을 배우고 있죠."

　당시 내 머릿속에는 온통 중국어와 중국 철학에 대한 고민뿐이었다. 그리고 내가 맛본 지적 희열을 어떻게 하든 표현하고 과시하고 싶었다. 베네치아 시장에서 남들은 눈길도 잘 주지 않는 중국인 상인들과 이따금 대화를 한 건 그 때문이었다. 그분들은 내 중국어를 칭찬했다. 지금 생각해 보면, 이탈리아에서 이방인으로 살아가는 그분들 입장에서는 어느 날 갑자기 이탈리아 청년이 나타나 아기 수준의 중국어를 건네도 무척 기쁘고 놀라운 일이었겠다 싶다. 그러니 무슨 이야기를 해도 '잘한다, 잘한다' 칭찬을 할 수밖에. 아무튼 그 시절 나는 그분들 덕분에 내 중국어 실력이 꽤 쓸 만하다고 생각하기까지 했다. 물론 이 착각은 중국으로 유학을 간 첫날 산산조각이 났지만!

처음 본 '진짜 세상'

이탈리아에서는 대개 대학생이 아닌 고등학생 때 아르바이트를 처음으로 시작한다. 나 역시 열여섯 살이 되던 해, 이제 어른이라고 생각하고는 부모님께 "용돈을 받지 않겠다"고 선언했다. 그러고는 그해 여름 일을 하기 위해 워터파크로 향했다.

인생 첫 아르바이트는 어렵지 않았다. 오히려 놀이에 가까웠다. 아침에 출근해서 워터파크 개장 전에 파라솔을 펴고 테이블을 닦은 다음 화장실 청소를 했다. 개장을 위한 준비였다. 개장을 한 후에는 워터 슬라이드 옆에 앉아 아이들을 감시했다. 위험하게 거꾸로 미끄럼틀을 타거나 한 번에 여러 명이 몰려 부딪히는 사고를 방지하기 위해서다. 악동 녀석들이 장난을 칠 것 같으면 꼬마들을 향해 호루라기를 '삐익~' 하고 불었다. 때로는 순번에 따라 워터파크 내 카페에서 커피나 슬러시를 만들기도 했다. 여기까지는 일.

당시 이탈리아 노동법에 따르면, 미성년자는 하루 4시간만 일할 수 있었다. 덕분에 워터파크에서 아르바이트를 하는 나뿐만 아니라 친구들은 엄청난 혜택을 봤다. 오전 조로 일을 하고 나서 오후 내내 워터파크에서 신나게 놀았다.

이 때문이었을까? 그해 여름 일을 마치고 번 돈으로 친구들과 일주일 동안 여행을 갔는데, 사실 그때 여행을 떠난 추억보다 아르바이트를 했던 기억이 더 머릿속에 남아 있다. 여행을 가기 위해 아르바이트를 했는데 말이다.

열일곱 살의 여름에는 고속도로 휴게소에서 바리스타로 일했다. 휴게소 일은 진짜 노동이었다. 직원들과 함께 손님들이 먹고 마실 식음료를 준비했다. 나는 수당을 많이 주는 야간 조를 선택했다. 새벽 4시부터 아침 8시까지 아침 메뉴인 커피, 크루아상, 오렌지 주스를 300~400세트 만들어야 했다. 손님이 오면 재빠른 손놀림으로 기계에서 커피를 뽑아내거나, 절반을 자른 오렌지를 착즙기에 넣어 주스를 짜내고, 한편으로는 오븐에서 갓 구운 크루아상을 꺼내 줬다. 다 마신 커피 잔이나 주스 잔은 얼른 식기세척기에 넣어야 했다. 모두들 이 일이 능숙한지 손이 안 보일 정도로 빨랐다.

바리스타 일이 어려운 이유는 이탈리아 사람들의 까다로운 취향 때문이었다. 이탈리아 사람들은 휴게소에서 커피를 마실 때도, 본인의 개성을 마음껏 드러냈다. 커피 기계에 17가지의 커피가 있는데도 불구하고, "우유는 미지근하게 하고 컵은 카푸치노 잔에!" 또는 "우유는 뜨겁게 컵은 에스프레소 잔에!"라며 정말 세세하게 주문했다. 때로는 주문대로 커피를 줘도 "거품이 너무 많네", "커피가 맛이 없어" 등의 혹평을 했다. 열일곱 살 소년이 듣기에는 다소 가혹한 말들이었다. 여담을 하자면, 한국에서 처음으로 카페에 들어갔을 때 손님들이 아메리카노 한 잔을 말없이 받는 모습을 보고 놀라움을 금치 못한 건 이탈리아의 이런 까탈스러운 손님들을 겪었기 때문이었다.

아무튼 휴게소 아르바이트는 열일곱 살 학생 입장에서는 고소득 일자리였다. 주말 근무 시 15퍼센트, 야간 근무 시 25퍼센트의 수당이 더 붙었다. 이 때문에 나는 주말 새벽 휴게소 아르바이트를 2년이나 했다. 휴게소 손님에게 가끔 욕을 먹어도 아르바이트 월급은 포기할 수 없었다.

대학에 진학해서는 본격적으로 아르바이트 전선에 뛰어들었다. 인력 사무소에 내 정보를 남겨 놓았다. 회사에 일감이 몰리거나,

누군가의 결근으로 인력이 필요하면 인력 사무소에 전화를 걸어 대체 인력을 찾았다. 연락이 오면 무조건 가야 했다. "수업 때문에 어려울 것 같아요"라고 한 번이라도 거절하면 다시는 연락이 오지 않았기 때문이다. 덕분에 정말 다양한 일을 경험했다.

한번은 철물점에서 재고 관리를 한 적이 있다. 나사를 하나씩 세서 무게를 확인한 다음 표를 붙이는 작업이었다. 나사를 세는 와중에 누군가 말을 걸면 속으로 외마디 비명을 지르며 처음부터 다시 세야 했다. 지루함과 싸우는 일이었다. 어떤 날은 세탁 공장에서 일을 했다. 세탁된 침대 시트를 빨랫줄에 거는 일이었다. 아주 단순해 보이는 일이었지만 8시간 동안 같은 동작을 반복하면 어느 순간 나도 모르게 끙끙거리며 신음소리를 냈다. 그리고 다음 날 아침이면 내 팔은 내 것인데도 내 의지대로 움직여지지 않았다. 야간에 플라스틱 부품 공장에서 일을 한 적도 있다. 하도 힘들어서 플라스틱 부품과 내가 하나가 되는 듯한 착각마저 들었다.

대형 마트에서도 일했다. 샴푸, 노트, 그릇을 셌고, 여름이면 대형 마트 앞에서 수박을 잘라 나눠 주는 판촉 행사도 했다. 일 자체는 힘들지 않았다. 하지만 엉뚱하게도 내 의지와 상관없이 귓속을 파고드는 음악 때문에 괴로웠다. 마트에서 하루 종일 로고송과 유행가를 들으면 집에 가서 아무리 다른 음악을 들어도 그

음악들이 귓가에 맴돌았다. 귓속에서 파내고 싶었지만 그게 될리가 있나. 어느 순간에는 나도 모르게 그 촌스런 노래들을 흥얼거리고 있었다.

물론 항상 지루하고 고된 아르바이트만 했던 것은 아니었다. 운이 좋게도 집 근처 극장에서 안내를 담당하는 일을 하기도 했다. 극장 아르바이트는 일하면서 공연을 공짜로 볼 수 있어서 최고의 일자리였다.

한국에 와서 주변 사람들에게 당시의 경험을 이따금씩 이야기하면 "왜 과외 아르바이트를 하지 않았어요?"라고 묻는다. 이탈리아에서도 과외 아르바이트가 있기는 하지만 흔한 편은 아니었다. 결정적으로 시급이 높지 않았다. 오히려 몸을 써서 일하는 아르바이트가 돈을 많이 벌 수 있었다.

나는 청춘의 시간을 쪼개고 쪼개서 아르바이트를 했다. 아르바이트를 전혀 하지 않는 친구들도 있었지만, 많은 친구들처럼 나 역시 땀 흘려 일하며 짠 내 폴폴 나는 돈을 벌었다. 이탈리아에서는 특별한 경우가 아니라는 이야기다.

/

이탈리아에는 많은 이민자들이 있다. 지리적으로 동유럽과 북아프리카와 인접하다 보니 새로운 삶의 기회를 찾아서 온 사람들이 많다. 어느 사회나 마찬가지겠지만 특별한 일이 없으면 이들과 대화하고 어울릴 기회는 거의 없다. 의도적으로 그들을 차별하는 건 아니지만 자연스럽게 주류와 비주류로 구분될 수밖에 없다. 이민자들 입장에서는 외롭고 힘들 수밖에 없을 것이다.

나는 대학 때 처음으로 그들의 삶을 깊게 들여다볼 기회를 가졌다. 일용직 일을 하러 간 공장에서였다. 그 전까지만 해도 아프리카 출신 이민자를 보면 '가난한 사람들' 또는 '돈 때문에 이곳저곳에서 일하는 사람들' 정도로 생각했다. 그런데 아르바이트를 하면서 만난 이민자들은 다들 깊은 사연이 하나쯤 있었고, 한두 가지 정도 의외의 모습을 보였다.

공장에서 만난 어느 세네갈 출신 노동자가 그랬다. 그는 이탈리아어뿐만 아니라 영어와 불어를 능숙하게 구사할 정도로 인텔리 느낌을 줬다. 아니나 다를까. 깊은 대화를 해 보니 세네갈에서 의사였다. 하지만 돈벌이가 변변치 않아서 더 많은 돈을 벌 수 있는 이탈리아로 이주했는데, 그렇다고 이탈리아에서 의사 자리를 얻을 수 있는 건 아니었다. 이탈리아 사회가 이민자 출신의 의사에게 일자리를 허락할 정도로 개방적이지는 않았다. 결국 그가 선택한 길은 공장 노동자. 그래도 세네갈에서보다 더 많은 돈을 벌 수 있었다.

그때 나는 내 앞에 있는 세네갈 출신의 전직 의사에게 이탈리아가, 아니 유럽 전체가 미안한 마음을 가져야 한다고 생각했다. 유럽은 아프리카를 식민지로 삼은 덕분에 전 세계 어느 지역보다 막대한 부를 쌓았지만, 그때 착취를 당한 아프리카 대륙은 여전히 저개발 상태로 남아 있다. 그 탓에 그 후예들은 고향 땅에 정주하지 못하고, 아이러니하게도 선조들의 피와 땀을 딛고 일어선 유럽에 와서 힘들고 외로운 삶을 살아가고 있다.

공장 아르바이트 이후 그동안 거의 볼 수 없었던 이민자들이 눈에 띄기 시작했다. 우리 동네에 이렇게 이민자들이 많았다니! 나는 길에서 자주 마주치는 내 또래 아프리카 이민자들에게 먼저 인사를 하기 시작했다. 처음에는 이 상황을 낯설어 하던 녀석들도 며칠 지나자 익숙하게 받아들였고, 어느덧 나와 그 녀석들은 친구가 됐다. 이것은 내가 그들에게 시혜를 베푸는 게 아니었다. 그저 사람과 사람으로 동등하게 만나 관계를 맺는 것이었다.

친한 친구가 됐다고 생각하던 어느 날, 이민자 친구 두 명이 내 앞에서 수군수군하며 킥킥 웃었다. 그들의 언어로 이야기를 하니 왜 그러는지 영문도 모르겠고, 기분도 살짝 상하려고 했다. 무슨 상황인지 물었다.

"무슨 일이야?"

"알베, 너 아프리카 사람 같다고."

"내가?"

"응. 입술이 두껍고 좀 뒤집어졌잖아. 얼굴선도 각이 졌고. 또 네 코가 매부리코잖아. 네 피부색만 검으면 딱 아프리카 사람이야."

그 말을 듣고 크게 웃었다. 사실 나는 내 입술이 이탈리아 사람 치고는 상당히 두껍다는 것을 알고 있었다. 어릴 때는 왜 이리 내 입술이 남들과 다를까 고민한 적도 있었다. 그 친구들의 말을 들으니 정말 내가 피부색이 검다면 잘생긴 흑인일 것 같았다. 어쩌면 내 조상 중 누군가는 아프리카계일지도, 그리고 내 DNA에는 그 또는 그녀의 피가 흐를지도. 이리 생각하니 피부색이나 국적이 무슨 상관인가 싶었다. 모두 똑같은 사람인데, 눈에 보이는 '다름' 때문에 배제하고 차별하는 건 상식적이지 않은 것 같았다. 거창하게 인류애를 말하는 게 아니다. 그저 상식을 말하는 것이다.

다만 이질적인 존재에 대한 본능적인 두려움이 문제였다. 예를 들어 내 고향 미라노의 할아버지와 할머니 들은 같은 공간에서만 70~80년을 살아오신 분들이다. 미라노 밖 세상을 거의 모르신다. 그런 분들 앞에 어느 날 갑자기 마트 주차장에서 키가 크고 검은 피부색을 가진 이들이 나타나 물건 옮기는 것을 도와주겠다면 어떤 마음이 들까? 아마 두려움을 가질 수밖에 없을 것이다. 그 이민자들이야 물건을 옮겨 주고 푼돈이라도 벌 생각이었겠지만, 미라노의 노인분들 입장에서는 그들이 무서운 존재일 수도 있다. 급기야 동네에서 사라져 주었으면 하는 바람도 드러낼지도 모른다. 하지만 이분들이 이민자들과 친해져 자신의 본능적 공포가 한낱 기우였다는 것을 아는 순간, 배척의 대상이 아니라 따뜻한 말 한마디를 건네고 집에서 먹을 것이라도 챙겨 줘야 할 대상으로 바뀐다. 이건 우리 동네 어르신들의 실제 경험담이다.

어느덧 내 시선은 베네치아의 작은 마을을 벗어나 있었다. 대학생이 되어 중국어와 중국 문화, 동아시아 정치를 배우고 나서부터 이탈리아 밖 세상에 대한 관심이 많아졌는데, 여기에 이민자들의 삶을 알고 나니 '더불어 살아가는 일'을 조금씩 깨닫게 됐다. 당장 큰일을 할 수 있을 거라 생각하지는 않았다. 그저 내 주변에서부터

할 수 있는 일부터 하자고 다짐했다. 그 후 길에서 구걸을 하는 이민자를 보면 이렇게 말했다.

"돈은 드릴 수 없지만 배가 고프다면 샌드위치를 사 드릴 수는 있습니다."

이탈리아 군대가 불렀다

요즘 이탈리아 남자들은 의무적으로 군대에 가지 않아도 된다. 2004년부터 징병제를 폐지한 탓이다. 모병제의 대상은 1985년 이후 출생자. 그 이전에 태어난 이들의 경우, 대학 진학이나 취업을 이유로 29세까지 입영을 연기하다가 입대 가능 연령이 지나면 자연스럽게 입대 의무를 이행하지 않아도 됐다. 징병제이지만 사실상 국가가 요구하는 서류만 제때 제출하면 군대에 들어갈 일은 없었다는 이야기다.

1984년생인 나는 징병제 대상이었다. 나는 만 열일곱 살 때 입영 통지서를 받은 적도 있다. 그때는 고등학교 시절이라 학교에서 내 대신 입대 연기 서류를 처리해 줬다. 사실 크게 신경도 쓰지 않았다. 나는 학교에 다니고 있었으니까 군대에 갈 일은 전혀 없다고 생각했다. 문제는 그 이후. 고등학교 졸업 이후에 대학을 진학하거나 취업을 했다면 본인 스스로 입대 연기 서류를 제출해야 했다. 만 29세 이전에 학생도 직장인도 아닌 무직이라면 바로 군대를 가야 해서 더욱 조심해야 했다.

그런데 내가 아주 큰 실수를 저질렀다. 대학 생활에 온 정신이 팔려서 입대 연기를 못한 것이다. 어느 날 입대 일자와 장소가 적힌 입영 통지서를 받고는 정신이 아득했다.

'아… 입대 연기 신청을 잊다니…. 어쩌지? 망했다.'

나는 이탈리아 병무청에 연락해 실수로 입영 연기를 하지 못했다고 설명하고 구제 요청을 했다. 하지만 역시나 "너무 늦었다"는 냉정한 답변만 돌아왔다. 신나게 대학 생활을 하고 있는데, 졸지에 군대를 가야 하는 상황이 펼쳐졌다. 눈앞이 캄캄했다. 그렇다고 넋 놓고 있을 수만은 없었다. 백방으로 입대 연기 방법을 알아보기 시작했다. 다행히 취업을 사유로 입대를 연기하는 방법은 아직 사용 가능한 상태였다. 하지만 조건이 까다로웠다. 일자리가 정규직이어야 하고 1년 이상 월급을 탈 수 있어야 했다. 대학 1학년을 갓 마친 학생이 갑자기 정규직 일자리를 구할 리 만무했다. 내 삶을, 세상을 고민하고 바깥세상으로 시야를 넓히고 있는 시점에 규율 가득한 군대에 가려니 정말 가슴이 답답했다.

치명적인 실수에 괴로운 나날을 보내던 그때, 엄청난 소식을 접했다. 아빠의 옛 거래처가 사업 규모를 확장하면서 신규 직원을 채용하게 된 것이다. 이것저것 잴 때가 아니었다. 입대만 피할 수 있다면 몸이 좀 힘들어도, 정신적으로 피로해도 견딜 수 있을 것 같았다. 난 주저하지 않고 입사 지원서를 제출했다. 그리고 다행히 출근을 할 수 있게 되어 가까스로 입대를 연장할 수 있었다.

생애 처음으로 정규직 직원으로 일하게 된 회사는 수산물 가공업체였다. 가내 수공업으로 시작했지만 운영이 잘돼서 이제 막 공장 설비를 갖춘 상태였다. 한국식으로 말하자면 동네 작은 반찬 가게가 돈을 잘 벌게 되어 규모가 큰 반찬 공장을 차린 셈이었다. 하지만 사장님도, 직원들도 아직은 거대한 공장 시스템이 익숙하지 않았다. 나는 그 회사에서 유일한 사무직 직원이었다. 다른 직원들보다 어렸고, 그래봤자 고작 대학 1학년을 마친 학생이었지만 소위 가방끈이 긴 유일한 직원이었다. 그래서 사무실 운영뿐만 아니라 회계 관리, 재무 관리, 인사 관리, 조직 관리, 가격 협상, 거래처 미팅 등 거의 모든 업무를 담당했다. 배송이 밀렸을 때는 트럭 운전대를 잡고 거래처로 물건을 배송했다. 나는 그 공장에서 대구 대가리를 자르는 일을 제외하고 모든 일을 했다.

내 급한 사정을 해결할 수 있게 되어 회사에 진심으로 감사했지만, 정작 회사를 다녀 보니 월급을 제외하고 모든 점이 실망스러웠다. 우선 이제 막 성장하는 회사여서 체계가 없었다. 정해진 업무 매뉴얼이 없으니 순간의 판단으로 수습하는 경우가 많았다. 또한 거래처와 미팅을 하다 보면 은근히 무시하는 시선이 느껴져 스트레스가 이만저만이 아니었다.

'공부를 못해서 대학도 못 가고 이런 공장에서 일하고 있군.'
'이 녀석은 나이도 젊은데 어째서 이런 촌구석에서, 그것도 이렇게 작은 공장에서 일을 하고 있을까?'

아무도 이렇게 직접적으로 말하지는 않았다. 하지만 나를 쳐다보는 상대의 눈빛은 그렇게 말하는 것 같았다. 거래처 미팅을 할 때마다 "실은 제가 대학생인데…"라고 말하고 싶어 입술을 달싹거렸지만, 그냥 함구할 수밖에. 그럴 때마다 어처구니없는 실수로 청춘을 낭비하고 있다는 자괴감이 밀려왔다.

회사 내 유일한 사무직 직원이었지만 공장이 바로 옆에 붙어 있어서 나는 그곳 분위기를 금세 알게 됐다. 공장에서는 납품받은 대구의 대가리를 자르고 껍질과 뼈를 분리해 살만 발라낸 다음, 이를 조리하여 진공으로 포장했다. 직원들의 출신 국가는 제각각이었다. 공장의 소재지가 이탈리아 대도시도 아니고 자그만 마을이었는데도 말이다. 손바닥만한 공장 안에 남유럽, 동유럽, 아프리카, 남아시아, 남아메리카 사람이 함께 일하고 있었다. 사무실에서 공장 쪽으로 발길을 돌리면 언제나 유쾌한 웃음소리가 멀리서부터 들려왔다. 다들 저마다 좋아하는 노래를 부르며 일을 했고, 힘들어도 즐겁게 노동했다. 아직 체계가 없는 공장이었기에 직원들마다 '이건 이래야 한다', '저건 저래야 한다' 옥신각신할 때도 있었지만, 휴식 시간만 되면 언제 그랬냐는 듯이 다시 깔깔거렸다.

처음에는 이런 모습이 이해가 되지 않았다. 하지만 회사 일이 괴롭다 못해 반쯤 자포자기했을 때쯤, 내가 크게 잘못 생각하고 있다는 것을 깨달았다. 1년의 시간을 이들과 어울리면서 누구나 인생에 대해 각자의 고민을 떠안고 있고, 나의 고민이 타인의 고민보다 결코 더 진중하거나 심오하지 않다는 걸 깨달았다. 모두가 똑같이 일을 하는 동료들이었고 똑같은 사람들이었다. 이를 알게 된 이후부터 매 순간이 소중했다. 몸은 고되도 이전처럼 정신적으로 힘들지는 않았다. 오히려 동료들과 작별해야 할 시간이 가까워질수록 아쉬운 마음이 커졌다.

알베가 돌아왔다

간신히 병역 문제를 해결하고 학교에 돌아오니 친구들은 3학년이 돼 있었다. 친구들보다 1년이 늦어졌지만 조급한 마음은 전혀 없었다. 어디서도 쉽게 얻을 수 없는 인생 공부를 했고, 통장 잔고도 두둑해졌기 때문이다. 지난 1년이 더욱 소중한 이유는 또 있었다. 고등학교 시절 나를 방황케 했던 인생의 고민들이 일을 하는 동안 어느 정도 정리가 됐고, 세상을 바라보는 내 시선도 몰라보게 달라졌기 때문이다. 나는 사과의 맛을 음미하는 게 인생의 아름다움일 뿐만 아니라, 나와 다른 삶을 이해하고 그들과 어울려 사는 것 역시 멋진 인생이라고 결론지었다. 또 하고 싶었는데 못 했다는 후회가 없도록 뭐든지 열심히 해야겠다는 결심도 했다. 누구나 인생은

널
보러
왔어

처음이니까 말이다. 어느 책에서 이런 구절을 읽은 적이 있다. 사람들은 본인이 한 일 때문에 후회하기보다 하지 못한 일 때문에 더 많은 후회를 한다고.

'알베르토'라는 사람이 이렇게 달라진 만큼, 1년 사이에 학교도, 세상도 많이 달라져 있었다. 중국이 급속한 경제 성장을 이루면서 그들의 영향력이 커졌고, 자연스럽게 중국어의 위상도 눈에 띄게 높아졌다. 분명 내가 대학에 입학할 때만 해도 "중국어 공부를 해서 도대체 어디에 쓸 거냐"고 면박을 받기 일쑤였는데, 이제는 중국어가 매우 전도유망한 언어가 돼 있었다. 나를 다시 만난 사람들은 이렇게 말했다.

"중국어는 이제 미래의 언어지! 너 정말 대단하구나. 이런 상황이 올 줄 안 거야?"

졸지에 나는 '미래의 언어'를 선택한, 예지력 넘치는 엘리트 학생이 돼 있었다. 맙소사!

나는 '진짜 중국'을 만나고 싶었다. 이탈리아에서 많은 것을 배웠다고 생각했지만, 여전히 중국은 상상 속의 나라일 뿐이었다. 어쩌면 이탈리아에서 배운 중국은 누군가의 필터를 거친 것일지도 모른다는 생각도 들었다. 이탈리아에 온 이민자나 공장에서 만난 외국인 노동자들을 직접 만난 후에야 그들을 제대로 이해하고 세상의 이면을 볼 수 있었던 것처럼, 중국에 직접 가서 내 눈으로 볼 때 진짜 중국을 볼 수 있을 것이라 생각했다. 그래야 후회도 없을 것이었다.

다행히 우리 대학교의 외국어 전공 학생들은 모교와 결연을 맺은 외국 대학에 교환 학생으로 가서 좀 더 전문적인 공부를 할 수 있었다. 중국어 전공 학생들도 마찬가지였다. 이탈리아에서 열심히 중국어와 중국 문화를 배운 뒤 중국 소재 대학교로 유학을 떠났다.

나도 그 길을 알아보기 시작했다.

아무것도 없는 곳으로 가야만 한다

아무것도 없다니!

중국 유학을 앞두고 있던 2003년만 해도 이탈리아에는 중국 관련 자료가 충분하지 않았다. 중국은 하루가 다르게 변모하고 있는데 도서관 자료들은 너무 옛날 것들이었다. 예를 들어 1960~70년대의 문화대혁명 자료만 넘쳐 났다. 물론 그때도 인터넷은 있었다. 하지만 양적, 질적 측면에서 쓸 만한 정보는 없었다. 지금이야 구글 어스를 통해 지구 반대편의 모습마저 생생하게 볼 수 있지만 말이다. 학과 사무실이라고 해서 크게 다르지 않았다. 자매결연을 한 중국 대학에 대한 약간의 정보는 있기는 했지만, 유학을 준비하는 사람 입장에서 만족할 만한 수준은 아니었다.

학과 사무실에서 내가 갈 수 있는 중국 대학을 확인해 보니 총

세 곳이었다. 상하이 푸단대학교, 베이징외국어대학교, 베이징 수도경제무역대학교. 학과 사무실 관계자는 세 대학 모두 대도시에 있어서 우리 학교 학생들이 선호한다고 귀띔했다. 이 중 한 곳을 고르면 됐다.

고민 끝에 그나마 학생들이 덜 몰리는 베이징 수도경제무역대학교에 가기로 마음먹고, 서류를 준비해 학과 사무실로 갔다. 약 80명 정도의 학생들이 유학 서류 제출을 위해 기다리고 있었다. 친구들에게 슬쩍 물어보니 절반은 베이징에, 나머지 절반은 상하이로 갈 계획이라고 했다.

'이런… 낭패인 걸?'

유학 갈 생각에 신이 나서 돈을 모으고 여권도 만들었는데, 여기 있는 녀석들과 함께 중국에 간다는 생각을 하니 머리가 복잡했다. 우르르 중국 대학에 갔다가 한 학기 만에 우르르 돌아올 생각을 하니 심히 염려가 됐다. 단체 관광이나 마찬가지 아닌가? 이렇게 중국에 갔다가는 중국어가 늘기는커녕 이 녀석들과 실컷 술이나 마시며 놀다 올 게 뻔했다.

당황스럽기도 하고, 실망스럽기도 해서 다시 유학 가이드북을

널
보러
왔어

샅샅이 뒤져 봤다. 그런데 학과 사무실에서 소개한 대학 세 곳 말고도 대학 하나가 더 있었다. 다롄외국어대학교. 다롄이 중국 어디쯤에 있는지도 모르고, 심지어 들어 본 적도 없었지만, 일단 베이징과 상하이가 아닌 건 분명했다. 한 가지 더 확실한 사실. 옆에 있는 80명의 녀석들은 여기에 가지 않을 게 분명했다. 순간적으로 다롄에 꼭 가야만 할 것 같았다.

그래도 차마 혼자 갈 수는 없어서 친한 친구 다섯 명에게 다롄에 함께 가자고 꾀었다. 세 명은 내 제안을 듣자마자 고개를 절레절레 흔들었고, 두 명은 흔쾌히 수락했다. 절친인 스테파노는 다롄이 어딘지도 모르지만 내가 가는 곳이라면 함께 가겠다고 했다. 지지라고 굉장히 웃기는 녀석이 있는데 이 친구 역시 무조건 가겠다고 했다. 그러니까 나를 포함해 모두 세 명이 다롄으로 가게 됐다. 우리는 원래 가려던 학교 이름을 지우고, 그 위에 다롄외국어대학교로 고쳐서 서류를 제출했다.

학과 사무실 직원은 우리가 제출한 신청서를 보더니 고개를 들어 우리 셋의 얼굴을 쳐다봤다. 그러고는 마치 크게 실수한 동생들에게 조언을 해주듯이 나긋한 목소리로 달랬다.

"여태까지 우리 학교 학생이 다롄으로 간 적이 단 한 번도 없었어요. 그리고 다롄엔 아무것도 없어요."

그 말은 마치 다롄으로 꼭 가야만 한다는 소리로 들렸다. 심지어 확신마저 생겼다.

'무조건 다롄으로 가야 한다. 아무것도 없다니!'

당시 내 머릿속에 그려진 다롄은 끝없이 펼쳐진 붉은 수수밭에서 모자를 쓴 중국인들이 농사를 짓는 곳이었다. 진짜 중국을 만나기에 제격이라고나 할까? 중국 문화의 모태가 되는 농경 사회를 경험할 수도 있겠다는 생각도 했다. 한 번도 접하지 못한 문화를 경험할 생각에 벌써부터 아드레날린이 나오는 듯한 느낌이었다.

준비는 끝났다. 중국으로 유학을 가려면 가장 중요한 게 '돈'이라고 생각해 열심히 아르바이트를 했고, 한화로 약 600만 원 정도를 통장에 쌓아 놓았다. 이 정도면 한 학기 학비와 기숙사비, 그리고 아껴 쓴다는 전제하에 용돈으로도 충분했다.

이제 붉은 수수밭 평야가 펼쳐진 다롄으로 떠나기만 하면 됐다.

/

2003년 2월 나는 스테파노, 지지와 함께 중국 다롄으로 떠났다. 베네치아에서 비행기를 타고 오스트리아 빈에서 환승한 후, 중국 다롄으로 가는 동선이었다.

지구 반 바퀴를 돌아 다롄에 도착하니 한밤중이었다. 공항 외에는 아무것도 보이지 않는 밤. 밤의 고요는 꽤 깊어서 공항에서 간간히 흘러나오는 안내 멘트 외에는 그 어느 것도 깨기 힘들 것 같았다. 우리 셋은 공항을 빠져 나와 택시 정거장으로 향했다. 숨을 크게 한번 들이마셨다. 콧구멍으로 들어오는 바람의 냄새가 미라노와는 달랐다. 차가운 바람 속에는 먼지 냄새와 매연이 섞여 있었다. '뭐, 공항 근처가 다 그렇지.'

택시들이 정거장에 쭈욱 정차해 있었다. 맨 앞에 서 있는 택시로 가서 기사에게 다롄외국어대학교로 가고 싶다고 말했다.

"#&%$##@?"
"……"

지난 3년 동안 우리는 중국어 신문을 열심히 읽으며 번역을 했고, 중국의 정치사상에 대한 보고서도 작성했다. 그런데! 택시 기사의 말을 전혀 알아듣지 못하는 사태가 벌어졌다. 우리 셋 모두가 택시 기사의 눈과 입을 멀뚱멀뚱 쳐다보고만 있었다. 중국 땅에 첫발을 내딛는 순간부터 우리의 지적 자만심이 산산조각이 난 것이다. 한편으로는 당장 다롄외국어대학교에도 가지도 못할 처지라고 생각하니 스스로가 한심하면서도, 앞으로의 중국 생활이 순탄치는 않겠다 싶었다.

다행히 주변 중국인들이 우리를 도와줘서 겨우 다롄외국어대학교로 가는 택시를 탔다. 1시간 정도의 거리였는데 택시비가 200위안 정도 나왔다. 당시 환율로는 20유로 안팎이어서 우리 셋은 택시비가 정말 저렴하다며 놀라워했다. 택시 기사에게 정말 감사한 마음이 들어서 몇 번이고 인사하며 내렸다. 하지만 나중에 공항에서 학교까지의 적정 택시 요금이 30위안이었다는 사실을 알고는 다시 한 번 놀랐다. 7배에 가까운 요금을 택시 기사에게 더 냈으니 말이다. 당시에는 그 사실을 몰랐으니 우리는 기분 좋게 학교 앞에서 내렸다.

여전히 칠흑 같은 오밤중이었다. 우리는 학교 기숙사의 위치도 몰랐고, 주변에는 길을 물어볼 사람도 전혀 없었다. 다롄에서 졸지에 미아가 된 우리 셋은 표지판이라도 찾아볼 요량으로 둘레둘레

기웃거렸다. 세 명이 여행 가방을 질질 끌며 주변을 서성이고 있을 때, 뒤에서 갑자기 이탈리아어가 들렸다. 이탈리아어!

"너희들 이탈리아 사람이니?"

맙소사, 이곳에서 이탈리아 천사를 만나다니! 뒤를 돌아보니 여학생이 두 명 있었다. 한 명은 우리에게 구원의 손길을 내민 이탈리아인이었고, 다른 한 명은 한국인이었다. 자초지종을 들은 그들은 그 야심한 밤에 무려 기숙사 앞까지 우리를 데려다주는 호의를 베풀었다. 걸어가는 길에 두런두런 이야기를 나눠 보니 둘은 1년 전에 다롄에 온 학생들이었다. 직감적으로 앞으로 이 두 친구들의 도움을 꽤 받을 것 같다는 생각이 들었다.

내 직감은 5분도 되지 않아 현실이 됐다. 머나먼 중국 땅에서 처음으로 도움을 받은 것도 고마운데, 이 친구들이 반가운 제안을 했다. 놀러 나가는 길인데 같이 가지 않겠냐는 것이었다. 이게 웬 횡재! 예쁜 여학생들이 함께 놀자고 하는데 거절할 남자가 어디 있단 말인가? 게다가 중국에 도착하자마자 친구들을 사귈 수 있는 기회였다. 우리는 오랜 비행으로 씻지도 못했고 시차 적응도 못했지만, 가방을 기숙사에 던져 놓고 두 친구를 따라 학교 인근의 바에 갔다.

그곳에는 다롄외국어대학교로 공부하러 온 다른 나라 학생들이 모여서 술을 마시고 있었다. 두 여학생은 다른 친구들에게 우리를 소개했다. "지금 막 이탈리아에서 온 친구들이야." 그 자리에는 한국 학생들과 일본 학생들이 많았는데, 이 친구들은 우리를 위해 한국산 소주를 주문했다. 중국에 도착하자마자 빈속에 들어간 게 소주라니! 피곤해야 하는데 오히려 신이 났다. 공항에서 입 밖으로 한마디도 나오지 않던 중국어가 술술 나왔다.

술자리는 새벽 5시까지 이어졌다. 그리고 받아 든 계산서. '많이 마셨으니 좀 내겠네'라고 각오하며 1인당 지불해야 할 술값을 확인했더니 두 눈을 의심할 정도의 가격이 써 있었다. 무려 55위안. 이탈리아로 치면 5유로였다. 이탈리아에서 맥주 한 잔 마실 돈으로 새벽 5시까지 소주를 마시고 맛있는 안주를 먹은 셈이었다. 안 그래도 흥분한 상태였는데, 더 흥분하고 말았다.

"얘들아, 우리 다 부자야! 여기 너무 좋다!"

억만장자가 이런 기분일까? 생애 처음으로 부자가 된 듯한 느낌을 만끽했다.

널
보러
왔어

그날의 즐거움은 사실 큰 실수였다. 우리는 새벽 6시에 기숙사에 도착해 잠을 청했는데, 그때 잠을 자면 유럽 시간에 맞춰서 잠자리에 드는 것과 마찬가지였다. 학기 시작 일주일 전인데 밤새 술까지 마셨으니 시차에 제대로 적응할 리가 없었다. 새 학기가 시작됐지만 아침이 되면 여전히 졸렸고, 밤이 되면 정신이 맑아졌다. 우리 셋은 한 달 내내 시차 적응으로 고생했다.

《논어》는 읽어도 중국어는 못합니다

중국에 온 지 사흘째 되던 날. 학교 밖 식당에서 밥을 먹기로 했다. 학생식당의 음식도 괜찮았지만, 중국 현지 식당이 궁금했기 때문이다. 어느 곳이 '맛집'인지 정보가 전혀 없었지만 이탈리아 출신들의 본능적인 감각을 믿기로 했다. 마음이 가는 한 집을 골라서 들어갔다. 역시나 종업원은 중국어로 응대했다.

　"@#$#$^$%"
　"……?"

중국 동북 지역 방언 때문인가? 동행했던 지지와 스테파노는 물론이고 나도 종업원의 말을 한마디도 알아듣지 못했다. 중국에 도착하던 첫날, 택시 기사와 마주했던 악몽이 떠올랐다. 우리는 겨우겨우 입을 뗐다.

"저희… 식사하고… 싶어요."

어렵게 말을 마치고 빈자리에 앉자 종업원이 메뉴판을 가져왔다. 메뉴판은 당연히 중국어로 되어 있었지만, 제대로 읽을 수가 없었다. 겨우 양, 닭, 소, 돼지 정도의 한자를 읽을 수 있을 뿐 그 외에 글자는 의미는 고사하고 어떻게 발음하는지도 도통 알 수 없었다. 그렇다고 메뉴 옆에 사진이 있는 것도 아니었다. 외국인을 상대로 장사하는 식당이 아니니 당연했다.

나는 이탈리아에서 도대체 무엇을 공부한 것인지 자괴감이 밀려왔다. 《논어》,《맹자》와 같은 고전을 중국어로 읽으며 지적 희열을 느꼈지만, 중국 현지에서 식당 메뉴판도 읽지 못하고 종업원과 간단한 대화도 어렵게 하는 꼬락서니라니.

나중에 알고 보니 중국 음식의 이름은 상당히 철학적이었다. 모든 가족의 행복을 뜻하는 '전가복全家福', 승려가 담을 넘는다는 의미인 '불도장佛跳牆'. 이름만 보면 해당 음식이 무슨 재료를 사용했

느지 도대체 유추할 수 없다. 중국 문화를 충분히 경험하지 못하면 음식점에서 간단한 음식을 주문하는 것조차 어렵다. 꽤 오랫동안 메뉴판을 들여다본 끝에 음식을 주문했다.

"이 집에서 제일 맛있는 것으로 알아서 해 주세요."

잠시 후 커다란 냄비에 빨갛고 흰 스프가 담겨 나왔다. 그때는 몰랐지만 '휘궈얇게 썬 쇠고기나 양고기를 해산물과 채소 따위를 끓는 육수에 살짝 익혀 소스에 찍어 먹는 요리'였다. 정말 맛있었다. 이탈리아에서 맛집을 고르는 기준은 '영어 메뉴판이 없고, 관광객이 많지 않은 곳'인데, 이를 중국에서 적용했더니 역시 딱 맞아 떨어졌다. 이렇게 멀리 떨어진 나라라도 사람 사는 모습은 비슷하다는 생각을 했다.

/

중국에 머문 지 일주일 정도 되자 중국 생활이 조금 익숙해지기 시작했다. 같이 공부하는 유학생들과도 꽤 친해져서 자연스레 서로의 나라와 문화를 이야기하는 시간을 가졌다.

한번은 의성어를 소재로 대화를 나눴다. 누군가 중국에서는 개가 '왕왕' 짖는다고 말했다. 나는 "말도 안 돼!"라고 받아쳤다. 어떻게 개가 '왕왕' 짖나? 그러자 한국에서 온 친구가 개는 '멍멍' 짖는다고 말했다. 이건 또 무슨 소리인가? 내가 "그건 더 말이 안 돼"라고 말하자, 갑자기 유학생들이 자기네 나라의 고양이와 닭이 어떻게 우는지, 개는 또 어찌 짖는지 일제히 얘기하기 시작했다. 알고 보니 이탈리아에서는 '끼끼리끼' 우는 수탉이 한국에서는 '꼬끼오' 울고 있었다.

다들 꼬마 시절에 동물들이 내는 소리를 배웠을 것이다. 나 역시 말을 배우던 시절에 엄마의 입을 통해 나오는 그 소리들을 하나씩 하나씩 습득했다. 20년 가까운 세월 동안 개와 고양이, 소와 닭이 내는 소리를 한 번도 의심한 적도 없다. 그런데 중국에 와서 언어가 달라지면 동물이 내는 소리도 다르게 표현된다는 사실을 처음으로 깨달았다. 옆에 있는 유학생들이 자기네 말로 동물 소리를 내고 있는데, 이 상황이 마치 희극 같았다. 《논어》와 《맹자》는 열심히 읽었어도 서너 살 꼬마들이 아는 단어를 전혀 모르니 말이다.

이탈리아 대학생들은 본인이 지식인인 것처럼 행동한다. 나 역시 그랬다. 하지만 중국이라는 미지의 세계를 접하고 나서야 그동안 내 안에 똬리를 틀고 있던 지적 자만심의 존재를 확실히 인지하게 됐다. 불현듯 베네치아대학교 학과 사무실에서 유학 서류를 접수할 때 지원 대학을 갑자기 다롄으로 바꾸자 직원이 건넸던 말이 생각났다.

"다롄엔 아무것도 없어요."

아무것도 없다는 다롄은 실제로는 600만 명이 사는 대도시였다. 고작 25만 명이 모여 사는 베네치아가 다롄을 너른 평야만 있는 시골로 여긴 것이다. 사실은 이탈리아의 어느 도시보다 더 크고 발전된 도시인데 말이다. 학과 사무실 직원은 상하이와 베이징 말고는 알지 못했기에 그냥 아무것도 없다고 말했을까?

직접 경험하지 않고 단정지어 말할 수 있는 것은 없다. 그리고 내가 아는 것은 결코 전부가 아니다. 이걸 깨닫고 나니 좀 더 몸을 낮춰 배우고, 많이 경험해야겠다고 다짐하게 됐다. 나는 그저 유럽의 작은 도시에서 온 유학생일 뿐이고, 나의 중국어 실력은 중국에서는 정말 아무것도 아닌 수준이니까.

묘한 자유

어느 사회이든 그 사회 구성원만이 아는 암묵적인 삶의 문법들이 있기 마련이다. 일이나 학업 때문에 잠깐 다른 나라에 체류하거나 여행하는 이들이 '유레카!'를 외치며 좋아하거나, 아니면 참을 수 없을 정도로 불편해 할 때가 바로 이를 확인할 때다.

내 인생 처음으로 중국에서 그런 경험을 했다. 가톨릭 전통, 다당제를 기반으로 하는 정치 시스템, 자본주의 경제 체제가 사회의 큰 축을 이루고 있는 이탈리아에서 살다가 유교적 전통, 공산당 일당 정치 시스템, 사회주의에서 자본주의로 경제 체제를 바꾼 중국에서 생활하니 당황스러우면서도 한편으로 '묘한 자유'를 느꼈다.

첫 경험은 허름한 골목 식당에서였다. 밥을 먹다가 젓가락이 바닥에 떨어졌다. 이탈리아에서라면 웨이터를 불러서 이 문제를 해결한다. 식당 종업원을 불러 새 젓가락을 달라고 요청했다. 그런데 종업원의 반응이 놀라웠다. "옆 테이블에서 가져가면 될 것을 왜 부르냐"라며 투덜거렸다. 이탈리아에서는 옆 테이블 손님이 식사 중일때, 그 자리의 스푼이나 포크, 냅킨 따위를 가져오면 매우 예의 없는 사람 취급을 한다. 그렇게 하는 사람을 본 적도 없다. 하지만 중국에서는 전혀 문제될 것이 없는 상황이었다. 실제로 옆 테이블 손님은 내가 젓가락을 가져가든 말든 개의치 않았다. 문화적으로 합의된 개인의 영역이 있을 텐데, 중국에서는 그 범위가 달랐다. 내가 절대시했던, 사람과 사람사이의 경계선을 중국에서는 아무렇지도 않게 넘나들고 있었다. 그게 무례한 것도 아니었다.

길을 건널 때도 암묵적인 규칙을 알아야 했다. 어느 나라에서든 교통 규칙을 지켜야 하지만, 중국에서는 간단히 무시됐다. 처음에는 말도 안 되게 무질서하다고 생각했다. 하지만 그 속에도 규칙이 있었다. 다름 아닌 '눈치'였다. 차선도 있고, 신호등도 존재하지만 그저 '눈치껏' 사고가 나지 않게 다니면 됐다. 그러다 보니 나 같은 외국인은 길을 건너는 게 매우 힘들었다. 한번은 횡단보도에 서서 자동차가 멈출 때까지 기다리다가, 20분이 지나도 차가 멈추지 않아서 결국 길을 건너는 중국인 아주머니 옆에 바짝 붙어서 건넌 적도 있다. 문제는 길을 건널 타이밍을 아는 '눈치'가 금방 생기지 않는다는 점이었다. 그래서 길을 건널 때의 내 생존 방식은 이랬다. 항상 현지인 옆에 꼭 붙어서 건널 것! 이것도 일종의 눈치라면 눈치였다.

중국 시장에서의 흥정은 중국 사회의 암묵적인 삶의 문법을 보여주는 하이라이트였다. 중국 시장에서는 정해진 가격이 없다. 상인은 일단 비싸게 부르는데, 손님은 몇 차례 깎아야 제값을 주고 살 수 있다. 그걸 몰랐던 나는 처음에는 가격을 물어본 뒤 그냥 달라는 대로 모두 줬다. 며칠 지나고 보니 엄청 비싸게 물건을 구입한 걸 알게 됐다. 그 후부터는 물건을 살 때마다 여러 차례 흥정을 했다.

물건에 정찰 가격이 붙어 있는 사회에 익숙한 사람들 입장에서는 이 시스템을 이해하지 못하면 상인 모두가 사기꾼처럼 보인다. 하지만 익숙하면 이것만큼 짜릿한 것도 없다. 처음에 300위안이었던 티셔츠가 흥정 끝에 10위안이 된다. 상인에게 처음에 가격을 물으니 300위안이라고 해서 중국 말로 몇 번 받아치니 바로 100위안으로 내려갔다. 그다음에 "저 관광객 아니에요. 여기 사는 사람이에요. 바보 아니라고요. 여기 물가 다 알아요. 지난번에는 이 티셔츠를 5위안 주고 샀어요"라고 말하면 그때서야 상인은 적정 가격인 10위안을 불렀다.

한번은 베이징에 놀러가서 미국인 관광객이 시장에서 나무젓가락 가격을 묻는 장면을 봤다. 중국인 아저씨가 20달러라고 대답하자, 그 관광객은 가격을 깎은 뒤 흐뭇한 표정을 지으며 10달러를 건넸다. 당장 뛰어가서 "바가지 썼어요. 이렇게 평범한 나무젓가락이면 10달러가 아니라 10위안이면 살 수 있어요"라고 말하고 싶었지만, 그 상황이 재미있어서 그냥 지켜보기만 했다. '주인아저씨, 오늘 돈 많이 버셨네.'

묘하게도 당시 나는 미국인 관광객의 입장이 되기보다 중국 상인의 마음이 되어 있었다. 어느덧 중국이라는 사회의 보이지 않는 규칙을 알게 됐고, 이에 익숙해지면서 이탈리아에서 경험할 수 없었던 '묘한 자유'마저 느끼고 있었다. 중국 생활이 점점 흥미로워졌다.

/

중국 유학 시절에 난 부자였다. 정확히 말하면 '부자 같았다'. 이탈리아와 중국의 환율 차이, 물가 차이로 인해 중국에서 무엇이든지 싸게 즐길 수 있었다. 시장에서 배부르게 먹어도 5~10위안 정도를 냈는데, 이탈리아에서는 그 돈으로는 아무것도 못했다.

어느 날 슈퍼마켓에 가서 자그마한 네스퀵을 만난 후 '부자 같은 느낌'을 더 이상 만끽할 수 없었다. 어릴 때 우유에 타 마시던 네스퀵을 보니 갑자기 먹고 싶어져 슈퍼마켓 주인에게 가격을 물었다. 한 번 먹을 분량으로 작게 포장된 네스퀵이었는데 가격이 무려 37위안이었다. 중국 식당에서 다섯 끼를 해결할 수 있는 돈이었다. 곰곰이 생각해 보니 중국 서민층 아이들이라면 쉽게 네스퀵을 먹지 못할 것 같았다. 어린 시절에 이탈리아에서 손쉽게 먹을 수 있었던 네스퀵이 중국에서는 엄청나게 비싼 코코아로 팔리고 있었다. 이탈리아와 중국 사이의 경제력 차이 때문이겠지만 이 자그마한 네스퀵이 선사하는 행복을 이탈리아 아이들만 온전히 느낄 수 있는 상황은 불공정해 보였다. 네스퀵이 지나치게 비싸기도 했지만, 이 생각에 이르니 코코아 한 잔을 도저히 마실 수 없을 것 같아서 슬그머니 내려놓았다.

얼마 후 음반을 살 때도 생각이 많아졌다. 이탈리아에서는 음악 CD 한 장 가격이 대략 20유로 정도였다. 고민을 거듭해 꼭 사고 싶은 음반을 한 장만 구매해야 했다. 그런데 중국에 오니 음악 CD 한 장에 20위안 정도였다. 20유로가 있으면 음반 10장을 살 수 있었다. 천국이 따로 없었다. 나는 종종 근처 음반 가게에 가서 사고 싶은 CD를 마음껏 골랐다.

단골이 돼서는 사장님께 매장에 없는 음반을 요청했다. 한번은 사장님께 "핑크 플로이드 음반이 있나요?"라고 물었다. 매장에는 없어 보이니 좀 구해달라는 뜻이었다. 그런데 사장님은 처음에는 없다고 하더니만, 잠시 후 "정말 필요하냐"고 물었다. 그렇다고 했더니 조용히 따라오라는 게 아닌가? 사장님은 나를 인근 호텔로 데려갔다. 사실 좀 무서운 생각이 들었다. '왜 날 호텔로 데려가지? 혹시 삼합회 일원일까?'라고 의심하면서도 CD를 사고 싶은 욕심에 일단 따라갔다.

사장님은 어느 방 앞에 우뚝 서더니 문을 열었다. 호텔 방 안에는 CD와 DVD가 빼곡하게 차 있었다. 아마도 불법 복제를 했거나 몰래 빼돌린 CD와 DVD일 것이다. 사실 전 세계에 유통되는 CD나 DVD의 상당수는 '메이드 인 차이나'다. 중국에 생산 공장이 있지만 중국 내 유통은 금지돼 있었다. 그렇지만 사람들이 일부를 빼돌려 은밀히 거래하고 있었다. 나는 그 방에서 핑크 플로이드, 퀸 등 내가 좋아하는 록 밴드 CD를 여러 장 골랐고 말도 안 되는 가격으로 구매했다. 소비자 입장에서는 정말 기분 좋은 일이었다. 나는 아드레날린이 마구 분비되는 소리를 들으면서 집에 돌아와 음악을 들었다.

널
보러
왔어

그런데 이상하게도 행복한 마음은 오래가지 않았다. 이런 식으로 CD와 DVD가 유통된다는 것은 저작권 보호가 안 된다는 의미인데, 내가 저렴하게 CD를 사는 게 중요한지, 아티스트의 저작권 보호가 더 중요한지 고민이 됐다. 저작권 보호를 받지 못한다면 아티스트는 안정적인 활동을 하지 못할 것이다. 내 입장에서야 돈 몇 푼을 아끼는 게 정말 중요하지만 그에 못지않게 아티스트도 합당한 수익을 올려야 한다는 생각이 들었다.

내가 사회운동가는 아니지만, 처음으로 경제학 교과서에서 말하는 '개인의 합리적 선택'에 대한 의심을 품은 순간이었다. 세계 경제의 엔진으로 성장해 가는 중국에서 세계 경제 체제의 이면을 몸소 체험했기에 가능했던 일인 것 같다. 아마 이탈리아에 계속 있었다면 아무런 고민이 없었을지도 모른다.

/

나는 주중에는 학생이었지만 주말이나 휴일에는 여행자였다. 한 손에 가이드북을 꼭 쥐고 버스나 기차 등의 대중교통을 이용하며 여기저기를 둘러봤다. 아무리 '이탈리아 출신의 젊은 부자'가 된 듯한 느낌이 들어도 학생의 주머니가 얄팍한 건 변함없는 사실

이니까. 그런데 문제가 하나 있었다. 중국의 버스와 기차가 연착이 매우 잦았다. 그렇다고 매번 차를 렌트하거나 택시를 탈 수도 없는 노릇이었다. 중국의 한 단면이라고 생각하고 불편함을 감수하며 참고 다닐 수밖에.

어느 날 중국인 친구들에게 우리가 시간표를 보고 버스와 기차를 기다렸다는 이야기를 하자 깔깔대며 바보 취급했다. 그러더니 '헤이처黑車'를 타라고 권했다. 헤이처란 무허가 영업차를 말하는데, 대개 가격을 협상한 후 운행한다. 새벽 5시쯤 일어나서 호텔 앞으로 가면 헤이처 운전기사들이 대기하고 있다. 이들과 목적지와 가격을 협상하면 된다. 버스 터미널에서 언제 올지 모를 버스를 무작정 기다리는 것보다 아침잠을 조금 덜 자더라도 헤이처를 타고 이동하는 게 편리하다. 이런 신세계가 있었다니! 중국인 친구들 덕분에 그후 종종 헤이처를 이용했다.

나는 문득 헤이처가 급속하게 경제 발전 중인 중국의 이면이라고 생각했다. 발전 도상 국가 대부분 규칙을 잘 지키지 않는 경우가 많은데, 사실은 그 과정에서 허점을 이용한 치부가 많이 이뤄진다. 중국에서는 헤이처가 그런 것 같았다. 불법 영업이니 언제든 당국의 제재가 가해질 수 있지만, 돈만 많이 준다면 위험을 무릅쓰고 규칙 따위는 간단히 무시하며 달릴 수 있다는 게 헤이처 기사들의 자세였다.

'유연한 규칙'은 도시를 벗어나 시골로 갈수록 쉽게 찾아볼 수 있었다. 한번은 이탈리아 친구와 함께 칭하이 호수를 구경하러 간 적이 있다. 너무 넓어서 도보로 둘러볼 엄두가 나지 않아 동네 주민에게 오토바이를 빌릴 수 있을지 물었다. 주인아저씨는 흔쾌히 빌려주겠다고 하셨다. 그런데 지갑을 보니 맡길 만한 신분증이 없었다. 당황해 하다가 혹시 이탈리아 도서관 대출증이라도 받으실까 해서 드렸더니만 별말 없으신 채 오토바이를 내어 주셨다. 그때는 오토바이를 탈 수 있게 돼서 그저 기분이 좋았는데, 가만히 생각해 보니 '뭘 믿고 내게 오토바이를 빌려줬을까'라는 생각이 들었다. 내가 이 오토바이를 타고 도망가면 어쩌려고?

아무튼 상쾌하게 오토바이를 타고 달렸다. 바람을 맞으며 칭하이 호수 풍경을 두 눈에 담는 기분이란! '내게 진정 중요한 것은 없어. 어쨌든 바람은 불지….' 나도 모르게 노래가 흥얼거려졌다. 그렇게 한참을 행복함을 만끽하던 와중에 큰일이 벌어졌다. 저 멀리서 공안이 보였다. '아, 어쩌지? 오토바이 면허증도 없고, 헬멧도 쓰지 않았는데….' 주변을 둘러보니 도망칠 만한 길도 없었다. 어찌할까 고민하다가 나는 그냥 체념했다. '엄청난 벌금을 내거나 유치장에 가거나, 둘 중 하나겠지.'

공안이 우리를 멈춰 세웠다. 얼굴에 피가 통하지 않는 기분이고, 심장은 엄청나게 쿵쾅거렸다. 나는 공안의 입만 쳐다봤다.

"오늘 여기서 자전거 대회가 있어요. 왼쪽으로 가지 마시고 오른쪽으로 가세요."

"네? 아…, 알겠습니다!"

공안은 유유히 자리를 떴다. 내 심장은 여전히 빠르게 벌떡였다.

만약 이탈리아였다면 어땠을까? 일단은 모르는 외국인에게 적법한 신분증도 확인하지 않고 오토바이를 빌려주는 일은 결코 없을 것이다. 그리고 겨우 오토바이를 빌렸어도 헬멧을 쓰지 않고 무면허 운전까지 한 외국인을 경찰이 그냥 두지 않았을 것이다.

당시는 중국이 아직 엄격한 규칙을 적용하지 않을 때였고, 사람들의 순박함이 남아 있어서 우리는 운 좋게 그 상황을 모면할 수 있었지만, 아마 지금은 또 다를 것이다. 똑같은 행동을 하다가 공안을 만난다면, 아마 "오른쪽으로 가세요"라는 말이 아니라 "지금 경찰서로 직진합시다"라는 말을 듣지 않을까?

한국, 왜 이리 낯설지 않지?

베네치아대학교 동아시아언어문화학과 중국어 전공을 하면 중국어를 비롯해 중국 역사와 사회, 철학과 문학을 공부한다. 하지만 학생들이 중국에만 매몰돼 공부하는 것을 허락하지 않는다. 인근 동아시아 나라에 대해서도 관심을 갖도록 지도한다. 그래서 중국어를 전공하는 학생이라면 의무적으로 한국어나 일본어, 둘 중 하나를 선택해서 공부해야 한다.

당시 내 친구들 대부분은 한국어를 선택했다. 지금처럼 한류가 넘실대던 때도 아니었다. 이유는 단 하나. 학점을 매우 후하게 준다는 소문 때문이었다. 진짜였다. 한글만 익혀도 최고 학점을 받았다. 당시 베네치아대학교에는 한국어 전공이 없었는데, 이를 담당하신 이탈리아 교수님과 한국인 교수님은 전략적으로 학생들에게 후한 학점을 주시는 것 같았다. 나는 일본어를 선택했다. 남들처럼 쉽게 학점을 받고 싶지 않았고, 당시 우리 대학에는 일본어 전공이 있어서 체계적으로 일본어를 배울 수 있었다. 지금 한국에서 살면서 일을 하고 있는 나를 생각해 보면, 퍽 역설적인 선택이었다.

한국에 대한 이야기는 그때부터 본격적으로 접했다. 친구들이 수업 후에 이런저런 이야기를 전해서 자연스레 듣게 됐다. 늘 한국 관련 이야기를 듣다 보니 이따금 '나만 괜히 일본어를 선택했나?' 싶기도 했다.

그 와중에 만난 사람이 이탈리아 작가 티치아노 테르차니Tiziano Terzani였다. 티치아노는 독일의 대표적인 주간 시사 잡지인 〈슈피겔〉 특파원으로 30여 년을 중국에서 거주한 후, 일본에서 10년간 살았던 인물이다. 나는 그의 에세이를 좋아해서 그의 모든 책을 탐독했는데, 그중 아시아 생활과 여행 경험을 쓴 《아시아에서In Asia》를 읽으면서 깊은 인상을 받았다.

'한국은 거대한 고래 사이에 살았던 새우와 같다. 몇천 년 이상을 그렇게 살아남았고, 고유 언어를 간직하고 있다. 대단한 일이다.'

얼마 후 나는 티치아노가 언급한 '고래 사이에서 몇천 년 동안 생존했던 나라'를 직접 접할 기회를 가졌다. 다롄외국어대학교 유학생들의 출신 국가는 매우 다양했다. 아프리카를 제외하고 전 세계 모든 나라의 학생들이 모여 있다고 할 수 있을 정도였다. 그중에서도 나는 한국 학생들과 잘 지냈다. 그건 우연이기도 했다. 다롄외국어대학교에 도착한 첫날, 우리에게 기숙사 가는 길을 안내했던 두 여학생 중 한 명, 그러니까 한국 여학생 덕분에 베네치아에서 온 우리 3인방은 중국에 쉽게 적응하면서도 다른 한국 친구들과 친하게 지낼 수 있었다.

학교 앞에는 한국 음식점 몇 곳이 있었다. 비빔밥, 불고기, 파전, 삼겹살. 어찌 그리 하나같이 맛있는지 미식의 나라 이탈리아에서 온 우리 입맛에도 잘 맞았다. 우리가 누나라고 불렀던 그 한국 학생을 비롯해 다른 한국 유학생들과 함께 종종 한국 음식점을 찾아다니면서 어울리기 시작했다.

이 과정에서 흥미로운 점을 발견했다. 일본 학생들이 친한 친구 두세 명씩 끼리끼리 노는 데 비해서, 한국 학생들은 열댓 명씩 함께 밥을 먹고 놀았다. 이탈리아도 이와 비슷한 문화가 있다. '동반자'로 번역되는 '콤파니아compagnia' 문화다. 예를 들어, 내일 오후 6시 30분에 어느 음식점에서 만나기로 약속하면, 나는 내 친구를 데리고 가고 다른 친구들 역시 본인 친구를 데려오는 식이다. 다른 문화권 사람들이 본다면 부담스러운 광경이다. 그런데 한국 학생들은 우리와 비슷하게 놀았다.

시간이 지날수록 한국 친구들이 우리와 유사점이 많다는 걸 알게 됐다. 음식 취향, 노는 방식, 음주 문화, 유머 감각까지 매우 비슷했다. 금세 친한 친구가 될 수 있었던 것은 물론이다. 유럽도 아니고 아시아의 작은 나라가 우리와 이렇게 비슷할 수 있다는 게 신기했다. 결국 다롄외국어대학교에서 우리가 정말 친하게 지냈던 친구들은 노는 분위기가 비슷한 이탈리아, 스페인 그리고 한국 학생들이었다. 우리는 한국 친구들에게 이탈리아식 이름을 지어 주고 친하게 지냈다. 예를 들어 한국 이름이 '민국'이라면 비슷한 느낌인 '미카엘'이라고 불렀다.

한국 친구들과 어울리면서 자연스럽게 한국어도 습득했다. 맨 처음 배운 말은 '죽겠다'였다. 한국 친구들은 숙제가 많으면 '죽겠다'고 말했고, 술을 먹고 피곤해도 '죽겠다'고 말했다. '죽겠다'가 죽음과 관련된 부정적인 단어라고 추측했는데, 꼭 그런 게 아닌 듯했다. 한국 친구들은 맛있는 음식을 보면서 '죽이네'라고 했고, 정말 예쁜 여자를 봐도 '죽이네'라고 했다. '죽겠다'와 '죽이네'가 정말 죽도록 헷갈렸다.

아무튼 이때까지만 해도 한국 문화가 나와 잘 맞는다고만 생각했지, 오랫동안 한국에 정착해서 살게 될 줄은 상상조차 못했다. 한국 여자를 좋아할 때조차도 그 먼 미래를 예상하지 못했다.

짝사랑

중국 생활에 더할 나위 없이 만족할 때쯤 한 여학생이 눈에 들어왔다. 말 한마디 건네 본 적 없는 사이인데도 자꾸 눈길이 갔고 집에 돌아오면 그녀의 얼굴이 떠올랐다.

그녀는 수업 시간에 늘 맨 앞에 앉았다. 쉬는 시간에는 친한 한국 여학생 네 명이서만 어울렸고, 수업이 끝나면 곧바로 집에 갔다. 술자리에라도 모습을 드러내면 좋으련만, 한국 친구들과 아무리 술자리를 만들어도 나오지 않았다. 내 마음을 드러내고 싶어도 기회가 전혀 없었다.

고민의 나날만 더해 가던 어느 날, 절호의 기회를 맞이했다. 친한 사람들에게 팔찌를 선물하는 중국의 기념일이 다가온 것이다.

이때다 싶었다. 함께 수업을 듣는 여학생들에게 선물하려고 팔찌를 준비했다. 물론 그녀의 것은 달랐다. 좀 더 특별한 팔찌였다.

선물을 나눠 준 다음 날, 궁금한 마음을 한가득 안고 강의실에 들어갔다. 여학생들 모두 내가 선물한 팔찌를 차고 있었다. 그녀만 빼고. 온갖 복잡한 마음이 일었다. '이 친구가 벌써 내 마음을 알아챈 것일까? 내 성의를 무시하는 건가? 아니면 시작도 하기 전에 보기 좋게 거절당한 거야?' 그렇다고 내색을 할 수도 없는 노릇이었다. 아무렇지도 않은 척하며 그녀에게 다가가 말을 걸었다.

"나 오늘 이탈리아 친구들하고 놀 예정인데, 너도 시간되면 올래?"

내가 묻자마자 그 친구는 바로 거절했다. 그 이후로도 몇 번이나 같이 놀자고 제안했지만 돌아오는 답변은 한결같았다. "미안해. 일이 있어서." 답답한 마음에 한국 친구들에게 그녀를 좋아한다고 털어놓았다.

"아직 친하게 지내지 않아서 잘 모르겠는데, 일단 그 친구 외모가 정말 내 스타일이야. 엄청 예뻐, 그치?"

"알베, 정신 차려! 애 그냥 보통이야. 한국에 가면 애보다 훨씬 예쁜 애가 많아."

그녀의 외모가 한국에서는 보통이라고 했지만, 내 눈에는 시리도록 아름다웠다. 알베가 그녀를 좋아한다는 소문은 하루도 채 지나지 않아 학생들 사이에서 파다하게 돌았다.

문제는 그녀와 함께할 시간이 얼마 남지 않았다는 것이었다. 나는 학기를 마치고 3주간 중국 여행을 한 뒤 이탈리아로 영구 귀국할 계획이었다. 소문을 들자 하니 그녀는 한국에서 여름 방학을 보낸 후 새 학기에 맞춰서 다롄으로 돌아온다고 했다. 이번 학기를 마치면 다시는 이 친구를 볼 수 없을 것만 같았다.

학기를 마치기 일주일 전, 그녀는 이미 기말고사를 모두 끝내서 먼저 한국으로 돌아간다고 했다. 학기가 마무리되지 않았지만 먼저 고국으로 돌아가는 그녀를 위해 친구들은 송별회를 열어 준다고 했다. 나는 이때가 기회라고 생각했다. 그녀를 위해 좋아하는 음악 CD도 준비하면서, 송별회를 마치면 내 속마음을 전해야겠다고 결심했다.

송별회 당일, 내 눈과 마음은 온통 그녀에게 쏠려 있었다. 그녀가 말을 하면 혹시나 싶어 최대한 귀를 기울였고, 자리에서 일어나면 어딜 가나 싶어 고개를 쭈욱 빼고 지켜보기를 거듭했다. 물론 술도 자제했다. 그깟 술 한잔 때문에 거사를 망칠 수는 없었다. 드디어 송별회 자리를 파하는 시간. 그녀의 동선을 살피며 붙잡을 타이밍만 보고 있는 그때. 같은 테이블에 앉은, 같은 반 친구 한국 여학생이 내게 말을 걸었다. 본인의 집이 많이 멀어서 내가 데려다주었으면 좋겠다고 부탁했다. 실은 이 친구가 그날따라 술을 꽤 마셨던 터였다.

'아, 이런…. 왜 오늘이야!'

거절하고 싶은 마음이 굴뚝같았다. 하지만 매너 없는 남자로 보이기도 싫었다. 이탈리아 남자라면 매너가 기본이다. 짧은 시간 동안 엄청나게 갈등을 하다가 그 친구를 데려다주기로 마음먹었다. 반 친구를 데려다주는 택시 안에서 만감이 교차했다.

'왜 하필… 왜! 왜! 왜!'

심지어 나는 그녀의 연락처도 몰랐다. 이제 만날 길이 없다는 생각이 들었다. '이제 끝났네'라며 모든 걸 체념했다. 그런데 문득 반 친구가 그녀의 전화번호를 알지도 모른다는 생각이 스쳤다.

"혹시 그 아이 전화번호를 알아?"

"어, 알지!"

인생의 장애물같이 느껴졌던 이 친구가 갑자기 사랑의 전령이 된 순간이었다. 속으로 셀 수 없이 '예스!'를 외쳤다.

반 친구를 집에 데려다준 후, 나는 뒤도 돌아보지 않고 뛰어 조용히 전화할 곳을 찾았다. 그러고는 곧장 그녀에게 전화를 걸었다. 수화기를 통해 내 귀에 들어오는 그녀의 목소리를 들으니 살 것 같았다. 그녀에게 지금 당장 기숙사 앞으로 가겠다고 했다. 할 말이 있다고 했다. 택시를 타고 그녀의 기숙사 앞으로 가는 짧은 순간이 마치 영겁의 시간 같았다.

기숙사 앞에는 풀벌레 소리만 가득할 뿐 아무도 없었다. 잠시 후 그녀가 나타났다.

"밤바다 구경 가자."

용기를 내어 말했다. 이번에도 거절할 줄 알았는데, 그녀는 순순

널
보러
왔어

히 수락했다.

그날 밤 그녀와 나는 해변가에 앉아 두런두런 이야기를 나누었다. 여우와 어린 왕자가 서로를 길들이며 소중한 존재가 되어 가듯 우리도 그렇게 될 것이었다. 나는 그녀에게 슬며시 다가가 입을 맞추었다. 그녀도 내가 싫지 않았는지 내 입술을 받아 주었다. 아득히 긴 키스를 나누는 내내 파도 소리와 밤하늘의 별 소리만이 들렸다.

어느새 동이 트고 있었다. 이제 그녀와 이별할 시간이었다. 그동안 끙끙거리며 털어놓지 못했던 말들을 전해서 행복했지만, 곧바로 헤어져야 한다니 아쉬움과 섭섭함을 이루 다 말할 수 없었다. 그녀는 그날 오후 2시에 다롄에서 인천으로 가는 배를 탈 예정이었다. 보드라운 그녀의 손을 잡고 기숙사로 향했다. 이 순간이 멈췄으면 좋겠다고 생각했다. 이제 진짜 헤어질 시간. 나도 그녀도 쉽게 돌아서지 못했다. 누군가 먼저 말을 꺼내는 순간 기약 없는 이별이 시작된다는 걸 알고 있기에 그녀도 나도 쉽사리 입을 떼지 못했다.

"잘 가… 데려다줘서 고마워…."

"응. 너도… 조심히 가…."

그녀를 한참을 바라보다가 어렵게 몸을 돌렸다.

내 방으로 돌아온 나는 뭐라 형용할 수 없는 마음에 침대 위에 우두커니 앉아 있었다. 그리고 오전 10시가 돼서 간신히 복잡한 마음을 가라앉히고 눈을 붙였다. 얼마 있지 않아 전화벨이 울렸다. 그녀였다.

"배를 타기 전에 얼굴을 봤으면 좋겠어."

짝사랑은 그렇게 사랑이 되어 가고 있었다.

남들이 가지 않은 길로

3개월의 중국 생활이 마무리되어 가는 시점이 되니 베이징에 머물고 있는 베네치아대학교 동기들이 문득 궁금했다. '아무것도 없다는 다롄에서 우리가 이렇게 즐겁게 지내는데, 베이징에 있는 녀석들은 더 행복하겠지?' 여행 겸 안부를 확인할 겸 그 녀석들을 만나야겠다고 생각했다.

11시간의 기차 여행 끝에 베이징에서 만난 동기들은 의외의 모습을 하고 있었다. 모두 울상이었다. 왜 그러냐고 묻자 다들 폭포수처럼 불평을 쏟아냈다. 일단 시간 여유가 너무 없단다. 과제가 너무 많아서 수업 후에는 이를 처리하느라 바쁘단다. 하루 종일 강의와 책, 이 두 가지를 놓고 씨름하고 있는 모양이었다. 그러니 중국인 친구를 사귄다는 건 꿈도 꾸지 못할 일이었다. 경제적으로 여유가 있는 것도 아니었다. 베이징 물가가 의외로 높아서 좀처럼 외식을 하지 못하고 있었다. 음식이라도 입에 맞으면 조금 무리해서라도 도전할 텐데, 그것도 아니었다. 기숙사도 문제였다. 온수가 나오지 않아서 샤워하기 어려웠고, 곳곳이 지저분했다.

불만을 마음껏 털어놓던 친구들이 우리의 다롄 생활을 물었다. 힘들게 생활하는 녀석들 앞에서 자랑을 하는 것 같아 망설이다가 이야기를 꺼냈다.

"우리는 다롄에서 행복해. 뭘 먹어도 맛있는 식당을 여럿 찾아냈어. 지금은 기숙사에서 나와서 더 싸고 큰 아파트에서 살고 있어. 그리고 무엇보다 친구들이 많아."

우리가 담담히 말하는 동안 녀석들의 얼굴은 점점 부러움이 가득한 얼굴이 되어 갔다.

더욱 부러워할 일은 그 후에 생겼다. 고생하고 있는 친구들 앞에서 우리가 얼마나 행복하게 지내는지 자랑을 해서 좀 미안하기도 하고, 위로를 하고 싶어서 음식점으로 향했다. 그런데 놀랍게도 이 녀석들이 종업원의 말을 전혀 알아듣지 못하는 게 아닌가! 모양새가 꼭 3개월 전의 우리 같았다. 중국에 도착한 이튿날 찾아간 식당에서 종업원의 말을 못 알아들어 멀뚱멀뚱했던 우리 말이다.

도대체 무슨 이유 때문에 3개월 만에 이 녀석들과 우리의 중국어 실력이 이토록 차이가 났는지 되짚어 봤다. 다롄외국어대학교에서 나는 오전에 수업을 듣고, 오후에는 온전히 나만의 시간을 보냈다. 이 시간에 나는 축구를 하며, 중국 친구들과 친분을 쌓았다. 이탈리아에서 축구 선수 생활을 했으니 어디가도 창피한 실력은 아니었고, 몸으로 부대끼다 보면 금세 친해질 수 있겠다는 생각을 했다. 내 생각은 옳았다. 땀 흘려 축구를 한 후 중국 친구들과 함께 밥을 먹는 일상 속에서 중국어가 금세 늘었다. 이탈리아에서 3년 동안 배운 중국어보다 이렇게 3개월 동안 배운 중국어가 훨씬 많았다. 반면 베이징에 머물던 이탈리아 친구들은 하루 종일 강의를 듣고 숙제를 하고 있었으니 생활 속에서 중국어를 배울 시간이 없었던 셈이다.

3개월 전 베네치아대학교 학과 사무실에서 교환 학생으로 중국 어느 대학에 갈지 결정하던 때가 떠올랐다. 다들 베이징과 상하이로 간다고 했을 때, 남이 안 가는 길을 가겠다고 결심한 내가 그렇게 기특할 수가 없었다. 더욱이 나와 함께 다롄에서 학교를 다니고 있는 이탈리아 친구들은 재밌어 죽겠다는 표정을 짓고 있고, 식당에서 중국어 한마디 못하는 베이징의 친구들은 죽을 맛인 표정을 하고 있으니, 그 모습이 더욱 대조가 되어 당시 내 결정을 인생의 지침으로 삼을 만하겠다는 생각을 했다. 익숙한 길보다는 남들이 가지 않은 길로!

/

예정대로라면 나는 3주 동안 중국을 여행한 후에 이탈리아로 돌아가야 했다. 베네치아에 가서 대학을 졸업하면 곧바로 취업을 할 계획이었다. 하지만 이제 막 중국이라는 나라를 파악했고 중국어를 곧잘 하기 시작했는데, 이대로 돌아가기에는 아쉬움이 컸다. 그녀도 문제였다. 이탈리아로 돌아간다면 과연 다시 만날 수 있을지 확신이 서질 않았다. 그녀는 중국에 다시 돌아오겠지만 나는 다시 올 수 있을지 알 수 없었다. 그녀에 대한 내 마음이 한순간의 설렘이 아니라는 걸 잘 알고 있었기에 머릿속은 더욱 복잡했다. 이럴 때는 역시 여행이다. 여행을 하다 보면 어느 순간 마음의 소리에 귀를 기울일 때가 오겠지.

3주간의 중국 여행에서 동행할 친구는 스테파노였다. 여행에 앞서 이 친구와 여행 규칙을 세웠다. 첫째, 큰 목표 없이 끌리는 대로

널
보러
왔어

여행할 것. 우리는 대략의 경로만 확정했다. 여행의 도착지는 내가 꼭 가 보고 싶었던 신장 위구르 자치구. 그곳에 가려면 다롄이 있는 랴오닝성에서 출발해 네이멍구 자치구를 지나 간쑤성과 칭하이성을 통과해야 했다. 기차나 버스를 주로 이용하고, 이따금 헤이처를 타기로 했다. 둘째, 숙소 비용은 10위안을 넘지 말 것<small>2006년 기준으로 10위안은 1달러를 조금 넘는 수준</small>. 우리는 되도록이면 '초대소'를 이용하려고 노력했다. 초대소는 중국에서 가장 저렴한 숙소인데, 한국식으로 따지자면 매우 허름한 모텔 정도 된다. 우리는 초대소에 묵어야 10위안 내에서 숙박을 해결할 수 있었다.

우리는 실크로드를 따라 걸었다. 그 옛날 길에는 소수 민족이 주로 거주하고 있었다. 다롄에서는 느끼지 못했는데, 이 길을 여행하다 보니 중국이 다민족 국가라는 사실을 실감할 수 있었다. 내몽골 출신의 청년 두 명은 그중 하나였다. 이들은 중국 국적을 가지고 있었지만 중국어를 유창하게 구사하지 못했다. 우리와 별반 다르지 않다고나 할까? 몽골어가 모국어였고, 중국어는 제2외국어였다. 신장에 가까워질수록 사람들의 생김새도 이탈리아인인 우리와 비슷했다. 피부색이 점점 옅어지고 눈 색깔도 연한 밤색이거나 녹색에 가까웠다. 외모가 비슷하니 그들에게 동질감을 느끼고 쉽게 친해질 수 있었다.

중국의 중심부에서 멀어지자 유럽에서는 접할 수 없었던 내밀한 이야기를 하나둘씩 들을 수 있었다. 간쑤성을 여행할 때다. 그곳에는 커다란 티베트 사원이 있었는데, 우리는 사원 옆 초대소에 머물기로 했다. 하지만 초대소 사장은 외국인인 우리를 받을 수 없다고 했다. 당시 규정상 외국인은 초대소에 묵을 수 없었다. 초대소는 내국인 전용이었다. 허름한 중국의 모습을 보여 줄 수 없다는 게 그 이유였던 것 같다. 하지만 우리는 주머니 사정상 초대소에 꼭 머물러야 했다. 그때 우리와 함께 여행하던 티베트 친구가 도와줬다. 체크인을 한 후 우리에게 방 열쇠를 건넸다. 고마운 마음에 이 친구에게 밥 한 끼를 대접했는데, 그는 우리에게 중국 역사를 설명하면서 여러 소수 민족의 상황을 조곤조곤 들려줬다. 당연히 그의 고향인 티베트가 독립을 염원하고 있다는 이야기도 곁들여서. 아마 이 사실을 중국 정부가 알게 된다면 경을 쳤을 것이다. 아무튼 그 친구의 말을 듣자니 이탈리아 역사가 떠올랐다. 이탈리아는 1861년에 처음으로 통일되어 왕국이 됐는데, 개성이 강한 작은 공국들이 순식간에 병합됐기 때문에 지금까지 여러 문제를 안고 있다. 통일은 여러 장점이 있겠지만 무조건 좋은 일이라고만은 할 수 없는 이유다. 아마도 중국 역시 마찬가지일 것이다.

여행은 계속됐다. 내 인식의 세계도 더욱 넓어져 갔다. 풍경에

널
보러
왔어

이끌리는, 사람들의 이야기에 귀를 기울이는 여행은 나와 스테파노의 인생에 여백을 주는 수묵화 같았다. 물론 내 머릿속 한쪽에는 인생의 진로와 그녀의 존재에 대한 고민이 숙제처럼 계속 남아 있었다. 여전히 확신을 가지고 판단을 내리지 못하고 있었다.

이제 우리는 간쑤성 둔황에서 신장성 우루무치로 가는 버스에 몸을 실었다. 버스 안에는 한족 출신의 중국인 외에도 다양한 소수민족들이 타고 있었다. 버스는 사막 한가운데의 비포장도로를 열심히 달렸다. 끊임없이 변화하면서도 비슷한 창문 밖 풍경은 멍하니 보기에 딱 좋았다. 얼마나 달렸을까. 버스가 갑자기 멈췄다. 무슨 일인가 싶어서 고개를 쭈욱 빼고 봤더니 도로에 싱크홀이 생겨서 도저히 버스가 지나갈 수 없었다. 우회로도 없어서 도로가 복구될 때까지 하염없이 기다려야 했다. 운전사는 시동을 끄고 승객들에게 쉬고 있으라고 소리쳤다. 배낭 안에는 먹을 것도 없었고, 사막에 가게가 있을 리도 만무했다. 버스 밖으로 나가 사람들과 대화를 나누는 게 할 수 있는 전부였다.

버스 밖을 서성이며 주위를 살펴보니 아까 내 앞에 앉아 있던 중국인 아저씨 두 분이 보였다. 왠지 여행자 행색이어서 슬쩍 말을 걸었다. 중국어로 몇 마디 건네자 묵묵부답이었다. 알고 보니 두 분 모두 중국인이 아니라 미국인이었다. 한 분은 베트남계 미국인,

다른 한 명은 티베트계 미국인. 중국 땅에 온 소수 민족계 미국인이라는 사실만으로도 왠지 재미난 사연이 있을 것 같은 예감이 강하게 들었다.

베트남계 미국인 아저씨는 베트남 전쟁 때 미국으로 이민을 가신 분이었다. 시애틀에 거주하면서 금융사에서 오랫동안 일을 하셨는데, 어릴 때 떠난 베트남을 늘 그리워하다가 직장을 그만두고 베트남과 티베트 여행을 온 것이었다. 그분은 "이번 여행이 인생 여행"이라고 했다.

티베트계 미국인 아저씨는 중국 지배를 피해서 인도 라다크 지역에서 성장했다. 10대 때 미국으로 이민을 갔고 30년 동안 미국 시민으로 살았다. 티베트에 남아 있는 할머니를 그리워했지만 연락이 닿지 않았는데, 어느 날 30년 만에 할머니와 연락이 되었다고 한다. 이 아저씨는 그토록 보고 싶은 할머니를 찾아뵙기 위해 직장마저 그만두고 가는 길이었다.

두 분의 평범하지 않은 인생을 고스란히 공감할 수는 없었지만, 얼마나 힘들었을지 짐작할 수 있을 것 같았다. 베네치아에서 관심을 갖고 보아야만 눈에 띄던 아프리카계 이민자들의 삶과 같지 않았을까? 말이 통하지 않는 나라로 이주해 성공한 소수자로 살아남았지만, 고향에 대한 그리움을 지울 수 없는 인생. 두 분은 당신들의 인생이 어려움의 연속이었다는 걸 직접적으로 말하지 않았지만, 흰머리와 주름 가득한 얼굴, 그리고 넉넉해 보이는 표정 속에서 많은 감정을 드러냈다.

이 아저씨들께서는 이제 너른 세상 밖으로 나가기에 앞서 고민을 거듭하고 있는 나와 스테파노에게 따뜻한 목소리로 자신의 생각을 이야기했다. 그중에서도 베트남계 미국인 아저씨의 말이 매우 인상적이었다.

"In order to continue, you have to discontinue.계속 가기 위해서는 중단할 필요가 있어요."

계속 가기 위해서 중단하라고? 아저씨의 말씀이 머릿속에 가득 차는 기분이었다. 수첩을 꺼내 메모를 했다. 그래, 계속 가기 위해서는 중단할 필요가 있었다. 목표를 향해 달려가는 것도 중요하지만 적절히 숨을 고를 필요가 있었다. 나에게 가장 절실하게 필요한 말이었다. 어쩌면 이 말을 찾기 위해 이렇게 여행을 하는지도 모른다. 베트남계 아저씨의 말을 듣고 나는 큰 용기를 얻었다. 그리고 더 이상의 고민을 하지 않았다.

2장
—
아무것도 없는 곳으로 가야만 한다

/

여행의 설렘이 조금씩 가라앉자 그녀가 머릿속에 자주 떠올랐다. 밤새도록 이야기를 나눴던 시간이 비현실적으로 느껴졌다. 생각해 보니 그녀가 한국으로 떠난 게 고작 며칠 전이었다. 여행을 하다 인터넷 카페가 보이면 그녀에게 이메일을 보냈다. 세 번째 메일을 보낼 때이던가? 나는 여행의 근황을 두런두런 전하다가 마지막에 이렇게 썼다.

'나는 여행을 마치고 베이징으로 갈 예정이야. 거기서 비행기를 타고 이탈리아로 돌아가려고 해. 만일 시간이 맞는다면, 한국에서 중국으로 돌아올 때 베이징으로 오지 않을래? 거기서 사흘 정도 함께 지내다가 난 이탈리아로 돌아가고 넌 다롄으로 가면 좋을 것 같은데….'

스마트폰을 사용하던 시절도 아니라 그녀가 금방 답장을 해도 확인할 수 없었다. 다음 도착지에 인터넷 카페가 있을지 알 수 없었다. '답장이 올까? 베이징에서 그녀를 만날 수 있을까?' 궁금함을 가득 안은 채 여행을 다녔다. 베이징에 도착하기 전날 인터넷

널
보러
왔어

카페에 들렀다. 조마조마한 마음으로 메일함을 열었더니 다행히 베이징으로 오겠다는 그녀의 답장이 와 있었다!

베이징에서는 대학 친구 집에 머물기로 했다. 그곳에는 때마침 스테파노의 여자 친구도 여행을 하러 이탈리아에서 와 있었다. 하지만 난 그곳에서 노닥거릴 여유가 없었다. 그녀와 나에게 허락된 시간은 고작 사흘뿐이었다. 베이징에 도착하자마자 친구 집에 짐을 던져 놓은 후, 부랴부랴 그녀를 만나러 갔다. 그녀는 다롄에서 알고 지낸 언니와 베이징 여행 중이었다. 나는 단 1분이라도 더 그녀와 함께 있고 싶은 마음에 한인 민박에서 같이 지내겠다고 했다.

사흘간 베이징에 머물면서 나는 그녀에게 온전히 집중했다. 그녀가 없었다면 절대 먹지 않았을 민박집의 맵고 짜 보이는 한국식 아침마저 군말 없이 입에 밀어 넣었다. 이탈리아에서는 카푸치노 한 잔에 크루아상 하나 정도를 먹던 내가 상다리가 부러질 듯한 아침을 먹고 있었다. 하지만 한국 여자를 좋아하기 시작했으니 한국식 아침 식사도 좋아해야겠다고 마음먹었다.

그녀와 나는 손을 잡고 베이징의 오래된 골목인 후퉁胡同을 거닐었다. 왁자지껄하고 허름한 그곳은 낭만과는 거리가 먼 곳이었지만, 또 그러면 어떠랴. 길거리에서 국수 국물을 후루룩 마시고, 앞니로 양꼬치를 뜯으며, 그다지 시원하지 않은 맥주를 마시는, 특별하지 않고 새로울 것 없는 순간이 그저 그녀와 함께해서 소중하고 행복했다.

이틀째 되는 날, 우리는 베이징에 있는 작은 절을 거닐었다. 고즈넉한 그곳에서 두런두런 이야기를 나누고 싶었다. 깊은 고민과 심각한 이야기를 하고 싶지는 않았다. 그녀와 함께 있는 시간을 좋은 기억으로만 채우고 싶었다. 주변 사람들의 근황과 실없는 농담을 건네며 대화를 이어갔다. 꽤 긴 시간이 흐르고 자리에서 일어날 때쯤 그녀가 슬며시 어학용 카세트를 꺼냈다.

"알베, 우리 서로에게 하고 싶은 말을 여기에 녹음할까? 너는 이탈리아어로, 나는 한국어로."

서로 말은 하지 않았지만 이곳에서의 만남 이후는 기약할 수 없다는 걸 잘 알고 있었다. 어쩌면 이게 마지막일 수도 있었다. 우리는 자신의 언어로 속마음을 이야기했다. 나도, 그녀도 말을 이어갈수록 쉽게 입을 떼지 못했고, 눈가는 붉어져갔다. 정말 어렵게 녹음을 마친 후 테이프를 서로 교환했다.

"뭐라고 말한 거야? 궁금하다."

"음… 나 중국으로 왔을 때 목표는 단 하나였어. 중국어능력시험 성적 잘 받기. 그래서인지 참 외롭고 우울했어. 그런데 널 만나고 인생이 다채롭고 재미있다는 걸 처음으로 알았어. 앞으로 우리, 만날 일은 없겠지만 많이 고마워. 그동안 내 우울함을 행복으로 바꿔 줘서…."

그 말을 듣는데 눈물이 핑 돌았다.

"알베, 너는 뭐라고 말했어?"
"비밀. 지금 알려 주면 재미없을 것 같아. 우리가 언젠가 다시 만나면 그때 꼭 알려 줄게."

사흘의 시간은 정말 쏜살같이 지나갔다. 예정대로 나는 이탈리아로 돌아가야 했고, 3주 전에 그랬던 것처럼 다시 그녀와 헤어져야 했다. 둘 다 '조금만 더, 조금만 더' 하며 뭉그적댔다. 무거운 엉덩이를 움직이기 시작한 건 비행기 탑승 5시간 전. 베이징에 있는 친구 집에 들러 던져 놓은 짐을 챙기고 공항으로 향했다.

우리의 마음처럼 우울한 날씨였다. 먹구름이 몰려오더니 어느새 비가 꽤 내리기 시작했다. 어서 차를 타지 않으면 짐이 모두 젖을 것 같았다. 재빨리 정거장에 가서 버스를 기다렸는데, 평소와 달리 버스가 오지 않았다. 비행기 탑승이 지체될 것 같아 마음이 조금씩 다급해지기 시작했다. 이상하다 싶어 주변 사람들에게 물어보니 이미 홍수가 나서 교통이 통제되고 있었다. 아뿔싸. 어쩔 수 없이 비싼 택시라도 타고 공항으로 가야 했지만, 기사들은 외국인인 내 얼굴을 보자마자 손사래를 치며 승차를 거부했다. 지하철역으로도 향해 봤다. 하지만 이미 입구까지 사람으로 빼곡했다. 열차가 연이어 연착되고 있었다. 그렇게 발만 동동 구른 채 보낸 시간이 1시간 30분. 마음은 더욱 조급해져 갔다. 도와주는 이도 전혀 없었다. 모두들 자기 몸 하나 챙기기도 힘든 상황인데 외국인인 내가 눈에 들어올 리가 없었다. 그때 갑자기 그녀가 물었다.

"지도 갖고 있어?"

지도를 건네주자 그녀는 택시를 잡았다. 놀랍게도 그녀가 손을 흔들자마자 택시가 금방 섰다. 그녀가 나보다는 더 중국인과 비슷해서인 건가? 아무튼 택시에 올라탄 그녀는 마치 전사와 같이 행동했다. 지도를 보며 흡사 싸우는 듯한 중국어 톤으로 택시 기사를 몰아세우며 공항으로 갈 수 있는 방법을 물었다. 그녀의 기세에 눌

널
보러
왔어

린 듯한 택시 기사는 우리를 베이징 외곽의 버스 정류장에 데려다 주었다. 그러고는 이곳에서 버스로 갈아타고 다시 택시로 환승하면 공항에 도착할 수 있다고 했다.

드디어 도착한 공항. 말도 안 되는 상황에 얼굴이 하얗게 질렸던 나는 안도의 한숨을 내쉬고는 그때서야 그녀의 얼굴을 제대로 바라봤다. 그동안 그녀의 예쁜 얼굴만 보였는데, 처음으로 멋있게 보였다. 수업 시간에 맨 앞자리에만 앉고, 술자리도 마다하던 그녀가 이렇게 당차고 씩씩하고 생활력 있는 여자인 줄은 정말 상상도 못했다. 그때 내 머릿속을 스치는 생각. '우와! 이 여자와 결혼하면 굶어 죽지 않겠어!'

출국 게이트 앞에서 그녀에게 말했다.

"虽然你觉得我们不会再见面. 不过我相信我们还会见的. 你等着我吧.너는 우리가 다시 만날 수 없을 것 같다고 생각할지 모르겠어. 하지만 나는 우리가 다시 만날 수 있을 거라고 믿어. 나를 기다려 줘."

그녀를 다시 눈에 담았다. 곧 만날 때까지 내 삶의 힘은 그녀가 될 것이었다.

/

다시 돌아온 이탈리아는 똑같았다. 풍경은 여전히 아름다웠고, 사람들은 괘종시계의 추처럼 달라질 수 없는 궤적을 그리며 살아가고 있었다. 나도 금방 이곳의 일부가 될 것이었다. 아무 일 없었던 것처럼.

나는 대학의 마지막 학기를 남겨 두고 있었다. 졸업 논문을 제출하고, 사회에 나갈 준비를 할 시점이었다. 중국에서 날마다 양꼬치에 칭다오 맥주를 마시며 부자처럼 살았던 추억은 잊어야 했다. 하지만 내 마음의 절반은 계속 중국에 있었다. 내 삶을 바라보는 시선이, 세상을 읽는 시각이 바로 그곳에서 달라졌다. 그곳의 삶이 여전히 내 인생에 큰 변화를 가져다 줄 가능성이 많다는 건 분명했다. 부모님께는 아직 말씀을 드리지 못했지만 다시 중국으로 가야겠다는 마음이 시간이 지날수록 또렷해졌다.

다시 학과 사무실을 찾아 갔다. 중국에 다시 갈 수 있는 방법이 있는지 물었다. 학과 사무실 직원은 이탈리아 외교부 장학금을 추천했다. 이탈리아 외교부는 국가별 외교 전문가를 양성하기 위해 학생들에게 장학금을 수여하고 현지 체류 기회를 제공하고 있었다. 이거다 싶었다. 중국 생활을 좀 더 할 수 있는 절호의 기회

널
보러
왔어

였다.

문제는 준비 기간이었다. 외교부 장학금을 인지한 시점이 7월 말이었는데, 지원 마감 시한이 8월 중순이었다. 고작 스무 날 정도의 시간밖에 없었다. 면접도 만만치 않고, 경쟁도 치열했다. 학과 사무실의 설명에 따르면, 면접은 로마에 있는 외교부에서 진행되는데 외교관을 준비하는 엘리트들이 모두 이 장학금을 노리고 있었다. 현지 언어 능력 평가와 함께 영어 시험도 있었다. 나는 부랴부랴 영어 시험을 치르고, 열흘 남짓 벼락치기로 중국어 인터뷰를 준비했다. 그리고는 로마로 향했다.

면접장에서 마주친 지원자들을 보니 이탈리아 전역의 중국 관련 학과에서 공부 좀 한다는 학생들이 모두 모인 것 같았다. 면접 장에서 내 서류를 검토하던 면접관이 내게 한마디 했다.

"알베르토 지원자는 다른 지원자에 비해 준비가 짧은 것 같네요. 경력도 좀 부족한 것 같고요."

나도 알고 있었다. 꽤 오랫동안 준비했을 다른 지원자들에 비해 나는 한 달도 되지 않는 시간에 외교부 장학금을 손에 쥐겠다고 덤빈 상황이었다. 하지만 막상 서류 검토 담당자 입을 통해 이를 확인하는 말을 들으니 맥이 쑥 빠졌다. '그래, 공부 안 하고 시험에 합격하길 바란 내가 잘못이지.' 오히려 이 생각을 하니 마음이 한결 편안해졌다. 내가 잘하는 것에 집중하자고 다짐했다.

곧이어 찾아온 중국어 면접 시간. 면접관들이 몇 가지 질문을 던졌고, 나는 차분히 대답했다. 그런데 내가 중국어를 말할수록 면접관들의 눈빛이 미세하게 달라지는 게 느껴졌다. 유일한 중국인 면접관이 물었다.

"오늘 면접을 본 학생 중에 중국어가 가장 유창하군요. 가장 좋아하는 중국 음식이 무엇인가요?"

"중국 음식을 다 좋아하지만, 가장 좋아하는 음식은 동북 지방의 가지볶음红烧茄子이에요. 간쑤성의 당나귀 요리도 좋아하고요."

"맙소사! 외국인이 이런 음식을 어떻게 알죠?"

"가지볶음은 중국에서 유학할 때 즐겨 먹었어요. 당나귀 요리는 간쑤성을 여행할 때 먹어 봤는데, '왜 이렇게 맛있는 걸 이제 와서 먹은 거지?'라는 생각이 들 정도였습니다."

"취미는 있나요?"

"네, 비파琵琶 연주요. 유학할 때 서예와 비파를 배웠습니다."

널
보러
왔어

이미 중국인 면접관은 내게 강한 인상을 받은 듯했다. 마음의 결정을 내린 것처럼 보이기도 했다.

며칠 후 나온 합격자 발표. 면접장에서 느꼈던 면접관들의 긍정적인 반응과 다르지 않았다. 합격이었다. 쟁쟁한 경쟁자들을 제치고 외교부 장학금을 받게 됐다는 생각에 나도 모르게 두 주먹을 불끈 쥐었다. 비록 대학 졸업 논문이 남아 있었지만, 중국에 다시 한번 갈 수 있게 됐으니 중국 현지 조사를 통해 논문의 완성도를 높이면 될 일이었다. 물론 그녀도 다시 만날 수 있게 됐다. 그것도 한달 반이나!

나는 곧바로 중국행 비행기에 오를 채비를 시작했다.

치타 다르테 Citta' D'arte

"나 다렌이야."

"말도 안 돼. 정말이야?"

"다시 오게 됐어. '서프라이즈!' 하려고 말도 안 하고 그냥 왔지."

"알베, 어디야? 당장 만나!"

수화기 너머로 그녀가 깜짝 놀라 눈을 동그랗게 뜨는 게 보이는 듯했다. 나 역시 두어 달 만에 다시 이곳에 오리라 생각하지 못했는데, 그녀는 오죽했으랴. 반가워하는 그녀의 반응에 웃음이 절로 났다. 이런 그녀를 한동안 매일 볼 수 있다는 생각에 또 한 번 미소가 지어졌다. 물론 곧 그녀는 어학연수를 마치고 한국으로 돌아가야 하고, 나 역시 이탈리아로 귀국해 졸업 논문을 제출해야 하지만, 그런 걱정은 나중에 하면 된다. 지금은 그녀가 내 옆에 있다는 행복감만 느끼면 될 뿐.

그녀와의 본격적인 연애가 시작됐다. 하룻밤, 사흘, 이런 시한부 데이트 말고 진짜 데이트 말이다. 나는 수업을 들어야 하는 상황이 아니니 내 하루 일과는 온전히 그녀에게 맞춰져 있었다. 그녀가 수업을 마치는 시간에 학교 앞으로 갔다. 그러고는 데이트. 주말에도 데이트는 이어졌다. 그녀와 대도시 다롄의 구석구석을 함께 둘러보기도 하고, 인근 도시로 짧은 여행을 다녀오기도 했다. 그녀도 나도 이곳 중국에서는 이방인이어서 일상의 모든 것이 호기심의 대상이었고, 모든 장소가 마음을 나눌 수 있는 곳이었다. 시간이 지날수록 둘의 추억은 켜켜이 쌓여 갔다.

그녀는 유명한 관광지보다는 한적한 유적지를 더 좋아했다. 이탈리아의 휴가 취향으로 따지자면, 공부하는 여행이라고 할 수 있는 '치타 다르테Citta' D'arte, 예술 도시' 정도 될까? 치타 다르테는 미술관이나 박물관, 예술적인 건축물로 유명한 도시를 여행하는 휴가를 의미한다. 초등학생 때에는 치타 다르테를 좋아하는 엄마 때문에 조금 고생했지만, 이제는 나 역시 그녀의 여행 스타일이 좋았다. 중국에 공부하러 왔으니 당연한 것이기도 했다.

그녀와의 데이트는 점차 이탈리아인인 내가 몰랐던, 복잡하고 슬픈 동아시아 역사 여행이 되어 갔다. 나도, 그녀도 의도한 것은 아니었다. 내가 거주하고 있던 다롄을 비롯해 인근 지역 어디를 가든 동아시아 근현대사가 깃든 유적지가 있었기 때문이었다.

가장 가깝게는 뤼순항이 있었다. 뤼순항은 아편 전쟁 당시 영국 해군 중위 윌리엄 아서William Arthur가 이곳에 정박한 까닭에 '아서항'이 됐다가 청일 전쟁 후에는 러시아 조차지가 되어 러시아식 발음인 '아르투르항Порт-Артур'으로 불렸다. 일본의 괴뢰 정권인 만주국이 지배했을 때는 뤼순의 일본식 발음인 '료준旅順'이 됐고, 후일 중국이 이 땅을 회복하면서 '뤼순'이라는 이름을 되찾았다.

뤼순 감옥에서는 뜻하지 않게 한국의 역사와 조우했다. 그녀는 그곳에서 한국의 독립운동가 안중근, 신채호, 이회영, 박휘광이 수감 생활을 했고, 그중 안중근 의사와 신채호 의사가 순국했다고 했다. 처음에는 이들의 이름이 낯설었다. 하지만 그녀의 입을 통해 내 귀에 흘러드는 일본의 식민지화 역사, 이에 항거한 조선인들의 이야기 속에서 조금씩 의미 있는 이름이 되어 갔다.

뤼순 감옥은 더 이상 감옥이 아니었다. 피로 얼룩진 역사를 보여 주는 기념관이 되어 있었다. 나는 안을 한번 둘러보면서 엄혹했던 그 시절을 체감하고 싶었다. 그녀와 나는 엄숙한 마음가짐을 하며 건물 안으로 들어갔다. 그런데 내가 입장하려는 순간, 안내원이 나를 제지하며 신분증을 요구했다. 외국인은 여권이 필요하다고 했다. 전혀 생각지도 못한 일이었다. 먼저 들어간 그녀가 나를 대신해서 따졌다.

"무슨 말씀이세요? 저도 외국인인데, 막지 않으셨잖아요?"

"어느 나라 사람이에요?"

"한국에서 왔어요."

"이렇게 못생겼는데 한국 사람이라고요? 한국 여자들은 모두 전지현, 이영애처럼 예쁘지 않나요?"

그녀의 얼굴은 이미 붉으락푸르락. 나는 실소를 터트렸다. 아쉽지만 뤼순 감옥 방문은 그녀의 역사 해설로 갈음될 수밖에 없었다.

단둥에서는 한국 고대사와 현대사의 편린을 동시에 보았다. 그녀는 단둥이 고구려의 영토였다고 말했다. 그러고는 이방인인 내게 분단된 현재 한반도 역사까지 어렵지 않게 설명했다. 압록강 인근에서 한국의 과거와 현재를 듣는 일은 감정적으로 꽤 복잡했다. 압록강 주변에 땅거미가 지고, 강 건너 북한 땅이 불빛 하나 없는 곳이 되자, 뭐라 설명할 수 없는 기분에 휩싸였다.

그녀와 중국에서 '치타 다르테'를 계속 이어가면서, 나는 내 눈으로 바라보고 피부에 스미는 역사를 배웠다. 한국과 중국, 일본의 얽히고설킨 피와 고름이 묻은 듯한 역사를 접하고는 내 인식의 지평은 더욱 넓어졌다. 이탈리아에서 중국사를 배우긴 했지만 그저 위대한 사상들이 활동했던 춘추 전국 시대나 최근 중국의 동향만 배웠을 뿐이었다. 동아시아 역사 속의 한국, 중국, 일본은 그간 내가 알던 나라들이 아니었다. 아마 중국에 다시 오지 않았더라면 몰랐을, 보물 같은 이야기들이었다.

/

지난여름 홍수 속 교통 대란에서 그녀가 보여 준 카리스마 때문에 '이 여자와 결혼하면 굶어 죽지 않겠어'라고 되뇌었던 건 찰나의 생각이 아니었다. 누군가 내 평생의 인연이 되어야 한다면 다른 사람이 아닌 바로 그녀여야 한다고 생각했다. 그런데 그녀에게 기우는 내 마음에 도장을 쾅쾅 찍는 일이 다시 생겼다.

어느 날 그녀와 성룡이 나오는 영화를 보러 가게 됐다. 버스를 타고 가는 길이었는데 하필 영화관 도착을 얼마 남겨 두지 않고 엄청난 교통 체증으로 버스가 그냥 서 있었다. 이미 시간이 꽤 흘러 영화 시작 5분 전이 된 상황. 이대로 버스 안에 있다가는 영화를 보지 못할 것 같았다. 솔직히 그때 나는 영화 보기는 글렀다고 생각했다. 그런데 옆에 있던 그녀가 갑자기 버스 앞쪽으로 성큼성큼 걸어가더니 기사에게 물었다.

"기사님, 저희가 정말 급해서 그러는데 여기서 내려 주시면 안 될까요?"

'저 부탁을 들어주겠어?'라고 생각하던 그때, 기사가 별 말 없이 뒷문을 열었다. 그녀는 갑자기 내 손을 꼭 잡더니 냅다 뛰었다. 그러고는 영화관으로 직행. 우리 둘은 가까스로 자리에 앉았고, 막 영화가 시작됐다.

사실 나는 먼 미래를 계획하지는 않지만 당장 눈앞의 일들은 계획대로 진행되는 걸 매우 좋아한다. 알찬 계획들을 한 치의 어긋남 없이 수행하고, 그 과정에서 희열을 느낀다. 문제는 그 계획이 어긋날 때다. 그럴 때면 나는 어찌할 바를 모르며 당황해 한다. 그녀도 계획을 잘 따르는 편이지만, 그녀의 진가는 계획에 문제가 생길 때 나타났다. 그녀는 유연한 사고와 탁월한 문제해결력을 지니고 있었다. 나는 안 되는 일은 지레 포기하는 편인데, 그녀는 사소한 일이라도 끝까지 해냈다. 그날 극장에서 그 영화를 보던지 못 보던지 상관없이 우리 인생은 바뀌지 않는다. 그렇지만 계획대로 되지 않는다고 나처럼 포기하는 것과 해결책을 찾는 것 사이에는 엄청난 간극이 있다. 나에게는 없는 그녀의 장점을 두 눈으로 확인하고는 나는 다시 한 번 마음먹었다.

'그래, 이 여자와 꼭 결혼하는 거야.'

/

다시는 다롄에 돌아오지 못할 것처럼 말하고 다녔는데, 내가 다시 돌아오자 친구들 모두 깜짝 놀랐다. 산드라 누나도 마찬가지였다.

"아… 알… 알베, 너…?"
"그렇게 됐어요, 누나. 차차 얘기할게요."
"그런데 너 어디에서 묵고 있니?"
"이제 찾아보려고요."

"야, 그럴 거 없어. 우리 아파트에 빈방이 있어. 들어와서 살아."

산드라 누나는 내가 중국에 처음 왔을 때 우연히 알게 된 중국인
이었다. 패션업계에 종사하고 있었고, 이탈리아에 엄청나게 관심
이 많았다. 자연스럽게 나를 비롯해 페데리코와 지지는 누나와 어
울리면서 이탈리아 패션을 비롯해 문화와 사회까지 우리가 아는
선에서 그녀의 궁금증을 풀어 줬다. '산드라Sandra'라는 이름은 우
리가 지어 준 이탈리아식 이름이었다.

산드라 누나는 별것 아닌 우리의 도움에 보답이라도 하려는 듯
우리의 중국어 공부에 도움을 주려고 매우 신경을 썼다. 열심히 하
려는 우리를 예쁘게 봤다고나 할까? 특히 유난히 중국어가 늘지
않은 지지에게 도움을 주려고 했다. 지지는 나조차 잘 알아듣지 못
하는, 지독히도 고쳐지지 않는 이탈리아 사투리를 썼는데 그 억양
으로 중국어를 말했다. 지지의 중국어를 듣고 있노라면, 중국어도
이탈리아어도 아닌 느낌이었다. 중국 사람들은 늘 "영어로 말씀하
지 마시고 중국어로 말씀해 주세요"라고 했다. 산드라 누나는 지
지가 성조나 어휘가 틀릴 때마다 "지지, 너 또 틀렸어!"라며 온 체
중을 실어서 힘껏 지지의 팔뚝을 내리쳤다. 지지는 산드라 누나보
다 키도 작고 훨씬 말랐는데 한 대 맞을 때마다 몸이 휘청거리며

날아갈 듯했다. 나와 페데리코는 그 광경을 보며 킥킥거렸고, 지지는 귀가 빨개지면서 발음을 고치려 노력했다.

아무튼 이번에도 산드라 누나의 하늘과 같은 마음 덕분에 큰 도움을 받게 됐다. 누나 집에 얹혀 살게 될 것이라고는 생각지도 못했는데 말이다.

덕분에 나는 중국의 속살을 바로 곁에서 볼 수 있었다. 첫 번째 중국 방문 때에는 유학생 입장에서 중국을 보았다면, 이번에는 생활인으로서 중국을 보았다고나 할까?

산드라 누나는 매일 새벽 5시 30분에 일어나서 6시에 새벽 시장에 갔다. 새벽 시장에 가는 건 누나가 시골에 살 때부터 몸에 밴 습관이라고 했다. 나는 아침잠이 별로 없는 편이라 종종 누나와 함께 시장에 가서 짐꾼 역할을 했다.

새벽녘 시장은 에너지와 역동성이 느껴졌다. 일찌감치 자리를 잡은 상인들은 직접 재배한 당근, 배추, 복숭아 등을 팔러 나왔고, 여기저기서 하나라도 더 팔기 위해 귀를 찌르는 듯한 목소리로 호객을 했다.

산드라 누나는 시장에 가면 상인들과 똑같이 목소리를 높여 가며 가격을 흥정하고 야채 값을 깎았다. 내가 봤을 때 1위안 때문에 저렇게까지 해야 하나 싶었지만, 누나는 전혀 개의치 않는 것 같았다. 기가 막히게 값을 깎아서 최대한 저렴하게 식재료를 구매했다.

시장에서 돌아오면 누나는 다른 사람으로 변모했다. 세간살이 하나하나가 값비싸 보이는 집안에서, 트렌디하고 세련된 커리어 우먼 분위기를 물씬 풍기며, 시장에서 사온 야채들로 고급스러운 요리를 한 후 식탁 위에 멋지게 플레이팅했다. 아침 식사를 마치면 누나는 백화점 문화 센터로 갔다. 그리고 또 다른 세련된 여자들 사이에서 뉴요커 스타일의 요가복을 차려입고 운동을 한 뒤 회사로 출근했다. 나도 누나와 함께 요가를 배우러 다녔는데 백화점 앞 공원을 지나칠 때면 태극권을 하고 있는 할아버지들과 에어로빅을 하고 있는 아줌마들을 만났다. 퇴근을 하면 누나는 데이트를 하러 나갔다. 외국인 친구들이 엄청 많았지만 정작 애인은 보수적인 중국 군인이었다.

누나의 일상은 모순투성이였다. 세련됨과 촌스러움, 개방적인 태도와 보수적인 태도. 과연 산드라 누나는 어디쯤에 서 있는 걸까?

한번은 은근슬쩍 누나에게 중국의 정치 상황을 물어본 적이 있다. 누나는 아주 무심하게 대답했다.

"사람이 많지."

무슨 의미인지 감을 잡을 수가 없었다.

"누나 말을 이해 못하겠어."
"중국은 땅이 넓고 사람이 많아서 어쩔 수 없어."

중국의 정치 상황을 옹호하는 듯한 뉘앙스였다.

누나는 중국의 교육 제도에 대해서도 자부심이 컸다. 사실 중국의 교육 제도는 내 학사 논문의 주제이기도 해서 누나와 여러 차례 대화를 나눴다. 그때마다 누나의 태도는 똑같았다. 누구나 균질적인 교육을 받을 수 있는 중국 교육 시스템은 진심으로 칭찬할 만하다고 했다. 비록 모두가 똑같은 머리 스타일을 하고, 똑같은 교복을 입고 머플러를 두르며, 아침이면 운동장에 모여서 조회를 하지만 말이다.

산드라 누나의 삶은 급속히 변화하는 중국 그 자체였다. 낙후한 외곽 재래시장에서 악다구니를 치며 물건 값을 깎는 누나와 트렌디한 도심 백화점 문화 센터에서 요가를 하는 누나는 결이 달라도 너무 달랐다. 물론 이탈리아에도 재래시장과 백화점이 모두 있지만, 같은 공간에서 이렇게 극과 극의 모습을 보이지는 않는다. 다롄 시내로 가면 유리로 뒤덮인 마천루 뒤에 지붕도 채 갖추지 못한 판잣집들이 엉겨 있었다. 전통과 현대, 공산주의와 자본주의. 누나의 삶에는 두 개의 얼굴이 있었고, 이는 현재 중국의 모습을 고스란히 드러내는 것 같았다.

3장

여행을 떠나야 보이는 것들

나는 어른일까?

체류 기한이 다 돼서 이탈리아로 돌아가야 했다. 사랑이 시작됐을 때의 불안함과 초조함은 사라졌지만, 매일 그녀를 보다가 기약 없는 이별을 해야 하니 마음이 무거웠다. 나의 미래에 따라 그녀와 나 사이의 끈은 언제든 가볍게 툭 끊어질 수 있었다.

각자의 나라로 돌아간 우리는 금세 일상으로 돌아갔다. 그녀는 복학 준비에, 나는 취업 준비에 여념이 없었다. 그래도 일요일 아침 9시는 서로를 잊지 않는 시간이었다. 그때가 되면 꼭 스카이프로 화상 통화를 했다. 시시한 일상과 소소한 이야기를 나누다 보면 어느새 한두 시간을 훌쩍 넘겼다. 가끔은 동생과 부모님이 등 뒤에서 기웃거리며 화면 속 여자가 누구인지, 어떤 대화를 나누는 건지 물었다. 거실에 컴퓨터가 있어서 가족들이 내 일거수일투족을 모두 볼 수 있었다. 게다가 그녀와 내가 중국어로 대화를 나누니 궁금함이 배가 됐던 모양이다.

그러던 어느 날, 내 인생의 길을 결정해야 하는 순간이 성큼 다가왔다. 베네치아대학교 졸업 즈음에 지원했던 회사에 최종 합격을 한 것이다. 밀라노 소재의 다국적 보험 회사였다. 당시 많은 이탈리아 기업들이 중국 진출을 염두에 두고 있어서 중국어 능력을 갖춘 이들이 매우 필요했다. 반면 이탈리아 대학에 중국어 전공은 그리 많은 편이 아니었고 중국어 능통자는 매우 부족했다. "중국에나 가라"라며 놀림을 받았던 시절을 생각하면, 중국 고사에 나오는 표현처럼 정말 뽕나무 밭이 푸른 바다가 된 상황이었다. 회사 관계자는 수습사원 6개월 동안은 아일랜드 더블린에서 근무하고, 그 후에 정규직으로 전환되면 밀라노에서 일할 것이라고 했다.

친구들의 부러움을 살 정도로 좋은 회사에 다니게 됐지만 정작 나는 그리 기쁘지 않았다. 나는 어느 것도 결정하지 못한 채 우물쭈물하고 있었다. 우선 이 일을 시작하면 다시는 그녀를 만날 수 없을 것만 같았다. 내가 동아시아 지역으로 발령을 받거나, 그녀가 유럽으로 오지 않는 이상 스카이프 데이트만으로는 그녀와의 관계를 더 발전시킬 수는 없었다. 눈에서 멀어지면 언제든 마음도 멀어지는 법이다. 또 다른 이유도 있었다. 난 대학을 졸업하고 직장인이 되면 '진짜 어른'처럼 보일 것이라고 늘 생각했다. 정작 바로 그 시점이 도래하니 여전히 나는 준비가 덜 되었다는 느낌을 지울 수 없었다. 너른 세상을 보고 변화하는 시대를 읽기에는 여전히 미흡했다. 1년 전이라면 이런 생각을 못했을 것이다. 베네치아가 답답하다는 생각도 한 적이 없고, 친구들과 대화를 하면서 괴리감을 느낀 적도 없었다. 중국 생활 1년 동안 나는 너무 많은 것을 보고 경험했다.

그간 의도적으로 결정을 늦췄던 내 삶의 방향을 이제는 정말로 확정할 때가 됐다는 걸 직감했다. 더 이상 미룰 수는 없었다. 여행을 떠나기로 했다. 어떤 미래를 선택하든 마음 편하게 놀 수 있는 시간은 이때뿐일 것 같았다. 어쩌면 여행 중에 중요한 힌트를 얻을 수 있을지도 모른다. 중국 여행 때 베트남계 아저씨에게 인생의 조언을 들은 것처럼 말이다. 캠핑카를 빌려서 고향 친구들과 함께 보름 동안 프랑스를 일주하기로 했다. 여행의 원칙은 늘 그렇듯 '마음 닿는 대로'였다. 자동차를 주차할 수 있다면 바로 그곳이 숙소였다.

확실히 방안에서 틀어박혀 미래를 고민하는 것보다 훨씬 괜찮았다. 아니 정확히 말하면 한동안 머리를 감싸며 고민할 새가 없어서 좋았다. 알프스 산맥을 넘어갈 때는 눈사태를 만나 모두가 몇 시간 동안 땀을 뻘뻘 흘리며 눈을 치우는가 하면, 아름다운 경치에 모두가 홀려 오랜 시간 풍광만 감상하기도 했다. 새벽에 도착한 파리에서는 처음 본 에펠탑에 흥분한 나머지 낮이라면 주차가 전혀 불가능한 에펠탑 바로 옆에 차를 세워 놓고 덩치 큰 녀석들 다섯 명이 폴짝폴짝 뛰었다. 때마침 친구 한 녀석은 설사를 동반한 극심한 복통에 시달리는 바람에 프랑스어라고는 '봉주르' 밖에 모르는 우리가 파리 시내 약국을 뒤져 간신히 약을 사기도 했다. 여행의 설렘과 뜻하지 않은 사건이 정말 폭풍처럼 지나갔다.

다음 여행지로 이동하던 어느 날, 운전석에는 스테파노가, 조수석에는 내가 앉아 새벽 운전을 책임지고 있었다. 우리는 여행 시간을 아끼려 주로 밤 시간에 이동했는데, 그날은 스테파노와 내가 담당이었다. 나머지 셋은 뒤에서 코를 드르렁드르렁 골면서 자고 있었다. 조용히 운전하던 스테파노가 입을 뗐다.

"너, 요새 생각이 많아 보여. 나한테 할 말 있지?"
"…."

이 녀석은 내 마음을 읽고 있었다. 내가 먼저 이야기를 꺼내 주

널
보러
왔어

기를 기다리다가 물어보는 것 같았다.

"스테파노, 너는 졸업하면 뭐 할 거야? 무슨 계획이라도 있어?"
"응. 난 사진을 배울 거야."
"뭐? 중국 유학까지 다녀왔는데, 갑자기 웬 사진?"

피식 웃음이 났다. 그런데 스테파노가 담담하게 이야기를 이어
갔다.

"알베, 들어봐. 우리는 지금까지 바로 앞에 놓여 있는 길만 보고
있어. 하지만 길은 정말 많아."

이 녀석은 뜻밖의 이야기를 꺼내고 있었다. 그런데 듣고 보니 틀
린 말이 전혀 아니었다. 스물세 살의 나는 그동안 앞만 보고 살아
왔다. 샛길, 울퉁불퉁한 길, 오솔길은 보지도 못했다. 존재 자체를
모르니 그쪽으로 가 볼 생각조차 못 했다. 갑자기 스테파노가 현자
賢者처럼 느껴져 내 고민을 더 이야기했다.

"계속 그 여자 생각이 나. 입사를 앞두고 있는데 어쩌지? 우리

부모님은 내가 좋은 회사에 입사하게 됐다고 정말 좋아하고 계시거든. 하지만 내가 그 회사에 입사하면 다시는 그 여자를 못 보겠지. 스테파노, 어떻게 해야 할까?"

"알베, 내 생각은 이래. 물건이나 상황은 포기해도 돼. 그런데 사람은 포기하면 안 돼. 만일 네가 그 여자를 포기하면 후회하게 될 거야."

스테파노의 말을 들으니 내 상황이 객관적으로 보이기 시작했다. 그동안 나는 이탈리아 북부 시골 마을 미라노의 평범하고 지루한 일상에서 벗어나기 위해 발버둥쳤다. 남들이 하지 않는 전공을 공부하고, 남들이 가지 않는 나라로 유학을 갔다. 그런데 어느 순간 돌아보니 다시 평범한 일상으로 돌아가고 있었다.

나는 직접 몸으로 부딪히면서 익혀야 할 것들이 여전히 많았다. 이탈리아에서 3년간 중국어를 배운 것보다 중국 현지에서 1년간 배운 게 훨씬 많았고, 책에서 배웠던 중국은 한 달이면 섭렵할 수 있는 것들이었다. 짧은 중국 생활 동안 내 인식의 지평은 동아시아 전체로 확장되어 있어서 어떻게 하든지 이 배움의 갈증을 풀어야 했다. 인근 국가로 가서 더 배워야 했다. 그리고 그녀⋯. 그녀가 정말 보고 싶었다. 이대로 헤어져 20년이 지나서 후회한다면 얼마나 바보 같을까?

우리는 조용한 프랑스의 시골길을 달리고 있었다. 자동차 앞 유리로 밤하늘의 별이 쏟아지고 있었다. 스테파노의 짧은 한마디가 저 별들처럼 마음속에 깊이 각인됐다. 덕분에 나는 보름 동안의 여행을 마무리할 즈음 마음의 결정을 내렸다.

/

여행에서 돌아오니 입사 예정일이 일주일 정도 남아 있었다. 나는 회사 채용 담당자에게 정중한 입사 거절 메일을 쓴 후 '보내기' 버튼을 클릭했다. 이제 되돌릴 수 없고, 더 이상 고민할 이유도 사라졌다는 생각에 마음이 후련했다.

나는 시베리아 횡단 열차를 타고 한국으로 가기로 했다. 다시 한 번 익숙한 공간, 사람들과 이별하고 완전히 새로운 하루를 시작하면 또 뭔가를 배울 수 있을 것이라 생각했다. 긴 여행길을 가다 보면 보물을 찾을지도 모를 일이었다. 이제 부모님만 잘 설득할 일만 남았다. 부모님께 대화의 시간을 요청했다.

"알베, 입사 준비는 잘돼 가니? 무슨 할 말이 있다고 그러니?"

"엄마, 아빠! 실은 지난 1년간 중국에서 정말 많이 배웠어요. 알고 계시죠? 그래서 말인데요. 좀 더 배우고 싶은 마음이 있어요. 더 공부하기 위해 시베리아 횡단 열차를 타고 꼬레아Corea에 가고 싶어요."

아빠의 얼굴에 의아함이 가득했다. 어안이 벙벙하셨는지 말까지 살짝 더듬으셨다.

"너⋯, 너⋯ 중국어를 전공했는데 꼬레아에는 왜 가?"

부모님 입장에서는 내가 한국으로 떠날 이유가 전혀 없었다. 그것도 남들의 부러움을 사는 회사의 입사를 포기하면서까지 말이다.

"우선 꼬레아랑 일본을 여행하면서 동아시아에 대해 공부를 더 하고요. 그다음에 중국에 가서 취업하려고 해요."
"일단은 알겠다."
"⋯"
"그런데 알베야!"

널
보러
왔어

"네."

"너 혼자 시베리아 횡단 열차를 타고 간다고? 러시아에 가면 갱단들이 칼로 널 찔러 죽일지도 몰라. 아빠는 그게 걱정이다."

다행히 아빠의 걱정은 나의 입사 포기가 아니라 시베리아 횡단이었다. 내심 다행이라고 생각했다. 이제는 말씀드리기가 좀 편안해졌다. 아빠에게 러시아란 미국 영화 속의 이미지가 전부였다. 그러니까 모든 러시아 사람들이 'KGB', '마피아'인 것이었다. 아빠는 한숨을 푹 내쉬시더니 한마디하셨다.

"그래, 네가 하고 싶은 대로 해라."

나중에 엄마에게 전해 들으니 아빠께서 내 앞에서는 전혀 내색하지 않으셨지만 한국행 자체를 엄청 걱정하셨다고 한다. 아빠에게 꼬레아는 곧 북한이었기 때문이다. 당신 생각에 꼬레아는 가난한 나라이고, 매우 위험한 나라였다. 그런데도 아빠는 내 결정에 반대하지 않으시고 순순히 보내 주셨다. 지금 내가 아빠가 되어 보니 당시 아빠가 얼마나 어려운 결정을 내리셨는지 알 것 같다.

부모님과의 대화를 마지막으로 내 마음을 짓누르던 어려운 문제들이 모두 해결됐다. 이제 다시 여행을 떠날 채비만 하면 됐다. '계속 가기 위해서는 중단할 필요가 있다'는 베트남계 미국인 아저씨의 말처럼, 난 이 여행이 내 인생 여정의 '정지 버튼'이 될 것이라고 확신했다. 그 생각을 하니 여행 준비가 그렇게 즐거울 수 없었다. 내 앞에 무엇이 펼쳐질지, 또 어떤 경험으로 내 영혼이 훌쩍 성장할지 기대가 됐다. 역시 '유일한 행복은 기대하는 것'이다.

여행의 동선은 간단했다. 베네치아에서 출발해 동유럽으로 간 뒤 모스크바행 열차를 타면 됐다. 모스크바에서 시베리아 횡단 열차를 타고 블라디보스토크에서 내리면 열차 여행은 끝이다. 그러고는 배를 타고 속초로 들어가서 그녀를 만나고, 이후 천천히 다롄에서 친해진 한국인 친구들을 만날 계획이었다. 나머지는 여행이 주는 깜짝 선물에 기댈 예정이었다.

배낭에는 노트와 필기구를 제일 먼저 담았다. 입사를 고민한 끝에 포기하고 떠나는 여행인 만큼, 여행 동안 우연히 만날 인연과 소소한 사건, 나와 다른 삶을 살아가는 사람들을 하나씩 기록해야겠다고 마음먹었다. 그다음에 챙긴 건 어니스트 헤밍웨이Ernest Hemingway 전집. 기차에서 오랜 시간을 버티려면 읽을거리가 있어야 했다. 맨 마지막에는 기타를 챙겼다. 나는 중학교 때부터 밴드에서 베이스를 쳤는데, 기타는 따로 배우지 않아 잘 치는 편이 아니었다. 노래를 부르며 음정을 맞출 수 있을 정도? 하지만 배낭을 메고 한쪽 어깨에 기타를 걸치면 꽤 멋있을 것 같았다. 거울을 보니 실제로 그랬다. 잘 치지도 못하는 기타를 여행 내내 들고 다닌 건 그래서였다.

내 안의, 우리 안의 약한 고리들

베네치아 → 부다페스트

베네치아에서 열차에 올라타면서 드디어 여행이 시작됐다. 첫 번째 목적지는 헝가리 부다페스트. 동유럽은 이미 고등학교 때 가본 적이 있었다. 봉사 활동차 크로아티아의 한 마을에 가서 폭탄으로 무너진 집을 재건하는 활동을 했다. 구 공산권 국가를 방문하는 게 특별한 느낌을 주는 건 아니라는 이야기다. 오히려 그보다 첫 번째 대화를 나누게 될 사람이 누구일지 매우 궁금했다. 나는 주변을 살폈다. 그리고 작가 지망생이 된 것처럼 노트를 펴고 펜을 들어 글을 쓸 준비를 했다. 내 여행의 첫 페이지를 장식할 사람을 찾기 위해서.

첫 번째 만난 사람은 이탈리아 아저씨였다. 양로원에서 일하는 분이셨는데, 엄청난 오페라 마니아였다. 얼마나 사랑하는지 처음 본 나에게 끊임없이 오페라 이야기를 했다. 고백하건대 나는 이탈리아인이지만 오페라를 잘 모른다. 이건 모든 한국인이 타령이나 판소리를 사랑하거나 잘 안다고 할 수 없는 것과 마찬가지다. 아저씨의 일방적인 이야기는 1시간이 넘게 계속됐다. 나는 '아저씨의 오페라 사랑이 좀 과한데?'라고 생각하면서도 인내심을 갖고 맞장구를 쳐주었다. 그런데 어느 순간 갑자기 내 귀를 의심하는 이야기들이 아저씨의 입에서 나오기 시작했다. 베르디 오페라를 설명하는 와중에 철 지난 민족주의적 감상에 젖더니만 급기야 특정 국가 사람들을 향한 인종차별적 발언이 쏟아졌다.

"여행하면서 루마니아 놈들을 조심해. 그 녀석들은 죄다 도둑놈들이야."

"…"

아저씨는 내가 같은 이탈리아인인 데다 어린 학생이니 경험에서 우러나온 진심 어린 조언을 했을 것이다. 그런데 모든 루마니아인을 싸잡아 도둑으로 모는 건 마치 모든 이탈리아인들을 소매치기로 여기는 것과 똑같다는 생각이 들었다. 로마에 가면 관광객들을 대상으로 물건을 훔치는 녀석들이 흔하지 않나? 나는 아저씨의 입에서 나온 성급한 말들이 그의 오페라 사랑과는 어울리지 않는다고 생각했다. 그때부터 나는 아저씨의 설명을 귓등으로 건성건성 듣기 시작했다. 그러고는 노트에 이렇게 적었다.

'그는 오페라의 아름다움을 이야기하지만, 인간의 아름다움은 모르는 사람이다.'

오구스트 게스트 하우스

부다페스트에 도착하니 기차 안에서 느낀 약간의 실망감은 금세 잊혀졌다. 어쩌면 첫 방문이 주는 설렘 때문이리라. 부다페스트에서의 일주일에 대한 기대감도 물론 한몫했다.

내가 머문 곳은 '오구스트 게스트 하우스'였다. 그리스계 미국인이 사장님이었다. 센스 넘치는 이 사장님은 로마의 황제 아우구스티누스의 이름을 가져와 간판으로 붙였다. 로마라니! 첫 숙박 장소부터 친근하고 느낌이 좋았다.

사장님은 내가 이탈리아인이라는 걸 알고 꽤 신경 써 주셨다. 아침에 게스트 하우스 식당에 들어가니 사장님이 친근하게 말을 걸었다.

"#&@!&～～줄까요?"

"…, 파든Pardon?"

"#&@!&～～줄까요?"

"…, 쏘리Sorry."

실은 중국에서 유학하는 동안 내 영어가 꽤 쓸 만하다고 생각했다. 그런데 막상 진짜 미국인과 대화를 나누려니 듣는 것부터가 난관이었다. '파든'과 '쏘리'를 몇 번이나 반복하면서 사장님에게 천천히 다시 말해달라고 했다. 알고 보니 사장님은 아주 사소한 질문을 던진 것이었다.

"계란 어떻게 해 줄까요?"

이렇게 간단한 내용이었다니! 간신히 첫 질문을 이해했는데, 다음 질문도 들리지 않았다. 또 땀을 뻘뻘 흘리며 몇 번의 '파든'과 '쏘리'를 건넨 후에야 어렵게 사장님의 말을 알아들었다. 노른자가 봉긋 올라온 반숙 형태의 계란 프라이인 '써니 사이드 업sunny side up'으로 먹을 것인지, 한쪽은 거의 다 익은 계란 프라이인 '오버 이지over easy'로 먹을 것인지, 아니면 스크램블로 먹을 것인지 묻는 질문이었다.

생각해 보니 그동안 영어로 신문 사설을 읽거나 교재를 보긴 했어도, 이렇게 사소한 생활 영어를 배울 기회는 전혀 없었다. 미흡한 내 영어 실력을 확인해서 오히려 다행이었다. 노력하면 되니까. 게스트 하우스에 묵는 동안이라도 실생활에 꼭 필요한 영어를 하나씩 배워야겠다고 생각했다.

게스트 하우스의 묘미는 여러 나라에서 온 여행자들을 한꺼번에 만날 수 있다는 것이다. 전혀 다른 문화와 언어를 가진 이들을 관찰하고 대화를 나누다 보면 스스로를 깨고 나올 기회를 가지게 된다.

게스트 하우스에 머물고 있던 미국인 친구는 그 첫 번째 계기를 마련해 줬다. 그는 할리우드 배우처럼 엄청 잘생기고 온몸이 근육질이었다. 남자인 내가 봐도 완벽했다. 그런데 그의 얼굴과 몸만큼이나 티셔츠가 눈에 들어왔다. 'Don't worry, I am a doctor!' 의사니까 걱정하지 말라고? 티셔츠 문구가 자꾸 눈길을 끌어서 그에게 말을 걸었다.

"티셔츠 멋지네. 그런데 그 말 진짜야?"

"응. 나 의사야."

간단한 대답이지만 보기 좋게 한 방 얻어맞은 기분이었다. 이탈리아 의사는 대개 모범생이다. 호리호리하고 말쑥하게 차려입는다는 이미지가 있다. 근육 자랑을 하듯이 몸에 찰싹 달라붙는 티셔츠를 입은 의사를 상상하기 어렵다. 그런데 이 미국인 의사는 누가봐도 아널드 슈워제네거다. 환자를 앞에 두고 다정하게 문진을 하며 진료를 하는 모습이 쉽게 연상되지 않았다. 나도 몰랐던 내 안의 편견이었다.

프랑스 친구와의 만남도 도움이 됐다. 스물세 살 동갑내기였던 그 친구는 이미 파트너와 아들이 있었다. 처음에는 '조금 일찍 결혼했네?' 정도로만 생각했는데, 대화를 나누다 보니 뜻밖의 사실을 알게 됐다. 이 친구는 결혼을 하지 않은 채 아이를 낳았고, 파트너에게 이야기한 후 홀로 여행하며 쿨하게 각자의 삶을 영위하고 있었다.

그때까지만 해도 내 친구들 중에는 결혼한 친구가 아무도 없었다. 동거를 한 채 아이를 낳는다는 건 상상할 수 없는 일이었다. 아예 머릿속에 없는 일이라고나 할까? 이탈리아에서 만약 그런 길을 선택한 사람을 보았다면 손가락질 당할 만한 일이라고 여겼을 것이다. 내가 가톨릭 전통과 가족주의적인 문화가 강한 보수적인 이탈리아 사회에서 성장한 탓이다.

곰곰이 생각해 보니 프랑스 친구와 같은 사람들이 비난받을 이유는 없었다. 각자의 사정에 따라 삶의 형태가 달라질 수 있는 것인데, 다른 삶을 살아간다고 이들을 헐뜯을 수는 없다. 그냥 나와 다르고, 문화가 다를 뿐이었다. 이제껏 스스로를 열린 사람이라고 자부했던 내가 부끄러워진 순간이었다.

널
보러
왔어

칼에 찔리지 않았으니 다행이야

부다페스트 → 키예프

짧은 헝가리 여행을 마치고 다시 기차에 올랐다. 이번에는 우크라이나 키예프가 목적지였다. 저녁 무렵이라 기차에서 간단하게 식사를 하고 잠을 청할 계획이었다.

우리 칸에는 러시아 출신 아저씨가 있었다. 부다페스트에 아내가 살고 있고, 일 때문에 헝가리와 러시아를 자주 오간다고 했다. 아저씨는 모국어인 러시아어 외에도 영어와 불어를 자연스럽게 구사하는 듯했다. 국경선을 넘나들며 일하는 사람이라면 충분히 그럴 만하겠다 싶었다.

아저씨는 친화력이 대단했다. 사람의 경계심을 푸는 능력이 있었다. 저녁 식사로 대신할 만한 음식을 잔뜩 들고 탄 그는 내게 그것들을 권했다. 순간 고민이 됐다. 모르는 사람이 주는 음식을 덥석 받아먹어도 될지 판단이 서질 않았다. 영화 속 한 장면이 떠올랐다. 기차 내 침대칸에서 낯선 사람이 준 음료수를 마시고 기절하는 장면. 그러면 악당들은 내 지갑과 여권, 짐 등을 챙기고 달리는 기차 밖으로 의식을 잃은 몸뚱이를 던져 버린다. 아저씨가 머뭇거리는 내 모습을 보더니 웃으며 말했다.

"내가 준 음식을 먹어야 할지 고민하고 있구나. 걱정하지 마. 나역시 기차에서 만나는 사람들이 낯설어. 그런데 그거 알아? 함께 음식을 나눠 먹은 사람은 적어도 나를 죽이지는 않아. 이건 내 모토야. 그래서 항상 이렇게 음식을 많이 챙겨서 기차에 타. 기차에서 맥주 두 캔을 챙겨서 한 캔을 너한테 건네는 사람 역시 너를 해치지 않을 거야."

이 얘기를 들으니 왠지 모르게 조금 안심이 됐다. 나는 아저씨가 건네주는 음식을 먹기 시작했다. 내 모습을 보고 있던 아저씨가 말을 이어갔다.

"너 모스크바도 갈 거지? 기차가 키예프에 도착하면 나와 동행한 다음 내일 나와 함께 모스크바로 가자."

창밖을 바라보자 노을이 지고 있었다. 저 멀리에는 다뉴브강이 보였다. 노을과 강이 어우러진 풍경이 정말 아름다웠다. '이 아저씨를 따라가도 될까?' 머릿속에서는 의심이 꼬리에 꼬리를 물었지만, 일단 기차 밖 풍경에 집중하기로 했다.

키예프 → 모스크바

결국 나는 우크라이나 키예프에 도착해서 러시아 아저씨와 함께했다. 같이 간단한 식사를 한 후 러시아 모스크바행 기차를 탔다.

이 아저씨는 기차를 얼마나 자주 탔는지 마주치는 차장마다 아는 척을 했다. 심지어 식당칸 차장은 이 아저씨와 매우 친한 사이였는지 우리 칸으로 자꾸 음식을 가져다줬다. 가난한 여행자 입장에서는 감사한 일이었다.

어느덧 기차는 러시아 국경에 도착했다. 아저씨는 창밖을 잠시 보더니 짐짓 심각한 표정을 지었다.

"알베르토, 부탁할 게 하나 있어. 지금 침대칸 꼭대기에 올라가서 누워 있어. 그리고 아무 말도 하지 마. 내가 다 알아서 할 테니까. 일단 여권 좀 줘."

"네, 여권이요?"

여권이라니. 심상치 않은 일이 벌어지고 있다는 걸 직감했지만, 이 아저씨에게 얻어먹은 게 있어서 일단 믿어 보기로 했다. 내가 침대칸 꼭대기에 올라가자 기차 차장과 승무원들이 우리 칸으로 우르르 몰려왔다. 그러더니 침대 밑, 담요 속 여기저기에 와인 박스를 잔뜩 숨겼다. 잠시 후 국경 경찰이 들어왔다. 러시아 아저씨는 국경 경찰과 러시아어로 익숙하게 인사하며 이야기를 나눴다. 나는 러시아어를 못해서 무슨 말을 하는지 전혀 알 수 없었지만, 딱 한마디는 알아들을 수 있었다.

"이탈리아 새끼"

다행히 국경 경찰은 별다른 검문 없이 지나갔다. 알고 보니 기차 승무원들이 우크라이나 와인을 밀수하고 있었고, 러시아 아저씨는 이들과 친분이 있어서 도와주고 있었다. 우크라이나 와인은 싸고 맛있는 것으로 유명하다.

기차는 무심하게 모스크바역에 당도했다. 러시아 아저씨는 나를 지하철역까지 데려다주고는 지하철 티켓을 사 줬다. 모스크바에서 꽤 괜찮은 호스텔로 가는 길을 친절히 안내하고는 요긴하게 쓰라며 5,000루블을 손에 쥐어 줬다. 그때 받았던 5,000루블은 한화로 환산하면 약 9만 원 정도였다. 주머니가 얇은 여행자에게는 큰돈이었다.

사실 이렇게 와인 밀수 범죄에 엮일 거라고는 전혀 생각하지 못했다. 아마 지금의 내가 그런 부탁을 받았다면 단번에 거절했을 것이다. 그때의 나는 어렸고, 세상을 몰랐다. 그저 자그마한 공간 안에서 만난 아저씨에게 잔뜩 얻어먹고 부탁을 거절하기가 두려운 것만 생각했다. 참 짧은 생각이었다.

어쨌든 나는 칼에 찔리지 않았고, 무사히 모스크바에 도착했다.

뜻밖의 모스크바

러시아 아저씨가 추천한 호스텔은 10명이 한방을 사용하는 곳이었다. 같은 방을 쓰는 이들 모두 출신지가 제각각이었다. 그중에 호주에서 온 괴짜 같은 친구가 눈에 들어왔다. 긴 머리를 한 상당히 잘생긴 녀석이었는데, 항상 웃통을 벗고 청바지를 입고 잤다. 저 불편한 걸 어떻게 입고 잘까 싶을 정도였다. 호기심이 발동해 그 친구에게 말을 걸었다.

"안녕! 무슨 일로 여기에 왔어?"
"1년 넘게 세계 여행 중이야. 비행기 대신 화물선을 타고 여행하고 있지."

"화물선?"

"응. 정기적으로 대륙과 대륙을 오가는 화물선인데, 예외적으로 승객을 조금 태우기도 해. '화물선 모험'이라는 웹사이트www.freighterexpeditions.com.au가 있어. 알려줄 테니 한번 들어가 봐. 미리 예약하면 말도 안 되게 싼 가격으로 배를 타고 이동할 수 있어. 돈이 떨어지면 농장에서 일하기도 하고, 영어를 가르치기도 하면서 계속 여행 중이야."

"엄청 멋지다!"

고백하자면 그동안 나는 시베리아 횡단 열차로 여행하는 내가 엄청나게 멋지다고 생각했다. 누구나 한번쯤 생각은 하지만 실행에는 옮기지 못하는 여행을 하고 있다고 생각했다. 그런데 나보다 더 멋진 녀석을 만났다. 난 단 한 번도 화물선을 타고 세계 여행을 할 수 있다는 생각을 하지 못했다. 존재조차 알지 못했으니 당연했다. 그런데 이 친구는 뜻밖의 방법으로 세상 구석구석을 탐험하고 있었다. 한 수 위라는 걸 인정할 수밖에 없었다.

호주 친구에게 받은 신선한 충격은 모스크바 여행에서 다시 이어졌다. 같은 방에 머물고 있던 여행자 중에 러시아인 친구가 한 명 있었다. 상트페테르부르크에서 사는 그 친구는 모스크바에 여행하러 왔다고 했다. 영어를 잘하지 못해 의사소통에 많은 문제가 있었지만, 힙합 가수인 까닭에 음악을 좋아하는 나와 죽이 잘 맞았다. 모스크바 어느 구석에 있는 음반 가게와 젊은 힙합 음악이 흘러나오는 클럽을 함께 들렀다. 물론 음악과 관련된 곳만 찾아다닌 것은 아니었다. 진짜 러시아를 볼 수 있는 곳에 그 친구와 동행했다.

그러던 중 만난 모스크바 현대 미술관. 큰 기대 없이 들어간 그곳에서 너무나 멋진 작품들과 조우했다. 유럽의 최신 미술 경향보다 훨씬 앞서 나가는 작품들이 많이 보였고 작품마다 자유로운 예술 세계가 느껴졌다. 나로서는 입을 다물 수 없는 작품들이었다. 다들 그렇겠지만 나 역시 모스크바라는 도시는 한때 제2세계의 상징으로 생각하는 곳이었다. 대표적인 공산주의자의 동상이 세워져 있는 곳, 표현의 자유가 존재하지 않는 곳, 체제 선전을 위한 예술만 존재하는 곳, 심지어 거리를 지나는 행인들의 표정이 굳어 있는 곳이었다. 그런데 내 눈 앞에 있는 미술 작품은 정반대의 분위기를 표출하고 있었다. 모스크바에 대한 내 오랜 선입견이 산산조각 나는 순간이었다.

내가 살던 미라노에서는 고향을 떠나면 큰일 나는 줄 아는 사람들이 많다. 한평생 그곳에서만 살아서 좁은 세계에서 갇혀 산다는 걸 모른다. 하지만 모스크바까지 오는 짧은 여정 동안 만난 사람들은 여러 나라에서 거주한 경험이 많았고, 심지어 일을 하지 않고 몇 년씩 여행을 하는 사람들도 있었다. 그들은 여기저기서 접점이 늘어날수록 세상을 열린 눈으로 바라보고 있었다. 나 역시 그렇게 변화되어 가는 걸 느꼈다.

이제 곧 시베리아 횡단 열차를 탈 예정이었다. 기대감이 점점 부풀었다. 지금보다 더 많은 새로운 사람들과 상황에 마주할 테니.

그곳에 사람이 있었네

시베리아 횡단 열차는 모스크바에서 시작하여 블라디보스토크에서 끝난다. 길이는 무려 9,334킬로미터. 7박 8일의 여정이다. 빨리 가야 한다면 여드레 동안 줄곧 기차만 타면 되겠지만, 굳이 그러고 싶지 않았다. 마음 내키는 곳에 내려 며칠간 여행을 하고, 다시 기차에 올라탈 생각이었다.

횡단 열차를 탄 첫날, 내가 탄 침대칸에 할머니 한 분이 들어오셨다. 자리에 앉은 할머니는 내가 읽는 책 제목을 흘끔 보시는 것 같았다. 뭔가 말씀하실 것 같은 분위기. 잠시 후 할머니는 매우 완벽한 이탈리아어로 내게 말을 걸었다.

"청년은 이탈리아 사람인가요?"

"네, 맞아요. 할머니도 이탈리아 출신이세요?"

"아니에요, 난 영국 사람이에요. 아프리카 케냐에서 태어나고 자랐어요. 케냐가 영국의 식민지였던 시절에…. 케냐에서 이탈리아 출신 비행기 조종사를 만나 결혼을 해서 로마로 가 아들과 딸을 낳고 20년을 살았어요."

"아, 그래서 이탈리아어가 완벽하시군요!"

"그 이후에는 영국에서 살았어요. 영국인이었지만 중년이 돼서야 처음으로 영국에서 살게 된 거죠."

"할머니는 무슨 이유로 시베리아 횡단 열차를 타신 건가요?"

"사실 아주 어릴 때부터 혼자서 세계 여행을 해 보고 싶었는데 기회가 없었어요. 내가 처녀 땐 여자 혼자 여행을 하는 게 쉽지 않았고, 아이들을 키울 때는 또 정신이 없었죠. 그렇다 살다 보니 어느덧 내 나이가 70대가 돼 있더군요. 그래서 더 늦기 전에 이렇게 세계 여행을 하고 있다우."

우리 아빠는 내가 러시아 땅에서 칼에 맞아 죽을까 걱정하고 계셨는데, 내 앞에 계신 70대 할머니는 용감하게 홀로 세계 여행을 하고 계셨다. 나도 저 할머니처럼 인생의 황혼기를 맞이해서도 도전하는 인생을 살 수 있을까? 내게 인생의 화두를 던졌다.

할머니는 훌륭한 길동무가 됐다. 그녀의 인생 여정이 워낙 파란 만장해서 나도 모르게 귀 기울이게 됐는데, 이런 내 모습이 귀여웠는지 몇 번이나 열차 식당칸에 데리고 가 음식을 사 주셨다. 가난한 여행자였던 나는 너무 비싸서 가 볼 엄두도 내지 못하는 곳이었는데, 덕분에 맛있는 음식도 얻어먹고 귀중한 이야기도 들으면서 여러 번 최고의 식사를 만끽했다.

나도, 영국인 할머니도 그랬듯이 시베리아 횡단 열차 여행은 많은 사람들이 한번쯤 꿈꾸는 여행인 게 확실했다. 네덜란드에서 온 아빠와 딸 역시 그랬다. 아빠의 예순 번째 생일을 맞이해서 딸이 동행한 여행이었다. 아빠는 네덜란드철도공사 직원이셨다. 처음 본 순간 '철도 마니아' 느낌이 확 났는데, 시베리아 횡단 열차를 타는 게 그분의 소원 중 하나였던 모양이다.

아빠도 딸도 여행 내내 정말 즐거워 보였다. 지켜보는 나에게까지 두 사람의 행복감이 느껴졌다. 어쩌면 평소 아빠의 소원을 알고 있던 딸은 깜짝 선물을 했을 것이다. 아빠는 시베리아 횡단 열차 여행을 하는 것만으로도 무척 행복했겠지만, 사실 아빠는 이제 성인이 된 딸과의 동행이 더 기쁘지 않았을까? 어느 순간부터 자신의 품에서 떠난 딸과 함께할 수 있는 게 많지 않았을 텐데, 단둘

널
보러
왔어

이 그것도 자신이 꿈꾸던 시베리아 횡단 열차 여행을 같이 한다니 얼마나 행복했을까? '나도 훗날 결혼을 해서 딸이 있다면 시베리아 횡단 열차를 타고 지금 이 길을 함께하면 어떨까'라는 생각이 스쳤다.

먼 훗날을 상상하며 빙그레 미소를 지을 때쯤 러시아 일가족이 탔다. 아빠와 엄마, 세 명의 아이들. 좁은 침대칸은 더욱 협소해졌다. 그 나이 때 아이들이 늘 그렇듯이 천방지축이었다. 좁은 공간을 비집고 다니며 우당탕우당탕. 조용했던 침대칸이 갑자기 북적북적해졌다. 자연스레 이 가족에 눈길이 가고 주의가 집중됐다.

짧은 대화라도 하고 싶었지만 안타깝게도 이 가족은 영어를 못했고, 나는 러시아어가 불가능했다. 말을 못하면 행동은 가능하다. 나는 미리 챙겨 뒀던 맥주 한 캔을 아이들 아빠에게 줬다. 그리고 세 명의 아이들과 놀기 시작했다. 말이 통하지는 않지만 아이들과 노는 건 쉽다. 우스꽝스러운 표정을 짓거나 입으로 방귀 소리를 내면 된다. 그렇게 놀다 보니 오히려 내가 아이들에게 아주 기초적인 러시아어를 배웠다.

그렇게 꽤 시간이 지나자 기차가 잠시 쉬는 시간이 다가왔다. 역에서 1시간 동안 정차한다고 했다. 뭘 할까 고민하고 있는데, 아이들 아빠와 엄마가 내게 함께 내리자고 했다. 무슨 일인가 싶었는데, 역 인근 레스토랑에서 식사를 대접한다는 것이었다. 말이 통하지는 않지만 아이들과 신나게 놀아 준 덕분이 아닌가 싶었다. 기차 밖에서도 아이들과 놀고 있는 내게 감사하다는 의미의 러시아어 "스파씨바"를 연신 말했으니 말이다. 대가를 바라고 호의를 베푼 게 아니었는데, 아이들을 좋아하는 내 마음이 차가워 보이는 러시아 부모의 마음을 녹였을까? 어쩌면 아이들을 가진 부모 입장에서는 허름한 복장을 하고 홀로 여행하고 있는 내가 더 두려운 존재였을 것이다.

기차가 종착역인 블라디보스토크에 가까워 오고 있었지만 여전히 나는 칼을 맞지 않았다. 오히려 인간미 넘치고, 상대에게 먼저 마음의 문을 활짝 여는 사람들을 만났다. 열차의 좁은 공간에서 낯선 이를 만나면 경계심을 갖는 건 자연스러운 일이다. 하지만 나 먼저 진심을 보이면 상대는 경계심을 풀었다. 물론 가끔은 진짜 두렵거나 짜증나는 상대를 만날 때도 있었다. 침대칸에 불독을 데리고 탔던 러시아 여자처럼. 계속 내게 으르렁거리는 불독 때문에 진심으로 무서워하는 표정을 그녀에게 전달했지만 그녀는 내릴 때까지 나를 외면했다. 하지만 이런 사람들은 가끔, 아주 가끔씩 만나는 이들이었다.

내 머릿속에는 모스크바행 열차에서 만난 아저씨의 조언이 계

널
보러
왔어

속 남아 있었다. '음식을 나눠 먹은 사이는 서로 죽이지 않아.' 종
착역을 가는 구간에서 같은 칸에 올라탄 러시아 청년이 내게 맥주
한 캔을 건넸다. 나는 그 아저씨의 말에 대해 물어봤다.

"맥주 두 캔을 사서 기차에서 한 캔을 건네는 사람은 절대 나를
해치지 않을 거라는데, 그 말 진짜야?"

이 친구가 피식 웃으며 대답했다.

"이왕 술을 한 잔 살 거면 더 독한 술을 사야지. 사나이가 고작
맥주라니! 저기 간판 보여?"

차창 밖에는 커다란 광고판이 보였다. 맥주 한 잔 그림 옆에 러
시아어로 뭐라고 쓰여 있었다.

"저게 무슨 뜻이야?"
"맥주는 음료가 아닙니다. 맥주는 술입니다."

러시아 사람들은 보드카 같은 독주를 잘 마셔서인지 맥주는 보

리차쯤으로 여기나 보다. 그래서 이리 쉽게 맥주를 건넸나? 도수가 약하긴 했어도 맥주 덕분이었는지 나는 안전하게 블라디보스토크에 도착했다.

어둠의 세상

블라디보스토크에 도착하니 완연한 봄날이었다. 잿빛의 도시와는 달리 하늘은 맑고 햇볕은 따스했다. 테트리스 게임에서 봤던 양파 모양의 파란 지붕이 인상적인 러시아 정교회 예배당이 한눈에 들어왔다.

이제 배를 타고 속초에 도착하면 그녀를 다시 만날 수 있다. 실은 시베리아 횡단 열차를 타기 전에 그녀에게 이메일을 보내 놓았다. '나 지금 철도 여행 중이야. 5월 28일에 속초에 도착할 예정이거든. 혹시 시간 되면 마중 나올 수 있겠니?' 그녀의 집은 춘천이었다. 속초가 그리 멀지 않으니 나를 다시 만나고 싶다면 마중 나올 것이었다.

나는 블라디보스토크에서 이틀간 머물렀다. 21시간이 소요될 예정인 선상 여행을 준비하면서 회색 도시를 둘러봤다. 같은 러시아였지만 모스크바 분위기와는 사뭇 달랐다. 이곳에는 동양인이 더 많아서인지 동아시아에 왔다는 느낌이 확 들었다. 블라디보스토크를 함께 탐방할 친구는 없었다. 이틀 내내 혼자 다녔다. 항구 쪽에서 맥주 축제가 열려서 술을 홀짝였고, 엄청나게 저렴하고 신선한 스시로 배를 잔뜩 채웠다. 블라디보스토크를 떠나기 전날에는 헤밍웨이 전집의 마지막 권 마지막 페이지를 넘겼다. 그러고는 누군가 읽기 바라는 마음으로 게스트 하우스에 기증했다. 이제 짐마저 가벼워졌다.

5월 27일 블라디보스토크 자루비노항에 서둘러 갔다. 이 배만 타면 곧 그녀를 만난다는 생각에 설레는 마음으로 승선 절차를 밟기 시작했다. 나는 익숙한 몸짓으로 검색대 위에 배낭과 기타를 올려놨다. 모든 게 자연스럽게 흘러갈 거라고 생각한 순간, 내 앞에 있던 경찰의 표정이 갑자기 일그러지며 분위기가 험악해졌다. 그러고는 기타를 케이스에서 꺼내라는 동작을 취했다. 기타가 망가질까봐 포장용 에어캡으로 돌돌 말아서 케이스에 힘들게 넣었는데 그걸 다시 꺼내라니. 내가 좀 어렵다는 표정을 짓자 영어를 할 줄 아는 세관 공무원이 왔다.

"이렇게 허름한 케이스에 비싼 악기를 숨겨 놓는 걸 한두 번 본 게 아닙니다. 이거 한국에 가져가서 팔려고 하는 거 아닌가요?"

어이가 없었다. 내 기타는 10만 원 안쪽이면 살 수 있는 아주 평범한 어쿠스틱 기타였기 때문이었다. 세관 관계자들은 험악한 분위기를 계속 연출하며 30분이 넘도록 기타를 살폈다. 어느 순간 이 사람들이 무언가를 바라고 트집을 잡고 있다는 느낌을 받았다. 하지만 나는 누가 봐도 돈 없는 배낭여행객이었고, 뇌물을 건넬 돈도, 그럴 생각도 없었다. 내가 대책 없이 기다리자 세관 관계자들은 뜯어낼 돈이 없겠다고 생각했는지 포기했다. 갑자기 그냥 가라고 말했다. 허세 때문에 가져온 기타가 여기서 이런 천덕꾸러기가 될 줄은 정말 꿈에도 생각지 못했다.

러시아에 대한 편견을 깨고 이제 막 떠나려는 시점에 구 공산권 국가의 구습을 접하게 되어 아쉬움이 컸다. 모스크바에 있을 때까지만 해도, 아니 시베리아 횡단 열차 안에서만 해도 러시아에 대해 꽤 긍정적인 면을 보았는데 말이다. 하지만 한편으로는 문제없는 나라가 지구상에 어디에 있을까 싶었다. 내 조국 이탈리아도 단점만 늘어놓자면 밤을 샐 정도다.

아무튼 마지막 고비를 넘겼다. 이제 편안히 선상 여행을 즐기면 됐다. 내가 구입한 티켓은 가장 값싼 것이었다. 좌석이 지정되지 않았고, 커다란 방 형태의 선실에 다른 사람들과 21시간 동안 함께 지내야 했다. 선실에 들어가니 일행들끼리 동그랗게 모여 앉아 있었다. 나는 홀로 여행하는 입장이니 어디에 앉을까 고민하다가 승선하기 전 대화를 잠깐 나누었던 러시아 아저씨 곁으로 슬쩍 자리를 잡았다. 근처에는 나와 러시아 아저씨 말고도 세 명의 손님이 더 있었다. 관광 비자로 한국에 들어가 3개월 동안 공장에서 일한 다음 러시아에서 자동차를 살 꿈에 부푼 동갑내기 청년 두 명, 중국어에 능통한 한국인 아저씨. 두 청년은 알고 보니 러시아 아저씨의 지인이었다.

우리 다섯은 자연스럽게 둘러앉아 술을 마시기 시작했다. 러시아 아저씨가 가방에서 보드카를 꺼냈다. 러시아 청년 중 한 명은 가방에서 엄청 긴 칼과 살라미를 꺼내더니 먹기 좋게 썰었다. 다들 "좋은 안주"라고 소리쳤다.

응? 잠깐만! 칼? 나는 칼에서 눈을 뗄 수가 없었다. '아니, 나는 30분이 넘도록 어쿠스틱 기타 때문에 검색대에서 세관 관계자와 승강이를 벌였는데, 저 녀석은 저렇게 큰 칼을 들고 어떻게 배에 탔지? 도검류 소지 불가라고 했는데….' 내가 그 칼을 계속 쳐다보자 그 청년이 내 눈치를 보며 말했다.

"아, 이 칼? 러시아 경찰들이야 뭐…."

그랬다. 검색대에서 내가 느꼈던 압박감의 실체를 배 안에서 다시 확인했다. 기분이 썩 좋지는 않았지만, 생각해 봐야 나만 속상한 일이다. 나는 더 이상 생각하지 않기로 했다. 그저 여기 있는 사람들과 하룻밤 기분 좋게 술잔을 기울이면 그만이다. 중국어를 말할 줄 아는 한국인 아저씨를 제외하고는 말이 잘 안 통했지만, 거의 밤을 새워 술을 마셨다.

쪽잠을 자고 눈을 뜨니 속초였다. 드디어 긴 여정의 마침표를 찍었다. 이제 곧 그녀를 만날 것이다. 들뜬 마음으로 짐을 부랴부랴 챙겼다. 속초항에 발을 딛자 그녀가 나와 있었다.

"오랜만이야."

"응. 안녕."

"나와 줘서 고마워."

"먼 길 오느라 고생 많았어."

"밥 먹었어?"

"아니, 아직."

"내가 아는 식당이 있어. 따라와 봐."

"…?"

나는 그녀와 함께 OO식당으로 향했다. 마치 속초 지리를 잘 아는 사람인 듯 앞장섰다. 실은 새벽에 한국인 아저씨에게 속초항 근처에 괜찮은 식당이 어디에 있는지 물었다. 한국에서의 첫 끼를 대충 때우고 싶지 않아서였다. 그녀 입장에서는 한국에 처음 온 내가, 한국어도 못하는 내가 잘 아는 식당이 있다며 자기를 이끌고 가니 많이 의아한 듯했다.

백반 2인분은 순식간에 사라졌다. 배고픔 때문이었겠지만 음식이 꽤 입에 맞았다. 왠지 앞으로 한국 생활이 순탄할 것만 같은 느낌이 들었다. 기대감이 생기니 행복했다.

널
보러
왔어

4장

여기가 그녀의 나라입니까?

"여기서 제일 예쁜 여자는 누구?"

속초가 첫 한국 방문지였지만 도시를 온전히 느낄 수는 없었다. 그 냥 바다와 맞닿은 항구 도시. 그 이상도 그 이하도 아니었다. 나는 그녀에게 정신이 팔려 있었으니 제대로 둘러볼 여유가 없었다. 그 녀와 함께 춘천행 버스를 타고 나서야 주변 풍경이 눈에 들어오기 시작했다. 버스는 국도를 따라 달렸다. 길옆으로 나무와 들판이, 그리고 저 멀리 산이 부드럽게 내달리고 있었다. 이탈리아와는 다 른 아름다운 풍경에 한동안 넋을 놓고 보았다.

길지 않은 버스 여행을 마치고 춘천에 도착하니 그녀 가족들과 의 저녁 식사가 기다리고 있었다. 사실은 조금 부담스러웠다. 그동 안 긴 철도 여행을 하느라 내 꼴이 말이 아니었기 때문이다. 그녀는 괜찮다고 했다. 나는 전혀 괜찮지 않은데…. 알고 보니 그녀 가족에게 '알베르토'라는 사람은 '남자 친구'가 아니라 '외국인 친구'로 소개되어 있었다. 그녀 가족과 함께 춘천의 명물 닭갈비집으로 향했다.

식사 자리에서 나는 그녀 가족의 모든 관심을 받았다. 나를 신기한 듯이 바라보는 그녀 가족들의 눈길이 어색하고 부담스러웠지만, 시간이 지날수록 편안했다. 그녀의 힘도 컸다. 그때까지만 해도 나는 한국어를 전혀 못해서 그녀가 모든 대화를 통역해 줬다. 가족들의 질문도, 나의 대답도 예쁘게 포장하는 듯했다. 딱 하나만 빼고. 그녀의 어머니께서 장난스럽게 웃으시며 불쑥 질문을 던지셨다.

"여기 우리 딸 넷 중 누가 제일 예쁜가요?"

그녀가 통역을 해 주었는데 뭐라고 대답할지 잠시 고민이 됐다. 왠지 그녀라고 하면 사귀는 게 들통날 것 같았기 때문이다. 순간 내 입에서 튀어나온 대답.

"어머니가 제일 예쁘십니다."

그녀의 통역을 들은 어머니는 한참을 웃으셨다. 그리고 이 말 한 마디로 그녀 가족과의 식사 자리는 백점짜리가 됐다. 의도한 것은 아니었지만 순간의 기지로 다른 사람도 아닌 그녀 어머니의 마음을 사로잡았기 때문이다. 지금 내가 생각해도 참 기특하고 놀라운 답변이었다. 이탈리아 남자로 태어난 게 감사한 순간이기도 했다.

그녀의 가족은 나를 진심으로 반겼다. '외국인 친구'일 뿐인데도 온 가족이 나와 식사 자리를 함께해 줘서 정말 감사했다. 하지만 딱 한 명만은 나에 대한 경계심을 풀지 않았다. 그녀의 열두 살짜리 막냇동생이었다. 키 크고, 코가 큰 외국인 아저씨를 난생 처음 보고는 꽤나 무서워했다. "안녕"이라고 인사를 해도 모르는 척했다. 이 식사 자리 이후에도 몇 번 '외국인 친구' 자격으로 그녀 집에서 밥을 먹었는데, 내가 집에 들어가면 막냇동생은 후다닥 방으로 도망치고는 했다. 물론 지금은 나의 든든한 팬이 됐다.

굿바이! 유럽의 상식들

그녀 가족과의 식사가 끝나자 피로가 확 몰려왔다. 여행의 목적지에 도착했고, 여자 친구 가족과의 첫 대면을 잘 마무리했다는 안도감에 긴장이 풀렸다. 숙소에 빨리 들어가고 싶었다.

한동안 머물 숙소는 그녀가 이미 알아 놓은 상태였다. 내가 시베리아 횡단 열차를 타는 동안 그녀가 물색해 놓았다. 오래된 시골집 같은 모습의 단독 주택이었는데, 세 개의 방이 있었다. 두 개의 방에는 이미 내 또래 대학생들이 살고 있었다. 방 하나에는 중국어를 잘하는 형이, 다른 큰 방에는 형제가 살았다. 나머지 한 곳, 작은 방이 내 방이었다. 주방과 화장실, 거실 등의 공간은 서로 공유했다. 월세는 보증금 없이 한 달에 10만 원이었고, 각종 공과금은 함께 나눠서 냈다. 엄청 저렴한 비용으로 커다란 집에 머물 수 있으니 마다할 이유가 전혀 없었다. 무조건 좋다고 했다.

그녀는 잠시 후 본인의 집으로 돌아갔다. 이제 나만의 공간에서 새로운 땅에서 생활을 시작하게 됐다. 표현하지 못할 평안함이 밀려왔다. 몸부터 씻은 후, 물건 정리를 하고 휴식도 취하면서 새로운 생활을 어찌할지 생각해야겠다 싶었다.

그런데 아뿔싸! 방안에 가구는 물론 생활에 필요한 물건이 단하나도 없다는 걸 뒤늦게 깨달았다. 그녀도 전혀 생각지 못했던 것 같았다. 심지어 이불도 없었다. 그냥 맨 몸뚱이로 하룻밤을 보낼 수 없어 고민 끝에 하우스메이트에게 도움을 요청했고, 한국의 첫 번째 밤은 그렇게 남의 이불을 덮으며 보냈다.

다음 날 안 되겠다 싶어 방에 놓을 작은 테이블과 의자를 사러 홀로 외출했다. 주변에 겨우겨우 물어서 생활 잡화를 파는 가게에 도착했다. 하지만 테이블과 의자가 눈에 띄지 않았다. 점원에게 물어봐야 하는데, 한국어로 테이블과 의자를 뭐라 하는지 알 길이 없었다. 나는 유럽 여행자들이 하는 것처럼 인근 국가의 말로 질문했다. 중국어로 말이다. 그런데 사장님인 듯한 분은 내 말을 전혀 알아듣지 못하겠다는 표정을 지었다.

사실 유럽에서는 언어가 비슷한 면이 있어서 어느 정도 소통이

가능하다. 예를 들어 스페인 여행자가 이탈리아에 와서 스페인어로 이야기해도 이탈리아 사람들은 대략 알아듣는다. 스페인어를 따로 배운 적이 없어도 그렇다. 나는 여기 동아시아에서도 한국과 중국이 인접하니 언어가 비슷해서 대략 알아들을 것이라고 내멋대로 생각했다. 참 어이없는 생각이었다. 결국 나는 의자에 앉고 테이블에 물건을 놓는 시늉을 한 끝에 물건을 샀다.

홀로 첫 외출을 끝내고 두 가지 생각을 했다. 우선, 한국에서 한국어를 모르고는 전혀 살아갈 수가 없겠구나. 둘째, 이 동네 구경을 좀 해야겠다.

집에 돌아와 중국어를 잘하는 형에게 춘천 지도 한 장을 받았다. 지도를 찬찬히 보면서 광장을 찾았다. 유럽 사람들은 도심 지도를 받으면 언제나 광장을 먼저 찾는다. 도심 중앙에는 대개 광장과 시청 그리고 성당이 있는데, 번화가나 맛집은 모두 그 인근에 모여있다. 그건 중국도 마찬가지였다. 내가 살았던 다롄에도 도시 중앙에 광장이 있었다. 아침이면 사람들이 광장이나 인근 공원에 모여서 태극권을 하고 근처에서 만두나 국수를 사 먹었다. 그런데 춘천지도를 아무리 열심히 보아도 광장이 없었다.

지도가 정확하지 않은 것 같아서 직접 광장을 찾아 나서기로 했다. 점점 여름 더위를 향해 가는 5월의 마지막 날, 나는 춘천의 광장과 시청, 그리고 혹시 모를 대성당을 찾아 세 시간 정도를 걸었다. 한국어로 '광장'이라는 단어를 몰라서 길에서 만난 한국 사람들에게 중국어로, 영어로 물어봤지만 모두 모른다고 했다. 춘천에서 가장 번화한 명동까지 갔으나 광장을 찾을 수 없었다. 대성당도 마찬가지였다. 십자가는 정말 자주 만날 수 있었으나 가장 큰 대성당은 찾을 수 없었다. 점점 불안했다. 겨우 시청은 찾았지만 그 인근에 있을 법한 광장과 대성당은 여전히 찾을 수 없었다.

'광장은 도시의 배꼽이며 가장 안전한 곳인데 어떻게 없을 수 있지?'

몇 시간에 걸쳐 진땀을 빼며 광장을 찾는 동안, 유럽에서 아주 당연하게 여겼던 상식들이 여기 한국에서는 전혀 당연하지 않다는 것을 배웠다.

너무 두리번거려서 목까지 아파왔다. 그때 전봇대와 전깃줄이 눈에 들어왔다. 적어도 이탈리아에서는 본 적 없는 것이었다. 이탈리아에서는 도시 미관을 고려하여 모든 전기선을 지하에 매립한다. 그런데 그날 춘천에서 우연히 본 전봇대와 전깃줄은 매우 이국적이면서도 아름다웠다. 전봇대와 전봇대 사이마다 전깃줄이 여러 가닥 늘어져 있었고, 그 사이로 파란 하늘이 잘게 쪼개져 보였다. 가끔씩 참새가 그 사이를 폴짝거리며 날아다녔다. 나는 전깃줄 사이로 보이는 하늘이 눈이 시릴 정도로 예뻐 보여서 사진을 찍었다. 나는 춘천의 소소한 아름다움과 즐거움을 찾으며, 이곳 생활에 빠르게 적응해야겠다고 마음먹었다.

/

　하우스메이트 세 사람 중 형제 두 명과는 큰 교류가 없었다. 언어 문제가 컸다. 나는 한국어를 못했고, 두 친구는 한국어만 사용했다. 서로 인사만 하고 지낼 수밖에 없었다. 형제가 무용 전공이라고 했는데, 이탈리아에서도 남자 무용수는 희귀해서 그저 그들을 신기한 눈길로 쳐다볼 뿐이었다. 하지만 중국어를 할 줄 아는 형은 달랐다. 춘천 생활 초반에 그 형이 없었다면 밖으로 한 발자국도 나갈 수 없었을 정도로 큰 도움을 받았다. 그 형은 자취 생활의 지혜를 내게 전수했다. 특히 먹는 문제를 해결하는 데 절대적인 조언을 했다.

　2007년 춘천에서 이탈리아의 식재료를 구하기란 불가능했다. 어떻게든 한국의 식문화에 익숙해져야 했다. 나는 어렵게 사 온 작은 테이블, 아니 소반 위에 한국의 식재료를 올려놓고 최고로 맛있는 조합을 찾았다. 형의 조언대로 밥, 김치, 김, 스팸이면 한 끼를 뚝딱 해결할 수 있었다. 한국에서는 매우 흔한 식재료인데 함께 먹으니 정말 최고였다. 이 식단이 지겨워지면 여기에 몇 가지를 추가하여 변화를 줄 수 있었다. 두부나 참치를 추가하는 것이다. 가끔 성대한 저녁 식사를 먹고 싶다면, 돼지고기를 구운 뒤 마지막에 김치를 같이 볶았다. 그리고 밥, 데운 두부와 함께 먹었다. 일명 두부김치밥. 이 식단은 이탈리아 자취생의 식단과 비슷했다. 이탈리아 자취생은 주로 빵 위에 치즈, 햄, 올리브 오일을 올려 먹는다. 가끔씩 햄의 일종인 프로슈토prosciutto나 통조림 참치를 올리기도 한다. 한국에 오니 빵은 밥으로 바뀌었고 올라가는 재료는 대충 비슷했다. 그래도 매우 훌륭한 삼시 세끼였다.

일주일 남짓 되자 이 식단에 조금씩 물리기 시작했지만 별 수 없었다. 돈이 많지 않으니 최대한 저렴한 식재료를 사용해서 집에서 음식을 해 먹었다. 한번은 사과가 먹고 싶어서 과일 가게를 들렀다가 너무 비싸서 뒤돌아선 적도 있다. 한국에서 사과 몇 알을 살 돈이면 이탈리아에서는 한 박스를 살 수 있을 정도였다. 부자 같은 느낌이 들었던 중국에서처럼 흥청망청 살다가는 조만간 돈이 떨어져 길거리에 나앉을 수 있겠다는 생각이 들었다.

어쩔 수 없이 밖에서 밥을 먹어야 하는 상황이면, 편의점 삼각김밥이나 김밥 전문점의 김밥을 사 먹었다. 특히 김밥 전문점은 저렴하게 최고의 만족감을 느낄 수 있었다. 식당에 간 분위기를 낼 수 있을 뿐만 아니라, 알록달록한 김밥을 먹다 보면 스시를 먹는 기분이 났다. 극도로 절제된 생활을 하는 상황에서도 가끔은 사치를 부리고 싶었다. 그럴 때면 딸기빙수를 먹었다. 춘천에서 이탈리아식 젤라또를 먹을 수 없으니 데이트를 할 때 디저트로 딸기빙수를 냠냠했다.

가끔은 '김밥나라'가 없었다면 어땠을까 생각한다. 어쩌면 내 한국 생활은 훨씬 삭막했을 것이다. 주위 사람들에게 "춘천에서 나를 키운 건 8할이 김밥나라"라고 농담을 한다. 이건 진담이기도 하다. 김밥나라에서 처음 김밥을 먹던 날, 그 많은 메뉴가 어떻게 가능한지 놀라며 메뉴가 적힌 종이를 집에 가져왔다. 그러고는 하우스메이트 형에게 각 메뉴의 의미를 물어본 다음, 메뉴판을 보며 한글 공부를 시작했다. 김밥나라의 메뉴를 외우고 매일 저렴한 순서대로 새로운 음식을 먹어 보는 게 나의 새로운 목표였다. 마치 중국에 처음 갔을 때 식당에서 실전 중국어를 배우기 시작했던 것처럼 말이다.

널
보러
왔어

/

한국에 도착한 지 며칠 지나지 않아 6월이 됐고, 장마철이 시작됐다. 춘천에는 매일 비가 내렸다. 이맘때 이탈리아는 쨍한 햇빛과 파란 바다와 푸른 산을 자랑한다. 이를 보는 것만으로도 절로 행복해진다. 그런데 난 하루 종일 비가 오락가락 하는 곳에 있었다. 생애 처음 겪어 보는 장마였다. 주중 낮에 그녀는 직장에 가 있어서 늘 나는 혼자였는데, 비까지 계속 내리니 혼자 동네를 둘러보고 싶은 마음이 전혀 들지 않았다.

사실 춘천에 방을 얻고 머물게 된 건 뚜렷한 목표가 있었던 것은 아니었다. 그저 그녀와 함께 있으면서, 이 동네를 천천히 여행하고 싶었던 것뿐이었다. 하지만 어느 목표도 이루지 못한 채 일주일의 절반 이상을 이렇게 할 일 없이 지내려니 우울한 생각을 떨칠 수 없었다.

'난 여기에 왜 왔지? 한국은 물가도 비싸서 마음대로 뭘 할 수도 없는데. 하우스메이트들도 다들 학교에 가고 과제를 하며 사는데, 또래인 나는 목표 없이 뭘 하고 있는 것일까? 한국어는 왜 이렇게 어렵지? 언제쯤 한국어를 잘하게 될까?'

집 안에서는 외톨이였고 집 밖에서는 이방인이었다. 한국 사람들은 항상 나를 미국인으로 여기고 다짜고짜 영어로 말을 걸었다. 춘천에 거주하는 다른 백인들도 마찬가지였다. 이 작은 도시에 사는 백인들 대부분이 영어 강사였기 때문에, 이들은 백인만 보면 무조건 영어로 말을 걸었다. 하루는 영어 강사로 왔다는 캐나다 사람이 날 보고 다짜고짜 이렇게 말했다.

"Hey man! What's up?"

방금 만난 사람인데 어째서 내게 무슨 일이 있냐고 물어보는 것인가? 처음 만난 사람에게 내 개인적인 일을 말하고 싶지 않은데…. 스트레스였다. 영어를 잘하지 못하는데 사람들이 자꾸 영어로 말을 거는 일이 생기자 어느 순간 영어 공포증마저 생겼다. 상황이 이러니 한국인 사이에서도, 영어 원어민이 주를 이루는 외국인 그룹에서도 나는 이방인이었다.

시베리아 횡단 열차를 타고 아시아 끝으로 가겠다며 집을 떠난 지 3개월 만에, 그리고 춘천에 정착한 지 한 달 만에 큰 고비를 맞았다. 밀라노에서 수트를 입고 멋진 구두를 신고 일할 기회를 포기하고 한국에 왔는데, 골방에서 밖에 나가지도 못한 채 쌀밥에

널
보러
왔어

김과 스팸만 먹는 내 상황을 보니 눈물이 날 지경이었다. 관광 비자로 체류 가능한 3개월만 채우고 한국을 떠나야겠다는 생각마저 들었다.

하지만 한편으로는 슬며시 자존심이란 놈이 쑤욱 올라와서 이탈리아로 돌아가려는 내 마음을 잡았다. 이러지도 저러지도 못하는 상황. 우울한 나날이 계속됐다. 그러던 어느 날 진지하게 내 상황을 반추해 봤다. 나는 왜 이탈리아를 떠나 이 긴 여행을 선택했을까? 한국에 온 건 '그녀' 때문이기도 했지만, '배움' 때문이기도 했다. 지난 1년간 중국에서 지내면서 이탈리아 대학에서 3년 동안 배운 것보다 훨씬 더 많은 것들을 배웠다. 지식이든 지혜든 모든 면에서 그랬다. 이탈리아에 돌아간 이후에도 당장의 취직보다는 더 큰 배움을 실현하기 위해 기차를 타고 이곳까지 왔다. 그런데 한국에 들어온 지 한 달도 안 돼 우울함에 빠져 한숨만 내쉬고 있었다.

마음을 고쳐먹기로 했다. 기왕 한국에 왔으니 문화와 역사, 한국어를 열심히 배우기로 결심했다. 그리고 자칫 게을러질 수 있는 마음을 다잡기 위해 규칙을 만들었다. 이탈리아에서 살 때도 나는 규칙을 만들고 준수하는 걸 좋아했다. 사람들이 나를 얼핏 자유로운 사람으로 보지만, 일상에서는 매우 규범적인 사람이다. 힘들 때일

수록 본성을, 내가 가장 잘할 수 있는 걸 따르는 게 좋겠다고 판단했다. 당시 나는 앞으로 이것만은 꼭 지키며 살자고 아래와 같은 규칙을 만들었다.

첫째, 인간 친화적인 사람이 되자.
둘째, 재미있는 일을 하자.

어쩌면 '애개, 겨우 이거야?'라고 생각할지 모르겠다. 하지만 당시 내게는 매우 절박하고 중요한 규칙들이었다. 이탈리아와 중국에서는 나는 분명 친구가 많은 사람이었는데 춘천에서는 전혀 그렇지 못했다. 외톨이라고 느낄수록 더욱 외톨이가 돼 가는 느낌을 받았다. 그래서 인간 친화적인 사람이 되자고 결심했다. 사교적이려면 우선 언어로 소통해야 했고, 그러기 위해서는 한국어 공부를 집중적으로 공부해야 했다. 재미있는 일을 찾겠다고 생각한 건 집밖으로 탈출하기 위해서였다. 아주 사소한 것이라도 흥미롭고 관심을 집중할 수 있는 것을 찾는다면 우울감과 매너리즘에 벗어날 수 있을 것만 같았다.

봄이 흐르는 냇가, 봄시내

나는 강원대학교 도서관에 다니기 시작했다. 도서관은 학생들이 가장 많이 왕래하는 곳이니 누구라도 만날 수 있고, 오가는 길에 재미난 일과 조우할 가능성이 크다고 생각했다. 내 의도는 며칠 지나지 않아 맞아떨어졌다. 도서관에서 누군가 말을 걸었다. 한국어는 거의 못 했고 영어도 썩 잘하는 편이 아니었기 때문에 중국어로 말을 걸어 주길 바랐지만 그럴 리 없었다. 역시나 영어로 말을 걸어왔다.

"안녕하세요. 저는 춘천에서 영어 동아리를 운영하는 사람이에요. 혹시 영어를 사용하는 원어민이면 저희에게 영어를 가르쳐 줄 수 있나요?"

"하하하. 죄송하지만 저는 미국인이 아니에요. 영어를 가르쳐 줄 수는 없지만 저도 함께 배울 마음은 있어요."

"앗! 그러시다면 저희 모임에 참석하시는 건 어때요?"

나는 그 친구를 따라 영어 동아리 모임에 나갔다. 영어 동아리 이름은 '봄시내'였다. 춘천春川의 한글 이름이 봄시내라고 했다. 이곳에는 영어를 배우려는 한국인 친구들만 있는 게 아니라, 영어를 가르치는 원어민 영어 강사들도 있었다. 영어는 딱딱한 강습 형태가 아니라, 자연스럽게 소통하는 과정에서 배울 수 있도록 되어 있었다.

봄시내 모임에 나간 첫날 이후로 내 인생이 바뀌었다. 우울한 기분도, 이탈리아로 돌아갈까 하는 고민도 싹 사라졌다. 우중충한 계절이 지나고 다시 봄이 왔다고나 할까? 봄시내에서 영국인 친구와도 친해져서 한국 생활의 팁을 많이 얻었지만, 더 중요한 건 한국인 친구들과 본격적으로 친분을 맺을 수 있게 된 것이었다. 모임이 끝나면 인근 호프집에서 뒤풀이가 열렸다. 정식 모임은 영어로 진행됐지만, 뒤풀이는 한국어 사용이 허용됐다. 외국인들은 대개 뒤풀이 때 빠지거나 한 잔만 하고 집에 갔다. 봄시내 사람들은 엄

널
보러
왔어

청난 주당이어서 대개 새벽 2~3시까지 술을 마셨다. 일주일에 두 번씩 영어 모임이 있었는데, 나는 무조건 뒤풀이가 끝날 때까지 함께 있었다. 처음에는 봄시내 사람들의 대화를 단 한마디도 못 알아들었는데, 한 달 정도 지나자 한국말이 슬슬 들리기 시작했다.

나는 그렇게 김밥나라 메뉴판으로 한글을 뗐고, 영어 모임 뒤풀이에서 한국말을 배웠다. 이제 김밥나라 메뉴판이라면 뭐든 읽을 수 있었고, 술자리에서 들리는 말 중에 어느 단어가 욕인지 가늠할 수 있게 됐다. 한국에서 친구가 생기고 한국어를 배우니 한국 생활이 재미있기 시작했다. 성조를 가진 중국어에 비해 성조가 없는 한국어는 예쁘고 부드럽게 들렸다. 좀 더 본격적으로 한국어를 배우고 싶어서 가진 돈을 모두 털어 강원대학교 한국어학당 과정을 등록했다. 자연스레 관광 비자가 아닌 학생 비자가 나왔고 한국 체류가 좀 더 편해졌다.

/

한국어학당에 들어가니 우리 반 친구들 대부분이 한국에 유학 온 중국 학생들이었다. 다시 중국에 돌아간 듯한 느낌이 들 정도였다. 어학당 생활 초반이다 보니 나도 한국어를 못해서 이 친구들과 대화의 대부분을 중국어로 했다.

아침에 일어나면 어학당에 가서 수업을 들었고 오후에는 집에 돌아와 숙제를 했다. 저녁이 되면 주섬주섬 옷을 챙겨 입은 후, 중국인 친구들이나 봄시내 사람들과 놀았다. 어학당 덕분에 내 생활 리듬과 마음은 더욱 안정돼 갔다.

그즈음 한국의 대학교 풍경과 대학생들의 생활이 조금씩 눈에 들어왔다. 나는 어학당 수업을 마치고 보통 학생식당에서 가장 저렴한 밥을 먹었는데, 내가 다녔던 베네치아대학교의 학생식당과는 정말 달랐다. 당시 강원대학교 학생식당에는 큰 TV가 있었다. 신기하게도 TV에서 스타크래프트 중계방송이 늘 나왔다. 이탈리아에서 스타크래프트를 해 본 적은 있지만, 이 게임을 TV로 중계방송을 할 정도로 대중적이지는 않았다. 적어도 내가 본 이곳의 남학생들은 밥을 먹는 중에도 스타크래프트 중계방송에서 눈을 떼지 못했다. 유럽으로 치자면 마치 유럽축구연맹 챔피언스리그 경기를 보는 것처럼 열광했다. 프로게이머는 적어도 한국에서는 유럽의 유명 축구 선수 정도 되는 듯했다. 나중에 안 사실이지만 당시 스타크래프트 중계방송에는 내 친구 기욤 패트리가 프로게이머로 나왔는데, 아마 게임계의 크리스티아누 호날두 정도였던 것 같다.

더 눈길을 끄는 모습도 있었다. 한국에서는 유난히 학생식당에서 혼자 밥을 먹는 학생이 많았다. 그들은 식사를 하면서 스타크래프트 중계방송을 보거나 책을 읽었다. 홀로 식사를 하니 밥에만 집중해서인지 빨리 밥을 먹기까지 했다. 이탈리아에서는 그런 광경을 거의 볼 수 없다. 혼자 밥을 먹으러 갔어도 주변에 홀로 앉아 있는 사람을 찾아가서 말을 건다. 인사를 한 후 옆에 앉아도 되냐고 묻는다. 그러고는 그 사람과 이야기를 하며 밥을 먹는다.

'중국 다롄에서 내가 만났던 한국인 친구들은 전혀 이러지 않았는데, 왜 여기 학생들은 사교적이지 않을까?'

중국에서 만난 한국 친구들은 이탈리아 친구들과 성향이 비슷했다. 사교적이고 장난을 많이 쳤다. 금세 친해졌고 다른 친구를 많이 데려오기도 했다. 그렇지만 이곳에서 본 한국 학생들은 조용하고 아주 내성적이었다. 모르는 사람이 말을 걸면 아주 소극적으로 대답했다.

'왁자지껄하고 사교적인 모습은 해외 생활을 하면서 익힌 것일까? 아니면 그냥 개인의 성향일까?'

전혀 다른 두 이미지의 한국 학생들을 접하고 나니 퍽 혼란스러웠다. 어떤 모습이 진짜일까?

/

한국어학당을 다니면서 자그마한 목표 하나를 정했다. 바로 무용하는 하우스메이트 형제와 대화를 나누는 것. 같은 집에서 사는데 대화를 거의 나누지 못하는 상황이 우습기도 했고, 한국어학당에서 배운 한국어를 가장 가까운 곳에서 익혀 보고 싶었다.

어느 날 저녁이었다. 형제들의 방이 조용했다. 느긋하게 시간을 보내는 것 같았다. 굿 타이밍. 형제들 방문을 노크했다. 그리고 어학당에서 배운 대로 말을 꺼냈다.

"똑똑똑, 실례하겠습니다!"

두 형제는 문을 활짝 연 후 깜짝 놀란 표정을 짓더니 이내 낄낄거렸다. "실례하겠다"라는 나의 말에 대답은 전혀 하지 않고 웃기만 했다. '내 발음이 안 좋은가? 내 말을 못 알아들었나?' 결국 이렇다 할 대화를 나누지 못하고 후퇴. 다음 날 아침 다시 형제들에

널
보러
왔어

게 말을 걸었다.

"안녕히 주무셨습니까?"

이렇게 말하자 그 녀석들은 또 웃기만 했다. '도대체 왜 웃기만 하는 거야?' 이유를 물어보려고 하는데 다른 방에 있던 형이 옷을 챙겨 입고 밖으로 나가고 있었다. 한국어를 또 써 먹을 수 있겠다 싶어 또박또박 질문했다.

"어디를 가십니까?"

문을 나서던 형이 중국어로 대답했다.

"알베, 그렇게 말하지 마!"

왜 그렇게 말을 하면 안 되는지 알려 주지도 않은 채 형은 쌩하게 나가 버렸다. 참 미칠 노릇이었다.

그날 오후. 어학당 수업이 끝난 후 배가 고파 김밥나라에 들렀다. 오늘은 한국어로 제대로 주문을 해야겠다고 생각했다. 그 전에는 김밥나라에 들어오면 아무 말도 하지 않은 채 종이 메뉴판에 체크만 하고 나 좀 봐달라고 수줍게 손을 들었었다.

"여보세요! 여기 주문 좀 하겠습니다."

식당 아주머니들이 웃었다. 어젯밤 형제 녀석들도 그렇고, 이분들도 그렇고 내가 말만 하면 웃는 게 내 발음이 이상해서인 것만 같았다. 밥을 다 먹고 계산을 할 때였다. 주인아주머니가 "고맙습니다"라고 말씀하셔서, 나는 "천만에요"라고 말했더니, 또 식당 아주머니들이 웃었다.

조금씩 상처를 받기 시작했다. 한국어학당에서 배운 대로 예의 있게 말했을 뿐인데, 왜 다들 웃기만 하는지 속이 상했다. 그녀를 만나서 내 발음이 그렇게 웃기냐고 물었다. 지금까지 주변 사람들에게 했던 말을 그대로 재연했더니 그녀 역시 깔깔대며 웃었다.

"알베, 네가 지금 하고 있는 말은 한국에서 1970년대나 1980년대에 썼을 법한 말투야. 요즘 한국 사람들은 그렇게 말하지 않아. 아무리 한국어학당을 다녀도 그렇지. 나한테 한국말 다시 배워야겠다. 요즘 한국 사람들이 쓰는 말을 알려 줄게."

지금은 한국어학당에서 당시 내가 공부했던 교재를 사용하지 않는 것 같지만, 그때는 한국에 외국인 유학생도 많지 않아서 외국인을 위한 한국어 교재가 다소 허술했다. 최근 한국어의 흐름을 반영하지 못한 옛날 표현들이 수두룩했다.

아무튼 이틀 동안 내 어색한 한국말 때문에 속이 상했지만, 정말 열심히 실전 한국어를 배우게 된 계기가 됐다. 하우스메이트들도 더 이상 웃지 않고 정성껏 한국어를 알려 줬다.

말이 조금씩 늘자 주변의 반응이 달라졌다. 그 이전에는 학생식당에서 홀로 밥을 먹는 학생들에게 말을 걸면 짧은 답변이 돌아왔다면, 이제는 대화를 이어갈 수 있을 정도로 한국 학생들의 피드백이 달라졌다. 무뚝뚝했던 인상이 친절한 모습으로 바뀌었다. 춘천 시내에서 길을 물어볼 때도 다른 반응이었다. 한국어로 물어보면 어떤 때는 도착할 때까지 데려다주는 경우도 있었다.

정말 짧은 시간에 경험한 극적인 반전이었다. 심리적으로 힘들 때 세웠던 나의 인생 규칙이 다시 떠올랐다. 인간 친화적인 사람이 되자, 재미있는 일을 하자. 이 두 규칙 덕분에 항상 먼저 나서서 사람을 사귀려고 했고, 재미난 일을 찾아다녔다. 그랬더니 나도 변화하고, 한국이 조금씩 보이기 시작했다. 긍정적인 신호였다.

추석 기행

추석이 다가오고 있었다. 한국에서 처음 맞이하는 명절이었다. 친하게 지내는 외국인들은 명절 연휴가 되면 쓸쓸함을 크게 느낀다고 입을 모았다. 한국 친구들은 모두 가족과 함께 시간을 보낼 것이고, 외국인 학생들은 텅 빈 기숙사나 숙소에 홀로 있거나, 삼삼오오 썰렁한 춘천 거리를 거닐 것이라고 했다. 유럽의 크리스마스 때처럼 많은 가게들이 문을 닫고, 도시에 남은 사람들은 불이 켜진 상점을 찾아 텅 빈 거리를 기웃대는 걸 떠올리면 된다고 했다.

나는 영국인 친구 카이와 여행을 가기로 했다. 그간 적응이 힘들어 춘천 밖을 여행할 생각을 전혀 하지 못했는데, 이번 추석이 첫 번째 기회인 것 같았다. 지도를 펼치고 고민하다가 남쪽 끝을 찍었

널
보러
왔어

다. "여기를 가보자." 완도였다.

우리는 추석 연휴 전에 버스를 타고 완도에 갔다. 길은 막히지 않았고, 비교적 편안하게 이동했다. 완도에 내리니 바닷가 마을의 아름다운 정취가 느껴졌다. 사실 한국에 몇 달 살면서 도시 풍경이 아름답다고 생각해 본 적이 없었다. 주변 환경과 어울리지 않게 우뚝 솟은 네모반듯한 아파트와 건물을 보면서 아쉬운 마음이 컸다. 관광지라고 해서 크게 다르지 않았다. 아름다운 자연을 배경으로 하지만 통일성이라고는 찾아볼 수 없는 펜션들이 제멋대로 자리잡고 있었고, 어느 곳에서는 모텔의 천연색 네온사인이 번쩍였다. 그런데 완도에는 이런 모습이 전혀 없었다. 야트막한 동산과 이에 자연스레 이어지는 바다, 그리고 한곳에 모여 있는 어촌의 자그마한 집들의 조화가 아름다웠다. 특히 집의 파란 지붕과 하얀 벽은 파란 하늘과 파란 바다를, 하얀 구름과 하얀 파도를 닮아 있었다. 인위적인 느낌이 전혀 들지 않는 아름다움이었다.

한동안 풍경을 넋 놓고 보는데 슬슬 배가 고파 왔다. 카이와 나는 어느 식당이 맛집인지 도통 알 수가 없어서 무작정 제일 먼저 눈에 띄는 작은 음식점에 들어갔다. 마침 생선회를 파는 곳이었다. 잘됐다 싶었다. 이탈리아에서도 생선회를 먹는다. 메뉴를 찬찬히 본 후 좀 특이해 보이는 회덮밥을 주문했다. 잠시 후 우리 앞에 놓인 음식을 보니 쌀밥 위에 생선회와 야채가 올려져 있었다. '그냥 한 숟가락 퍼서 먹으면 되는 건가?' 카이도 나도 어떻게 먹어야 할지 몰라서 잠시 멀뚱멀뚱하며 서로를 쳐다봤다. 눈치 빠른 주인아주머니께서 회덮밥 먹는 방법을 자세히 설명해 주셨다.

"아따, 외국인 냥반들! @#$%^&*@#$%& 이라고 초장 $%^@#$$%& 싹다 비벼가꼬, 풀하고 회랑 @#%$&*@ 잡솨봐. @#%&$@*##@#$%."

이게 무슨 말씀인가 싶었다. 카이는 나에게 영어로 소곤소곤 물었다.

"알베, 이거 한국어 맞아? 무슨 말인지 알아들었어? 일본어야?"
"일본어는 아닌 것 같아."
"느낌상 옆에 있는 걸 넣어서 먹으라고 하는 것 같은데, 맞아? 알베, 너 어학당 다니고 있잖아?"
"그렇기는 한데 이런 말은 배운 적이 없어."

다행히 주인아주머니가 말씀만 하시는 게 아니라 행동으로 보

널
보러
왔어

여주시기도 해서 어떻게 먹는 건지 눈치를 챘다. 한 술 크게 입에 넣으니 머리 위에 느낌표가 뿅 하고 나타날 정도로 맛있었다. 춘천의 김밥나라가 한국에서 제일 훌륭한 식당이라고 생각했는데, 이제부터는 아니었다. 회덮밥이 한 숟갈씩 사라질 때마다 슬펐다. 맛을 음미하면서 먹는다고 생각했는데, 순식간에 바닥을 드러냈다. 완도에 오길 잘했다는 생각을 했다. 이 작은 음식점 주인아주머니도 본인 음식에 대한 자부심과 사랑이 느껴지는데 다른 완도 식당은 어떨까?

내 여행 스타일이 늘 '마음 가는 대로'였듯이 완도에서도 이 여행 원칙은 달라지지 않았다. 사실 어디를 가야 할지도 몰랐다. 나와 카이는 목적지 없이 무작정 시골 버스를 타고, 풍경이 예뻐 보이면 내렸다. 배 시간이 맞으면 배를 타고 작은 섬으로 들어갔다. 신지도, 보길도, 대모도를 들렀다. 시골길을 걸으면서 도시와는 다른 스타일의 시골집을 구경하고, 방목하면서 키우는 흑염소 떼를 흥미롭게 지켜보기도 했다. 정도리 해수욕장에서는 검은 자갈들이 파도에 쓸려 데굴데굴 구르며 내는 소리에 귀 기울였다.

완도의 이곳저곳을 둘러보니 한국의 시골이 유럽보다 훨씬 더 아름다웠다. 정비되지 않은 아름다움이 있었다. 자연의 풍경과 사람 손이 덜 탄 건축물이 어우러져 예쁘고 아기자기한 느낌을 줬다.

속초와 춘천도 괜찮은 도시였지만 최고로 여겨지지는 않았다. 각 도시마다 역사와 전통을 자랑하는 고풍스러운 건축물을 잘 간직한 유럽 도시와 비교가 됐기 때문이다. 하지만 한국의 시골은 단언컨대 최고였다. 덤으로 선물 받은 고즈넉한 완도 바닷가 마을에서 올려 본 별바다는 평생 잊을 수 없을 만큼 아름다웠다. 짧은 완도 여행 덕분에 그간의 마음고생도 사라졌다. 완도에서의 마지막 밤이 행복할 정도로 말이다.

안타깝게도 완도에서의 행복한 기억은 귀경길의 악몽으로 금세 뒤덮였다. 추석 연휴 마지막 날, 한국의 고속도로 체증을 제대로 맛봤기 때문이다. 완도에서 춘천까지 무려 10시간이 걸렸다. 굼벵이처럼 움직이는 고속버스 안에서 꼼짝없이 앉아 있는 일은 정말 고통스러웠다. 운전기사 아저씨는 승객의 지루함을 덜어 주려는 듯 버스 맨 앞에 달려 있는 TV를 내내 틀어 놓으셨다. 하이 톤의 이탈리아 출신 여자가 등장해 반가운 마음에 귀를 기울였으나 어찌나 한국말을 빨리 하던지. 10분 정도 보다가 그녀의 이야기가 제대로 들리지도 않아 그냥 잠을 청했다. 결국 10시간 내내 몸을 배배 꼰 후에야 겨우 춘천에 도착했다. 불과 몇 달 전만 해도 시베리아 횡단 열차를 탔던 내가 고작 10시간의 버스 여행을 이렇게 지겨워할 줄이야.

내년은 망했어

이탈리아 사람들에게 크리스마스는 1년 중 매우 중요한 날이다. 한국의 추석과도 같은 날이다. 보통 12월 23일부터 26일까지 나흘 동안 긴 휴가를 즐긴다. 크리스마스 당일에는 온 가족이 모여서 성당에 간다. 평상시에 성당에 잘 가지 않던 사람도 크리스마스에는 성당에 가서 아기 예수의 탄생을 기린다.

중국에서는 그들이 크리스마스를 특별하게 생각하지 않아서인지 크리스마스 분위기를 느끼지 못했다. 한국에 와 보니 이탈리아만큼이나 크리스마스를 중요하게 여기는 것 같았다. 그런데 조금 달랐다. 가족과 함께 보내는 날이 아니라, 연인들이 반드시 데이트해야 하는 날 같았다. 연인들은 특별하게 보내고 싶어 했고,

솔로인 친구들은 크리스마스 전까지 여자 친구 혹은 남자 친구를 만들어서 크리스마스를 꼭 함께 보내고 싶다고 했다. 나는 '예수님이 태어나신 날에 애인과 데이트할 기분이 날까?'라는 생각이 들었다.

이탈리아에서는 오히려 한 해의 마지막 날인 12월 31일에 한국의 젊은 친구들이 크리스마스 때 기대하는 것들을 하려고 한다. 이탈리아에서 조금 놀 줄 아는 친구들은 두세 달 전부터 12월 31일을 준비한다. 이날을 어떻게 보냈는지에 따라 이듬해의 운이 결정된다는 미신이 있을 정도다. 그래서 이탈리아 젊은이들은 밤새 맛있는 음식을 먹고, 제일 좋은 술을 마시며, 함께 새해가 오는 순간을 축하하려고 한다. 특히 이탈리아 남자라면 12월 31일에는 무조건 여자랑 보내야 한다.

한국에서 맞이하는 첫 연말. 이탈리아 사람에게 정말 중요한 12월 31일인 만큼 허투루 보낼 수 없어서 한국인 친구들에게 그날 계획을 물었다. 그런데 다들 대답이 신통치 않았다. 집에서 가족과 함께 연말 연예 대상 시상식을 보거나, 보신각 타종을 지켜보다가 잘 거라고 했다. 이 중요한 날 왜 집에서 TV나 보는지 도대체 이해할 수 없었다. 오히려 친구들은 내게 굳이 왜 이날 특별한 이벤트를 열어야 하냐고 물었다.

널
보러
왔어

한국에서 처음 맞이한 12월 31일, 외국인 친구 둘과 한국인 친구 둘, 그리고 나까지 포함해 다섯 명이 간단하게 맥주 한 잔을 먹고 헤어졌다. 어느 누구도 밤새 놀려고 하지 않았다. 심지어 그녀 역시 가족과 함께 TV를 본다고 했다. 결국 나는 12월 31일에서 1월 1일로 넘어가는 시간을 방에서 혼자 보냈다.

'내년은 망했어.'

일이 이렇게 되고 보니 12월 31일이 어쩌면 불행의 전조일지 모른다는 두려움이 불쑥 찾아왔다. 한국에 온 지 6개월. 이제 통장 잔고도 바닥을 드러내고 있었다. 아무리 아껴 쓴다고 해도 곧 한계에 봉착할 수밖에 없었다. 당장 돈을 벌 만한 일자리를 구하지 않으면 모든 걸 접고 이탈리아로 돌아가야 했다. 춘천에서 밥벌이를 하는 게 최상이지만, 영어를 잘 못하는 이탈리아인이 일자리를 구하기란 매우 어려웠다. 이제 한국어도 좀 익숙해지고 한국 생활이 재미있어지는데 돈 때문에 떠날 수밖에 없다니!

현실적인 대책은 딱 하나였다. 다롄에서 학교 다닐 때 종종 연락을 하고 지내던 이탈리아 아저씨 한 분이 계셨다. 그분은 다롄에서 의류 공장을 운영하고 계셨는데, 농담반 진담반으로 대학 졸업 후 본인 회사에 입사하라고 말씀하셨다. 아마 전화를 드린다면 흔쾌히 입사를 허락하실 것이었다. 그곳에서 돈을 번 다음 다시 한국에 들어오는 수밖에 없었다. 언제가 될지는 모르겠지만 말이다.

고민 끝에 중국으로 가야겠다고 마음의 결정을 내렸다. 내년을 망한 시간으로 둘 수는 없었다.

/

새해 첫날이 지나고 바로 비자 문제를 해결하기 위해 이탈리아 대사관에 연락을 했다. 그런데 대사관 관계자는 뜻밖의 정보를 건냈다. 이탈리아 대사관에 인턴 자리가 하나 생겼다는 것이었다. 앞뒤를 잴 상황이 아니었다. 당장의 생활비를 위해서라도 대사관 인턴사원이 꼭 돼야 했다. 부랴부랴 입사 지원서를 작성해 메일을 보냈다.

올해는 망했다고 생각했는데 정반대의 상황이 펼쳐졌다. 운 좋게도 이탈리아 대사관에서 합격 통보를 알려 왔다. 현실적으로 이보다 더 좋은 상황은 없었다.

'한국을 떠나지 않게 됐어!'

널
보러
왔어

곧바로 그녀와 함께 서울에 올라갔다. 인턴 기간 동안 서울에서 살 집을 구하기 위해서였다. 그녀 역시 서울에서 집을 알아보는 건 처음이었다. 춘천에서 보증금 없이 월세 10만 원에 살았던 나는 서울의 방은 이보다 조금 더 비쌀 것이라고 생각했다. 그녀도 그렇게 생각한 것 같았다. '좀 더'라고. 하지만 아무리 발품을 팔아도 저렴한 방은 없었다. 춘천에서 내가 얼마나 저렴한 금액으로 지내고 있는지만 확인했다. 서울은 적어도 보증금 1,000만 원에 월세 70만 원 정도가 필요했다. 결국 아무리 돌아다녀도 수중의 자금에 적합한 방을 구하지 못한 채 춘천으로 돌아왔다. 눈앞의 행운이 연기처럼 손에서 빠져나가는 듯했다.

'결국 돈이 없어서 방도 못 구하고, 그냥 한국을 떠날 수밖에 없는 건가?'

그날 저녁 봄시내 영어 회화 모임이 있었다. 나는 서울에 다녀온 이야기를 했다. 이탈리아 대사관에서 인턴을 할 기회를 얻었지만 월세가 너무 비싸서 다롄으로 가야 할 것 같다고 말했다. 내 말을 가만히 듣던 형 한 명이 서울에 사는 친척 집에 연락해서 혹시 함께 지낼 수 있는지 물어봐 주겠다고 말했다. 지푸라기라도 잡고 싶은 심정이었으니 기대는 됐으나 가능성은 별로 없어 보였다. 형의 친척이라고는 하지만 일면식도 없는 이탈리아 남자를, 일반 가정에서 받아들인다는 게 정말 쉽지 않을 것 같았다.

다음 날 형의 연락이 왔다. 서울에 사시는 이모가 무료로 방 한 칸을 내준다고 했다며 형도 살짝 흥분한 채 전했다.

'말도 안 돼.'

믿을 수 없는 일이 벌어졌다고 생각했다. 일반 가정집에서 그것도 공짜로 머물 수 있다니! 일단 그 집에 가 보기로 했다. 시베리아 횡단 열차를 타고 한국에 왔을 때처럼 배낭 하나와 기타를 메고 서둘러 형의 이모 댁으로 갔다.

널
보러
왔어

뜻밖의 놀라운 행운

이모 댁은 서울의 한 아파트였다. 남편, 딸 둘과 아들 한 명, 이렇게 총 다섯 명의 식구가 살고 있었다. 막내가 아들이었는데, 내가 그 집에 머물게 되자 본인 방에서 쫓겨나 당분간 부모님과 함께 안방을 쓰게 됐다고 했다. 그 말을 듣는 순간 어찌나 미안하던지. 내가 영어를 사용하는 원어민이라면 아이들과 놀아 주면서 영어라도 가르쳐 줄 수 있을 텐데, 난 영어를 잘 못하는 이탈리아 사람이니 그건 불가능한 일이었다. 더구나 이모님은 아이들 셋만으로도 정신이 없으실 텐데, 내게 식사도 무료로 주신다고 했다. 이 가족은 모두 정이 넘치는 게 분명했다.

"제가 두 분을 어떻게 부르면 되나요?"

"그냥 이모, 이모부라고 불러요."

호칭을 어떻게 불러야 할지 고민이 되어 여쭤 봤더니 형이 하 듯이 그냥 가족의 호칭을 부르라고 하셨다. 하루아침에 나는 한 국인 이모와 이모부, 그리고 조카 셋이 생겼다. 갑자기 눈물이 핑 돌았다.

그날 밤 나는 좀처럼 잠을 이루지 못했다. 많이 피곤했지만 정신 은 또렷했다. 새로운 곳에서 생활을 어찌할지 이러저러한 생각을 하다가 새벽녘에 겨우 잠들었다. 이튿날 아침 오랜만에 부엌에서 음식 장만하는 소리를 들으며 잠에서 깼다. 부스스한 모습으로 부 엌에 갔더니 이모님께서 성대한 아침 식사를 준비해 놓으셨다. 놀 랍게도 해산물 스파게티가 준비되어 있었다.

"알베르토, 어떤 한국 음식을 좋아하는지 몰라서 일단 이탈리아 음식을 했어요. 해산물 스파게티인데 맛이 없더라도 맛있게 먹어 줬으면 좋겠어요."

사실 이탈리아 사람들은 아침에 파스타를 먹지 않는다. 크루아상과 커피, 과일 몇 조각 등으로 아주 간단히 해결한다. 파스타를 정말 좋아하는 이탈리아인이라도 아침에 해산물 스파게티를 주면 먹지 않을 것이다. 하지만 이모님께 진심으로 감사해서 남김없이 먹었다. 그게 아침 일찍부터 음식을 준비한 이모님께 감사의 마음을 표현하는 방법일 것 같았다. 물론 아침에 너무 많이 먹으니 속이 좀 부대끼기는 했다.

"정말 맛있게 먹었습니다, 이모님. 고맙습니다. 그런데 앞으로는 저를 위해서 이렇게 준비하실 필요 없어요. 이렇게 해 주시면 제가 부담스러울 것 같아요. 공짜로 이 집에 살게 해 주시잖아요. 신경 안 쓰셔도 돼요."

이모댁에 머무는 동안 한국어 실력이 일취월장했다. 서울에 딱히 친구가 있는 것도 아니어서 집에 일찍 들어오는 날이 많았다. 그때마다 조카들과 많이 놀았는데, 이 시간 동안 오히려 내가 아이들에게 한국어를 많이 배웠다. 조카들에게 하나라도 더 알려 줘야 할 판에 오히려 정반대의 상황이 된 것 같아서 미안했다.

이모와 이모부께서는 내게 한국 문화를 있는 그대로 보여 주려고 노력하셨다. 명절에 큰집에 가실 때도 나도 가족이니 함께 가자고 하실 정도였다. 덕분에 설 명절 때 이모부의 큰집에서 명절 음식도 함께 만들고, 차례를 지내기도 했다.

이모부는 특히 한국의 식문화를 경험하는 데 큰 도움을 주셨다. 한번은 이모부께서 밖에서 한국 음식을 먹자며 외출을 권하셨다. 그동안 한국 음식을 자주 먹어서 괜찮다고 말씀드렸지만, 아마 이 음식은 먹은 적이 없을 것이라며 내 팔을 잡아끄셨다. 우리가 도착한 곳은 한정식 식당이었다. 한정식은 이탈리아 사람인 내게 충격이었다. 그동안 이탈리아 음식이 세계 최고라는 자부심이 있었는데, 그게 깨지는 느낌이었다. 한정식 식당에 순서대로 나오는 다양한 음식들은 먹기 아까울 정도로 예쁘고 맛도 최고였다. 한 접시한 접시가 모두 감동적이었다. 나는 아무거나 잘 먹는 편인데, 그래도 고급 음식에 대한 미감을 가진 편이다. 미식가 축에 드는 나의 높은 기준으로 살펴봐도 내가 가장 좋아하는 음식점이 될 것 같았다.

개고기도 이모부 때문에 접했다. 서울 생활이 익숙해질 무렵 이모부께서 나에게 개고기를 먹어봤냐고 슬쩍 물어보셨다. 그러고는 보신탕을 먹으러 가자고 하셨다. 사실 한번쯤은 경험해 보고 싶었다. 소나 돼지, 닭고기는 심리적 저항감 없이 한 끼 식사로 먹으면서 개고기만 비윤리적이라고 몰아붙이는 유럽인들이 많기 때문에 직접 먹어 보고 말하고 싶었다. 경험하지 않은 채 비난만 하는 것은 바른 자세가 아니라고 생각해서였다. 처음이자 마지막으로 보신탕을 먹었는데, 특별히 맛있지도 않았고 특별히 이상하지도 않은 고기였다. 오히려 비난부터 하는 사람들에게 어떻게 제대로 설명하면 좋을지 고민하게 됐다. 개고기를 먹는 내 모습을 지켜보시던 이모부께서는 요즘 한국 사람들은 보신탕을 많이 먹지 않으며 오히려 사라져 가는 문화라고 설명하셨다. 나는 개고기를 먹으면서 이탈리아 비첸차Vicenza 지역을 떠올렸다. 제2차 세계대전 당시 먹을 것이 귀하던 그곳에서는 고양이를 잡아먹는 풍습이 생겨났다. 한국의 개고기 문화도 어쩌면 가난한 시절의 유산이 아닐까 추측했다.

그날 이후로 나는 한국 음식 문화에 많은 관심이 생겼다. 한정식뿐만 아니라 아주 소박하지만 평범한 분식까지 한국의 음식 세계를 경험하고자 했다. 그때마다 이모와 이모부는 나와 함께하시려고 노력하셨다. 이렇게 정 많고 문화적으로 개방적이고 성숙한 가족을 또 만날 수 있을까 싶을 정도였다. 돌이켜 보면 내 인생에서 이분들을 만난 건 정말 최고의 행운이었다. 나는 이 가족에게 평생 큰 빚을 졌다. 정말 좋은 가족이었고 앞으로도 영원히 그 고마움을 간직할 것이다.

/

서울은 다롄과 비교할 수 없는 '진짜 대도시'였다. 출근길에서부터 느껴졌다. 아침 일찍 지하철을 타면 바쁘게 움직이는 인파에 휩싸였다. 어떤 때는 지하철역에 사람이 너무 많아서 내 의지와 상관없이 떠밀려 걸었다. 크기도 어마어마했다. 춘천에서는 거의 모든 곳을 걸어 다녔는데, 서울에서는 그게 불가능했다.

서울은 알수록 매력적이고 모순적인 도시였다. 시내에는 고궁과 마천루가 공존했고, 경계선상에는 도시를 감싸는 높은 산이 있었다. 멋진 주거용 오피스텔과 고급 아파트가 있는 부자 동네에 가면 이탈리아 어느 지역보다 더 부유했고, 바로 인근에는 쪽방촌과 판잣집으로 불리는 빈민가가 있었다. 높은 곳에 올라가 야경을 보면 붉은색의 십자가와 형형색색의 모텔 네온사인이 제일 먼저 눈에 들어왔다. 한 도시 안에 전통과 현대, 도시와 자연, 부富와 빈貧, 성聖과 속俗이 공존하는 경우를 나는 별로 보지 못했다.

서울이라는 도시는 잠들지 않았다. 어디를 가나 24시간 편의점이 있고, 새벽 2~3시가 돼도 번화가에서는 불빛이 반짝였다. 저녁만 되면 가게 문을 닫는 유럽과 굳이 비교하지 않더라도, 다롄만 해도 인구 600만 명의 큰 도시였지만 적어도 밤에는 잠드는 도시였다. 하지만 서울의 밤은 지치지 않았다. 오히려 밤이 되면 생기가 넘치고 역동적으로 변모했다.

곁에서 지켜본 서울 사람들의 삶은 그다지 매력적이지 않았다. 인턴을 하면서 알게 된 직장인들은 치솟는 서울 집값 때문에 서울 외곽이나 수도권 지역에서 회사가 있는 중심지로 출퇴근했다. 직장인들은 하루에 2~3시간 이상을 버스나 지하철에서 시간을 보냈다. 만일 그 직장인이 한 가족의 엄마, 아빠라면 아이들과 함께 보낼 소중한 시간을 길에 버리고 있는 셈이었다.

아이들의 삶은 더욱 슬펐다. 퇴근해서 이모네 집에 돌아오면 조카들은 아직 집에 돌아오지 못했다. 알고 보니 서울에 사는 거의 모든 아이들이 초등학생 때부터 여러 학원에 다닌다고 했다. 피아노, 바이올린, 미술, 발레, 태권도, 영어, 수영. 아이들은 집에 돌아오면 저녁을 먹은 후, 학교 숙제를 하고 학습지를 푼 후 밤 11시나 12시에 잠자리에 들었다.

이탈리아에서는 있을 수 없는 일이었다. 이탈리아의 초등학생부터 고등학생까지 대개 1~2시에 수업을 마친다. 과학고등학교 재학 시절 나는 오후 1시 정도에 하교한 후 집에서 어린 동생들의 점심을 챙겼다. 엄마, 아빠는 직장에 계셨기 때문이다. 그리고 동생들과 함께 TV로 '심슨 패밀리'를 본 후, 컴퓨터 게임을 했다. 컴퓨터 게임의 모든 권한은 맏이인 나에게 있었다. 그리고 나서는 각자 축구 연습을 하러 갔고, 집에 돌아올 때쯤에는 엄마, 아빠도 퇴근을 하셨다. 오후 7시 30분은 저녁 식사 시간이었다. 온 가족이 함께 저녁을 먹은 후 8시 30분부터는 각자 숙제를 했다. 언제나 숙제만 하는 건 아니다. 가끔은 라이브 공연도 가고, 베이스 레슨도 받고 성당 활동도 했다. 라디오를 들으며 일기도 쓰고 좋아하는 여학생에게 편지도 썼다.

내 고등학생 시절에도 이렇게 여유 있는 하루를 보냈으니 서울 아이들의 삶이 살인적이라고 생각하지 않을 수 없었다. 그 힘든 일정을 모두 소화해 내는 아이들이 대단해 보였다.

매력적인 서울과 달리 그 안에 살아가는 사람들의 삶은 알면 알수록 숨이 차고 슬펐다.

널
보러
왔어

"이탈리아 남자는 다 바람둥이"

나와 그녀는 '주말 연인'이었다. 나는 서울에, 그녀는 춘천에 살고 있어서 우리가 만날 시간은 주말 밖에 없었다. 주중에는 그녀를 볼 수 없으니 월요일 아침 출근부터 금요일만 되기를 기다렸다. 금요일 퇴근 직전이 되면 그리움은 턱밑까지 차서 찰랑찰랑 소리가 날 정도였다. 시침과 분침이 정확히 저녁 6시를 가리키면 후다닥 청량리역으로 달려가 춘천행 무궁화호 기차를 탔다.

주말 연인인 만큼 서로 애틋했지만, 그즈음 우리는 문화 차이로 인해 슬슬 갈등을 겪고 있었다. 나는 춘천에서 봄시내 영어 동아리 활동을 하면서 외국인 친구가 많이 생겨서 주말에 춘천에 내려가면 그 친구들을 자주 만났다. 주말 이틀 중 하루는 외국인 친구들과 함께, 나머지 하루는 그녀와 시간을 보냈다. 이런 생활이 일상이 돼 가자 그녀가 점점 싫은 내색을 했다. 해결책을 고민하다가 춘천에서 외국인 친구들과 놀 때 그녀를 불렀다. 그런데 매번 그녀는 오기 싫다고 하거나, 어렵게 와도 금세 집으로 돌아가려고 했다. 어느 날 평상시처럼 외국인 친구들과 놀 때 그녀를 불렀더니 그녀가 그동안 쌓아 왔던 속마음을 드러냈다.

"왜 친구들끼리 노는 자리에 나를 부르는 거야?"
"오히려 안 부르는 게 이상한 거 아닌가?"

이탈리아에서는 연인과 단둘이 데이트를 하는 문화가 별로 없다. 데이트를 할 때 친구를 데려와서 함께 논다. 대략 5~10명이 모인다. 나와 여자 친구, 내 친구와 그의 여자 친구, 내 여자 친구의 친구와 그 남자 친구. 적어 놓고 보니 복잡한데, 이렇게 여럿이 모여서 함께 식사를 하고 간단히 술을 마신다. 대개 집에 갈 때 커플끼리 헤어진 다음 그때서야 둘만의 시간을 보낸다. 여자 친구를 집에 데려다 주면서 손잡고 길을 걷거나, 공원 벤치에 앉아서 진지한 이야기를 하다가 은근슬쩍 키스를 한다. 아마 이탈리아의 연인들에게 주말 오전부터 늦은 밤까지 단둘이 시간을 보내라고 한다면 모두 싫다고 할 것이다. 오랜 시간 함께 있다 보면 지루하기 쉽고 다툴 여지도 많기 때문이다.

나는 이탈리아에서처럼 그녀와 '데이트한다'고 생각했고, 한국의 연애 스타일이 익숙한 그녀는 나와 '데이트하고 있지 않다'고 여기고 있었다. 만약 내가 이탈리아에서 한국의 연애 방식대로 친구들과 노는 자리에 여자 친구를 부르지 않는다면, 여자 친구가 "왜 나만 쏙 빼고 노냐"고 엄청나게 질투할 것이다. 하지만 한국에서는 정반대였다. 친구들끼리 노는 자리에 여자 친구를 부르면 오히려 여자 친구가 삐치는 상황이라는 걸 그때 처음 알았다.

사실 문화 차이라는 걸 알면서도 내 친구들과 함께 놀기를 거부하는 그녀를 이해할 수 없었다. 이탈리아 방식이 맞다고 생각했기 때문이다. 연인이라면 결혼 전까지 다른 친구들과 함께 놀면서 커플이 발전할 수 있다. 다른 커플이 하는 행동을 보면서 우리 커플의 모습을 반성할 수도 있다. 또한 사랑에 눈이 멀어 보이지 않던 상대의 결점을 다른 친구가 발견해서 조언해 줄 수도 있다. 둘만 데이트를 하다가 결혼을 한다면 내가 미처 알지 못했던 연인의 다른 면을 보고 깜짝 놀랄지도 모른다.

갈등은 계속 이어졌다. 서울에서도 친구들이 점차 생겼는데, 자연스레 이탈리아 친구들도 있었다. 그중에 한국에서 태어나서 한국어에 능숙하고 이곳 물정을 매우 잘 아는 이탈리아 친구가 있었다. 이 친구 덕분에 온라인으로 기차 예매를 하는 방법부터 홍대 및 이태원의 핫플레이스까지, 알아 두면 매우 쓸모 있는 것들을 꽤 많이 알게 됐다.

어느 주말엔가 춘천이 아닌 서울에서 데이트를 하기로 해서 그녀가 금요일 저녁에 서울에 올라왔다. 나는 홍대 앞에서 그 이탈리아 친구와 함께 식당에 있었는데, 그녀에게 그 식당으로 오라고 했다. 얼마 후 그녀가 식당 문을 열고 들어왔다. 그런데 나와 내 친구의 얼굴을 한 번 훑어보더니 갑자기 몸을 홱 돌려 출입문 쪽으로 뛰어나갔다. 그러고는 금요일 저녁 홍대 앞의 수많은 인파 속으로 금세 사라졌다. 나는 어리둥절해 하다가 이내 사태를 파악하고 그녀에게 전화를 걸었다. 그녀가 울먹이며 전화를 받았다.

"무슨 일이야? 왜 왔다가 다시 나갔어?"

"알베, 내가 춘천에서 여기까지 왔는데, 다른 여자랑 있을 거면서 나를 왜 불렀어?"

"다른 여자? 무슨 소리야? 걔는 내 친구인데? 지난번에 내가 말했잖아. 서울에서 이탈리아 친구를 사귀었다고…."

"여자라는 말은 안 했잖아! 이성이 어떻게 친구가 돼?"

"여자 친구는 너뿐이야. 걘 그냥 친구라니까."

"몰라! 나 너무 속상해."

이탈리아에서는 다른 이성 친구와 만날 때 오히려 연인을 부르지 않으면 바람둥이라고 생각한다. 그래서 대부분 이성 친구를 만날 때 자신의 연인을 적극적으로 소개한다. 그런데 한국에서는 이성 친구와 만나기만 해도 바람을 피운다고 생각한다. 이성은 친구가 될 수 없다고 생각하는 것이었다. 문화 충격이 이만저만이 아니었다. 문화 차이가 생각보다 컸고 쉽게 극복할 수 없을 것만 같았다. 어릴 때부터 본인이 몸담으면서 살아온 문화를 거스르기가 어디 그렇게 쉬운 일인가? 나에게 당연한 일이 상대방에겐 전혀 그렇지 않을 수 있다. 그 이후로 친구들과 놀 때 그녀를 합석시킬지, '여자 사람 친구'를 만날 때 그녀를 불러야 할지 고민했다. 그리고 이 문제로 그녀와 정말 많이 다퉜다. 그때마다 그녀는 '여자 사람 친구'가 있는 나를 "바람둥이"라고 했다. 그녀 하나만 바라보고 이탈리아에서 한국까지 왔는데 졸지에 바람둥이 이탈리아 남자 취급을 받으니 속상하면서도 억울했다.

그로부터 몇 년 후, 그녀와 함께 이탈리아에 갈 일이 있었다. 자연스럽게 그녀는 나의 어릴 적 친구들을 만나거나 콤파니아에 들어가 식사도 함께하고 영화도 보며 맥주도 마셨다. 그때 그녀는 내 친구가 다른 친구의 여자 친구에게 안부 인사차 포옹을 하면서 가볍게 뽀뽀를 하자 흠칫 놀랐다. 그러고는 어떻게 남의 여자 친구에게 그럴 수가 있냐며 이해할 수 없다는 표정을 지었다. 며칠이 지난 후 다시 만났을 때 아무런 일도 생기지 않았고, 또 만났을 때 지난번처럼 다시 포옹하고 뽀뽀를 하자 그때야 이탈리아 문화를 이해하기 시작했다. 그러니까 그녀가 내 사고방식과 이탈리아 문화를 완벽히 이해하는 데 몇 년이 걸렸다는 이야기다.

이탈리아에서는 어릴 때부터 친구를 남자와 여자로 구분하지 않는다. 그냥 친구다. 어린 시절부터 그렇게 지내니 남자도 여자들의 세상을 잘 이해하고, 반대로 여자들도 마찬가지다. 나는 한국에 와서 이성끼리 친구가 될 수 없다는 이야기를 들었다. 어쩌면 요새 한국에서 첨예하게 벌어지는 남녀 갈등도 실상은 서로가 잘 알지 못해서 벌어지는 오해가 아닐까? 이성이 '친구'로서 함께하는 시간이 지금보다 훨씬 더 많아져야 한다. 난 그렇게 생각한다.

"메뉴에 없어서 안 됩니다"

이탈리아인에게 커피 없는 삶이란 한국인에게 김치 없는 삶과 비슷하다. 특히 맛있는 이탈리아식 에스프레소 한 잔은 그날의 기분을 결정할 만큼 중요하다. 그런데 춘천에서 이 커피가 문제였다. 김밥나라의 김밥도 맛있고 강원대학교 앞 식당 음식도 맛있었지만, 맛있는 에스프레소 한 잔이 없어서 늘 아쉬웠다. 맛있는 밥을 먹고도 항상 입가심을 못 한 기분이었다.

서울에 상경하니 마침 커피 전문점 붐이 일어났다. 아메리카노 일색이던 카페에 에스프레소가 들어왔다. 나는 돈을 아끼려 점심을 편의점에서 간단히 때우면서도 식후에 꼭 에스프레소를 마시러 카페에 갔다.

하루는 단골 카페에 가서 에스프레소 마키아토를 주문했다. 에스프레소 마키아토는 이탈리아인들이 점심 직후에 많이 마시는 커피인데, 에스프레소 위에 우유 거품을 얹은 것이다. 그런데 그 카페에는 에스프레소 마키아토가 없었다. 메뉴에 에스프레소가 있고, 우유 거품을 얹는 카푸치노도 있어서 제조해 주지 않을까 싶어 무작정 주문했다.

"혹시 에스프레소 마키아토를 주문할 수 있을까요? 에스프레소 위에 우유 거품만 올려 주시면 됩니다. 돈은 더 비싼 카푸치노 가격으로 드릴게요."

"죄송하지만 저희 메뉴에 없어서 안 돼요."

에스프레소 위에 우유 거품을 조금만 얹는 건 전혀 어려운 일이 아니다. 오기가 생겨서 다른 커피 전문점 몇 곳에 가서 똑같은 주문을 했지만 대답은 한결같았다. 메뉴에 없다는 이유로 단번에 거절하는 게 이해되지 않았다.

이런 상황은 또 있었다. 어느 날 대사관에서 근무하던 외교관 한 분이 임기를 마치고 이탈리아로 돌아가게 됐다. 그분을 위해 송별 파티를 열기로 했고, 나는 인근 베이커리에 가서 파이를 사 오는

널
보러
왔어

역할을 맡았다. 그분은 특히 블루베리 파이를 좋아했는데, 마침 그 베이커리에는 블루베리 파이가 메뉴에 없었다. 대신 애플 파이가 있었다. 진열대를 보니 마침 블루베리 잼을 팔고 있어서 블루베리 파이도 만들 수 있겠다 싶었다.

"죄송한데요. 혹시 애플 파이에서 애플 잼 필링 대신에 블루베리 잼 필링으로 바꿔 주실 수 있나요? 당장 필요한 건 아니고요. 사흘 후에 필요해요."

이렇게 말하자 그곳 직원들은 당황하기 시작했다.

"일단 매니저님께 허락을 받아야 하는데, 지금 자리에 안 계셔서 확답을 못 드리겠어요."

결국 시간이 지나도 매니저의 허락을 받지 못해 나는 블루베리 파이를 사지 못했다. 어려운 부탁이 아닌데도 손님의 사소한 주문이 반영되지 못해 많이 아쉬웠다.

이탈리아 휴게소에서 바리스타 일을 할 때가 떠올랐다. 손님의 요구대로 무한대에 가깝게 다양한 커피를 만들었던 그 시절 말이다. 이탈리아 사람들은 뒷사람이 기다리건 말건 내 차례가 오면 원하는 것을 당당하게 요구했다. 뒤에서 오래 기다린 사람 역시 자신의 요구를 길게, 아주 길게 이야기했다. 그리고 그 뒤에 있는 사람들도 역시 그랬다.

한국은 정반대였다. 나중에 알고 보니 내가 에스프레소 마키아토를 주문한 카페와 블루베리 파이를 주문한 베이커리 모두 프랜차이즈였다. 손님들 역시 아메리카노 한 잔을 주문할 때 에스프레소는 1.5샷만 넣고, 뜨겁지도 차갑지도 않은 물을 정량의 3분의 2만 넣어 달라고 하는 사람은 거의 없었다. 직원들은 모두 성실하게 주어진 매뉴얼대로 상황을 처리하는 것 같았다. 이들이 잘못한 것은 전혀 없었다. 가만히 보니 그 덕분에 오래 기다리는 사람들이 없었고, 업무를 처리할 때 실수할 여지도 많이 줄어드는 듯했다.

한국에 거주하던 외국인들이 한국 사회가 융통성이 너무 없다며 불평하던 일이 떠올랐다. 어쩌면 한국에 융통성이 없는 게 아니라 모두가 매뉴얼을 지키면서 성실하게 일한 덕분에 좋은 서비스를 누릴 수 있는 게 아닌가 싶었다. 인터넷 설치든, 관공서에서 서류를 발급받는 일이든 빠르고 편리한 건 그 때문이 아닐까? 나중에 보니 한국 사람들이 융통성이 없는 것도 아니었다. 내가 들렀던 카페나 베이커리가 사장님 홀로 운영하는 곳이면 내 부탁을 흔쾌히 들어줬다. 요즘은 눈치껏 가게 사정을 보아 가며 커피 주문을 한다.

아무튼 나 역시 매뉴얼대로만 처리하는 한국 사회에 대해 많이 아쉬워하던 생각을 고쳐먹기 시작하니 한국 생활이 더 편해지기 시작했다.

/

유럽 사람들이 한국에 여행을 오면 '와~ 정말 좋다'라고 느끼는 점이 두 가지가 있다. 반대로 한국인들이 유럽에 가면 이 두 가지 때문에 불편하다 못해 미치고 팔짝 뛰겠다고 말한다. 바로 화장실과 물이다.

유럽 사람들은 집 근처에 잠깐 외출을 나와서 급하게 화장실에 가고 싶다면 크게 네 가지 선택을 한다. 첫째는 다시 집으로 돌아가는 것이다. 보통 이런 상황에 봉착하면, 급해 죽겠는데 집은 엘리베이터가 없는 3층이거나, 현관문의 잠금장치는 열쇠로 돌려 여는 것이거나, 그도 아니면 열쇠가 가방에서 절대 보이지 않아 괄약근에 힘을 주고 복식 호흡을 하는 경험을 한다. 둘째는 무료 화장실이 있는 대형 마트나 맥도날드와 같은 패스트푸드점을 찾아가는 것이다. 사실 이 두 곳이 어디든 있는 게 아니라서 행운을 자주 접하지는 못한다. 셋째는 일단 가까운 카페로 가서 에스프레소 한 잔이나 생수 한 병을 주문한 뒤, 열쇠를 받아 화장실로 직행하는 것이다. 이럴 때는 꼭 내 앞사람이 잔은 카푸치노 잔에 뜨겁지도 차갑지도 않은 우유를 반만 넣은 뒤 에스프레소는 3샷을 넣고 거품을 잔뜩 올려 달라 하고, 그 위에 카카오 파우더도 잔뜩 뿌려 달라고 주문한다. 이런 경우 자칫 내 차례가 오기도 전에 대참사를 맞이할 수도 있다. 맘마미아! 마지막 선택지는 유료 화장실. 유럽 사람들은 화장실을 사용하려면 당연히 돈을 내야 한다고 생각한다. 이용자가 물을 사용하고, 화장실을 깨끗하게 유지하려면 청소도 해야 하니 대가를 지불해야 한다고 여긴다.

한국에 오니 화장실 이용이 정말 편했다. 지하철역에는 공용 화장실이 있고, 건물마다 누구나 사용할 수 있는 화장실이 있었다. 간혹 문이 잠겨 있어도 웃으며 애처롭게 부탁을 하면 화장실 문을 열어 줬다. 심지어 산에도 깨끗한 화장실이 있었다. 급한데 화장실을 마음대로 사용하지 못하면 그것만큼 지옥이 따로 없는데, 그런 점에서 한국은 천국과 같았다. 더구나 이곳에서는 단 한 번도 화장실을 이용했으니 돈을 내라는 소리를 들어본 적이 없었다. 서울 지하철 2호선 신촌역 근처 공중화장실을 사용하며 감탄했던 적이 있다. 누가, 어떤 비용으로 이렇게 깨끗한 화장실을 운영하고 관리하는지 궁금했다. 알고 보니 지방 자치 단체의 세금으로 운영되고 있단다. 세금이 이렇게 투명하고 깨끗하고 아름답게 쓰이다니!

한국에서는 물 인심도 매우 후했다. 어느 음식점을 가나, 카페에 가나 물을 무료로 제공했다. 수돗물도 아니었다. 물을 많이 마신다고 눈치를 주지도 않았다. 심지어 대형 마트의 푸드코트에 가면 음식을 사 먹지 않고 정수기의 물을 벌컥벌컥 마셔도 전혀 문제될 게 없었다. 얼마나 물 인심이 좋은지, 김밥나라 벽에는 큼지막하게 이렇게 붙어 있었다. "물은 셀프!" 물을 먹으려면 늘 생수를 구입해야 하는 유럽과는 차원이 달랐다.

유럽에서는 레스토랑에서 생수를 따로 주문해야 한다. 고등학생 때 좋아하는 여자와 데이트를 하려고 없는 돈을 털어가며 레스토랑에 간 적이 있다. 딱 음식 값 정도만 준비해 갔는데 하필 그 때 그 친구가 목이 마르다고 해서 웨이터에게 수돗물을 요청했다. 이거야말로 주문하면서도 참 없어 보였다. 그날 밤은 집에 가서 이불킥. 왜 나는 생수 값을 생각 못했나!

화장실과 물, 인간의 기본적인 욕구를 공공 서비스로 충족시켜야 한다는 발상은 이탈리아에 꼭 도입할 필요가 있다. 내가 만일,

아주 만일, 만에 하나 이탈리아에 돌아가 정치인이 된다면 한국처럼 '물 공짜, 화장실 공짜'부터 도입하고 싶다! 아주 간절히!

허니문 아일랜드, 제주

이탈리아 대사관 근무는 꽤 즐거웠다. 하지만 애초에 인턴으로 시작했기 때문에 내가 그만두고 싶을 때까지 다닐 수는 없었다. 어느 덧 계약 만료 시점이 다가오고 있었다. 하루는 대사님이 나를 부르셔서 뜻밖의 말씀을 하셨다.

"다음 주에 아시아유럽정상회의ASEM 경제 장관 회의가 제주도에서 열리는 거 알죠? 알베르토 씨도 그 회의에 참석할 수 있도록 참가자 명단에 넣을 테니 그리 아세요."

"네?"

나는 곧 그만둘 사람이었다. 그런 중요한 회의에는 나보다 중요한 사람이 가야 할 것 같아서 완곡하게 거절 의사를 밝혔다.

"그동안 알베르토 씨가 대사관에서 열심히 일을 한 걸 잘 알고 있어요. 퇴사 기념 '선물'이라고 생각하고 나랑 같이 가도록 해요."

"네, 알겠습니다."

사실 나라고 왜 가고 싶지 않았겠나? 내심 매우 기뻤다. 그동안 서울에서 정말 가난하게 지냈는데, 한 번도 가지 못한 제주도에 비행기를 타고 가서 좋은 호텔에 머물며 그럴싸하게 며칠을 보낼 생각을 하니 매우 설렜다. 여행 책자《론리 플래닛Lonely Planet》에서 제주도를 찾아보니 별칭이 '허니문 아일랜드'란다. 예전에 한국 사람들이 제주도로 신혼여행을 많이 가서 붙여진 별명이라고 했다. '그만큼 좋겠지?' 심지어 제주도 아시아유럽정상회의의 숙소는 신라호텔이었다. 이탈리아에서든 한국에서든 그렇게 좋은 특급 호텔에 묵은 적이 없었다. 나는 대사님을 수행하게 되어 약간의 부담감은 있지만, 어차피 방이 다르니 큰 문제는 아니었다. 이번 회의 참석이 '휴가 같은 일'인 걸 생각하면 신경 쓸 정도는 아니었다.

첫째 날에는 일정이 없었다. 대사님과 고급 레스토랑에서 스시를 먹은 후 바닷가 산책로를 걸으며 많은 대화를 나눴다. 어르신의 인생 이야기도 듣고, 향후 내 삶을 위한 조언도 들었다. 둘째 날에서야 본격적인 회의가 시작됐다. 회의장에는 아주 커다란 원탁이 있었고 각 나라 대사들이 원탁 주위에 둘러앉았다. 비서들은 그 뒤쪽에 마련된 의자에 앉아서 회의 내용을 들으며 회의록을 작성했다. 나는 대사님의 비서로 회의에 참석하게 된 것이다. 이렇게 큰 회의에 참석한 자체만으로도 영광이었다.

나흘간의 회의가 끝나고 다시 서울로 올라갈 준비를 하고 있는데 대사님이 이렇게 말씀하셨다. "이곳에서 며칠 더 휴가를 즐기다 와요. 난 일이 바빠서 먼저 올라가요." 내가 언제 이렇게 좋은 숙소에서 묵어 보겠나? 대사님께 연신 "고맙습니다!"를 외치고는 제주의 낮과 밤을 즐겼다. 낮에는 올레길을 걸으며 제주도의 아름다움을 발견했고, 밤에는 숙소로 돌아와 호텔식 침구의 안락함을 즐겼다. 제아무리 내 집, 내 침대가 편하더라도 특급 호텔에서 처음 느끼는 포근함은 또 달랐다. 제주가 너무 마음에 들어 결혼하면 꼭 여기로 신혼여행을 와야겠다고 결심했다.

그렇게 혼자만의 휴가를 만끽하고 다시 서울로 올라왔다. 그리고 퇴사를 하기 전 짐을 챙기고 직원들에게 마지막 인사를 하러 대사관에 들렀더니 다들 나를 바라보며 낄낄거렸다. 그중 한 분이 내게 물었다.

"알베, 제주도 어땠어요? 재미있었어요?"
"완전 좋았어요. 대사님 덕분에 좋은 시간을 보냈어요. 허니문 아일랜드라고 하는 이유가 다 있더라고요. 진짜 좋았어요."
"그렇게 좋았나요?"
"네. 근데 왜요?"

대사님은 성소수자였다. 다른 분들은 모두 알고 있었지만 나만 몰랐던 뜻밖의 사실이었다. 대사님께서 워낙 신사답게 행동하셨고, 내 인생의 멘토처럼 도움이 될 만한 말씀을 해 주셔서 나는 전혀 눈치를 채지 못했다. 오히려 존경과 감사의 마음을 가지게 됐다.

어쨌든 대사님의 마지막 선물을 받고 나는 이탈리아 대사관에서의 인턴 활동을 무사히 마쳤다. 이제 서울과는 작별이었다.

알베의 법칙

인턴 생활을 끝내고 나는 잠시 이탈리아어 강사가 됐다. 당분간 돈을 벌어야 했는데, 내 처지에서 한국에서 구할 수 있는 일은 이게 최선이었다. 인턴이 아니라 정식 강사였고, 학원에서 작은 오피스텔도 제공해 줘서 더 이상 이모님 댁의 신세를 지지 않아도 됐다. 좋은 사람들도 만날 수 있어서 학원 강사 생활은 괜찮았다. 하지만 더 안정적인 일을 구해야겠다는 생각을 버릴 수 없었다. 고민 끝에 이탈리아를 떠났을 때처럼 조금 더 배움의 길을 걸어야겠다고 생각하고, 한국 대학원을 알아보기 시작했다.

　서울의 유명 대학원들은 모두 정말 좋은 곳이었다. 외국인 학생 위주로 수업이 진행됐고, 졸업생들도 곧잘 좋은 회사에 들어가는 것 같았다. 문제는 생활비였다. 설령 장학금을 받아도 생활비까지 충당할 수는 없어서 공부에 오롯이 신경 쓸 수는 없었다. 반면 춘천에 있는 강원대학교 대학원은 국제 학생이 별로 없지만 장학금 혜택이 컸다. 춘천에 이미 몇 달을 살아서 그곳 생활에 익숙한 점도 내게는 큰 장점이었다. 나는 경희대학교 국제캠퍼스의 대학원과 강원대학교 대학원에 동시에 지원해 모두 합격했는데, 고민 끝에 강원대학교 대학원을 선택했다. 이탈리아에서 중국 다롄으로 떠났을 때가 생각났다. 아무것도 없으니 다롄으로 가야 한다고 결정한 그때. 내 선택을 믿기로 했다. 국제 학생이 별로 없는 곳, 남들이 많이 가지 않는 곳으로 간다면 다롄 생활 때처럼 크게 도움이 될 것이라고 생각했다.

내 예상대로였다. 내 석사 과정 전공은 경제학이었다. 학부 때 공부한 적은 없어서 계량 경제학, 회계학, 미시 경제학, 거시 경제학 등 학부 경제학 기초 과목을 청강하면서 동시에 대학원 전공을 이수했다. 그런데 공부에 걸림돌이 하나 있었다. 강의 내용을 완벽하게 이해하기가 벅찼다는 점이다. 당시 내 한국어 실력이 큰 이유였다. 지도 교수님께서는 놀라운 해결책을 제시하셨다. 수업이 끝난 후 연구실에 따로 불러 수업 내용을 영어로 설명해 주셨다. 한두 번이 아니라 매 수업 시간이 끝나고 과외를 해 주셨다. 덕분에 한국어로 한 번 수강하고 영어로 다시 보충 설명을 들으니 수업 내용의 이해도가 훨씬 높아졌다. 수도권의 국제학대학원이었다면 전혀 상상할 수 없는 일이었다.

지도 교수님은 학업 측면뿐만이 아니라 개인 생활까지도 굉장히 신경을 쓰고 세심하게 배려해 주셨다. 예를 들어 내 장학금 문제를 함께 고민해 주셨는데, 내가 안정적인 생활이 가능해야 열심히 공부할 수 있다고 생각하셨다. 교수와 학생은 계약 관계 또는 비즈니스 관계에 가까운 이탈리아 대학뿐만 아니라 심지어 중국 대학에서도 느낄 수 없는 부분이었다.

대학원 분위기는 매우 학구적이었다. 외국인 학생이 많지 않았지만, 네팔, 러시아, 폴란드, 베트남, 몽골에서 온 학생들 대부분이 한국 정부 초청 장학생이거나 자국의 국비 유학생이었다. 다들 각 나라를 대표해서 온 만큼 열심히 공부했다. 덕분에 나 역시 학업에 큰 자극을 받은 건 물론이다.

다롄에서 그랬던 것처럼 나는 강원대학교에서 축구를 매개로 한국 친구들과 접점을 더욱 늘릴 수 있었다. '보발'이라는 경제학과 축구 동아리에 가입했다. 경제학자 애덤 스미스의 '보이지 않는 손'을 패러디하여 '보이지 않는 발'이라니. 경제학과 학생들의 재치에 빵 터졌다. '보발'에서는 한국어 역시 더욱 깊이 배웠다. 특히 남자들의 한국어. 그동안 그녀에게 한국어를 열심히 배웠지만 표현이 제한적이었다. 축구 동아리에서 남자들의 한국어를 배우기 전까지는 몰랐는데, 나중에 알고 보니 그때까지 내가 배운 한국어는 20대 한국 여성의 말투였다. 말끝에 습관처럼 '그치?'가 붙었고, 놀랄 때는 '아! 진짜?' 하며 말꼬리를 올리며 되물었다. '기쁘다'는 표현도 자주 썼다. 내가 친구들에게 "이 밥집 정말 맛있는 것 같아, 그치?" 하고 말했을 때, 동아리 가입 후 "여러분과 함께하게 되어 매우 기쁩니다"라고 말했을 때, 동아리 사람들 모두 낄낄대며 웃었다. 아무튼 '보발'의 동아리 사람들은 '이 자식', '이 놈', '이 새*' 등 주로 남자들이 쓰는 거친 한국어를 알려 줬고, '귀가 얇다', '손이 크다', '얼굴이 두껍다'처럼 단어로 의미 유추가 어려운 한국어 표현 역시 잘 챙겨가며 가르쳐 줬다.

시간이 지날수록 '알베의 법칙'이 틀리지 않았다는 걸 확신했다. 모두가 가는 길이 아니라, 남들이 가지 않는 길을 일부러 찾아 갔더니 오히려 더 크고 많은 걸 손에 쥐었다. 인생의 중요한 순간에 두 번이나 적중했으니 내 인생의 법칙으로 삼기에 충분했다.

이상한 나라의 앨리스

학부 수업에서 나는 참여자면서도 관찰자였다. 유럽 특유의 대학 전통을 간직하고 있는 이탈리아 대학에서 공부하다가 미국 대학과 유사한 한국 대학 수업을 접하니 하나부터 열까지 다른 것투성이였다.

학기 첫날 수업 계획서를 받아 보고 매우 놀랐다. 출결 점수, 발표 점수, 태도 점수, 중간고사·기말고사·퀴즈 일정, 보고서 주제 등 모든 것이 결정돼서 빼곡하게 적혀 있었다. 가만히 살펴보니 내가 결정할 수 있는 것은 단 한 가지밖에 없었다. 공부를 열심히 할지 말지.

수업 시작 전에 출석을 부르는 일은 매우 생경했다. 지각한 학생은 고개를 숙이며 조용히 들어왔고, 쉬는 시간에는 꼭 앞에 나가서 교수님께 죄송하다고 말씀드리며 출석부에서 결석으로 체크된 것을 '지각'으로 수정했다. 이탈리아 대학교에서는 교수님이 출석을 부르지 않는다. 출결 상태가 점수로 반영되지도 않는다.

한국 대학에서는 발표 수업이 많았다. 이탈리아에서는 고등학교 때까지는 매 시간 발표가 있고 과제도 주어지지만, 오히려 대학에 들어가면 수업 때 발표를 하거나 과제를 부여받는 일이 거의 없다. 그냥 시험 한 번만 잘 치르면 된다. 한국 학부 수업에서 발표를 많이 하다 보니 자연스레 내 한국어 실력도 향상됐다.

한국 대학은 평가 방식도 이탈리아 대학과 달랐다. 어쩌면 한국 대학에서 공부하는 게 훨씬 더 쉽고 편했다. 중간고사, 기말고사, 퀴즈 등 자주 시험을 보기 때문에 시험 범위도 좁고 그래서 시험공부를 할 맛이 나겠다 싶었다. 시키는 대로만 잘하면 좋은 점수를 받을 수 있으니 말이다.

이탈리아에서라면 단 한 번 시험을 치르기 때문에 시험 범위가 넓어서 하룻밤을 새운다고 좋은 결과를 얻을 수 없다. 이탈리아에서는 일괄적인 중간고사와 기말고사가 없는 대신 학기를 마치면 합격 또는 불합격을 판가름하는 시험을 치러야 하고, 점수도 공개된다. 이 시험은 매년 1월, 2월, 6월, 7월, 9월에 총 5회가 있는데,

매번 시험을 보는 게 아니라 한 번만 치르면 된다. 자기가 이미 수강한 과목을 언제 시험을 볼지 스스로 결정할 수 있다. 시험에는 필기시험과 구술시험이 있는데, 구술시험이라면 교수님이 시험 직후 그 자리에서 점수를 통보한다.

"알베르토 학생에게는 구술 점수 25점을 주겠습니다."
"거절하겠습니다."

이렇게 거절을 하면 시험은 무효가 되며 다시 시험을 봐야 한다. 이런 식으로 학생은 언제 어떤 과목을 수강할지, 언제 어떤 시험을 볼지 모든 것을 주도적으로 결정한다.

한국 대학은 회사를 위해 존재하는 것 같았다. 대학생들의 지상 목표는 '취업'이었다. 정말 많은 학생들이 3학년이 되면 그 전과는 다른 사람이 됐다. 취업 준비생이라고 이마에 써 붙이고 다니지는 않았지만 복장과 소지품만 보면 알 수 있었다. 한국의 단군 신화를 보면, 동굴에 들어가 쑥과 마늘을 먹는 곰과 호랑이가 나오던데, 꼭 그와 흡사하다는 생각을 했다. 도중에 '동굴'을 뛰쳐나가면 모두가 실패자 취급을 한다. 취업 준비생들은 동굴을 빠져나갈 그날을 목표로 열심히 토익 책을 끼고 다니며 쑥과 마늘을 함께 나눠 먹는 취업 스터디를 했다.

지금은 이 분위기를 이해하지만, 당시만 해도 그저 의아할 수밖에 없었다. 이탈리아의 경우 대학생들은 취업보다는 그냥 학문을 하러 대학에 진학하는 편이기 때문이다. 이탈리아 교수님들은 학생들의 취업 여부에 전혀 관심이 없다. 취업을 했다고 해서 결석계를 인정해 주는 경우도 없다. 대학에 다니다가 취업을 하면 학업과 직장 두 가지 모두를 잡을 수 없어서 대부분 대학을 그만둔다. 취업은 매우 개인적인 문제라는 생각이 저변에 깔려 있다. 그러니 대학 측에서 취업 스터디를 위해 공간을 마련해 주거나 취업 세미나 등을 열어 주는 일은 결코 없다.

조금 과장을 덧붙이면 강원대학교 대학원 시절 초반에 나는 이상한 나라의 앨리스가 된 기분이었다. 매일 전혀 다른 문화와 시스템 속에서 놀라움, 신기함, 의아함 등을 느끼며 지냈다.

/

이탈리아 대학생들도 영어 스트레스를 받는다. 그런데 모든 대학생들이 영어를 잘해야 한다고 강박을 갖지는 않는다. 이탈리아 회사들도 영어를 별로 쓸 일이 없는 분야라면 굳이 영어 능통자를

널
보러
왔어

선발하지 않는다. 예를 들어 해외 영업 담당자는 영어 구사 능력이 뛰어나야겠지만, 국내 재무와 마케팅 담당자는 영어를 사용할 일이 별로 없기 때문에 입사 시 영어 구사 능력을 중요하게 생각하지 않는다. 이탈리아 사람들이 영어 앞에서 좀 뻔뻔한 것도 있다. '이탈리아에서 가장 중요한 언어는 당연히 이탈리아어지'라고 생각한다. 외국인이라면 무조건 이탈리아어를 구사해야 한다고 생각하고, 그런 분위기 때문에 실제로 많은 외국인들이 이탈리아어를 완벽히 하려고 노력한다. 그러니 이탈리아에서는 영어를 좀 못해도 크게 개의치 않는다.

한국에서는 한국어보다 영어를 더 중요하게 여기는 것 같았다. 거의 모든 분야에서 취업을 하려면 반드시 공인 영어 성적이 필요해, 일자리를 구하려는 한국 대학생들은 영어 시험 성적에 어마어마한 돈과 시간을 들이며 스트레스를 받고 있었다. 공인 영어 시험을 주관하는 회사는 큰돈을 벌고, 한국 대학생들은 정작 본인이 하고 싶은 일에 열정을 쏟아부을 수 없는 상황이었다.

비단 학생만 그런 것은 아니었다. 내가 보기엔 전 국민이 영어를 잘해야 한다고 생각하는 것 같았다. 사람들은 나를 보면 한국어로 말을 거는 게 아니라 영어로 말을 걸었다. 중국 사람들은 외국인인 나에게 중국어로 말을 걸지, 영어로 말을 걸지 않았다. 한국인들은 내 영어가 완벽하지 않은데도 열심히 영어로 말을 걸었고 때로는 겸연쩍은 표정으로 나에게 사과했다.

"I am sorry. My English is not good."

자신의 영어가 완벽하지 못한 게 왜 내게 사과할 일인가? 나는 전혀 이해할 수 없었다. 진심으로 미안한 표정을 짓고 있는 상대를 보고 있노라면 한국어로 이렇게 말하고 싶었다.

'당신의 영어가 완벽하든 안 하든, 저는 신경 쓰지 않으니 걱정하지 마세요.'

오히려 이런 상황이라면 사실 한국어를 완벽하게 하지 못하는 내가 미안해야 한다. 그게 맞다. 한국인들이 세계 공용어인 영어에 능통하려는 모습은 좋아 보이지만, 때로는 한국어에 대한 자부심이 부족한 게 아닌가 싶어 외국인인 내가 봐도 씁쓸했다.

널
보러
왔어

/

본격적으로 한국 대학에 생활해 보니 이탈리아와 중국과는 매우 다르고 독특했다.

우선 대학생을 성인으로 대하지 않는 분위기. 기숙사에 사는 학생은 밤 12시까지 들어가야만 했다. 그렇지 않으면 문이 잠겨 아침이 될 때까지 들어갈 수 없었다. 이탈리아에서는 만 16세만 돼도 스스로를 성인이라고 생각하는데, 대학생에게 통금이라니! 더욱 놀라운 점은 학생들이 여기에 이의를 제기하거나 반발하지 않고 순응한다는 것이었다. 많은 학생들이 밤 12시를 넘겨서 놀거나 공부할 것 같으면 차라리 아침에 들어가는 편을 택했다. 내가 머물던 국제 학생 기숙사의 경우 외국인 학생들이 통금에 대해 강하게, 아주 강력하게 반발하자 이를 없앴지만, 한국 학생 기숙사는 여전히 남아 있었다. 이상한 차별이 만들어진 것이다.

학교 기숙사에서 대학생을 스스로 판단할 줄 아는 성인으로 취급하지 않는 사례는 또 있었다. 내 룸메이트는 중국인 학생이었는데, 그 친구의 중국인 여자 친구, 나와 그녀, 이렇게 넷이서 자주 놀았다. 하루는 우리 기숙사 방에서 중국 만두인 샤오롱빠오小籠包를 만들어 먹기로 했는데, 친한 중국인 여자 동생도 놀러 온다고 해서 모두들 만두 재료를 사 놓고 기다리고 있었다. 잠시 후 동생이 방으로 들어왔는데, 곧바로 기숙사 경비 아저씨가 뒤따라 들어왔다. 아저씨는 심각한 표정으로 말했다.

"여학생은 남학생 방에 들어갈 수 없어요. 빨리 나오세요. 안 나오면 규정 위반으로 벌점을 받습니다. 빨리 나와요, 빨리!"

우리 모두 미성년자가 아닌 성인이었다. 그런데 성인 남녀끼리 같은 공간에 있어서는 안 된다는 이야기를 듣고 문화 충격을 받았다. 유럽에서는 있을 수 없는 일이었다. 캠퍼스를 벗어나기만 해도 도처에 모텔이 있고, 마음만 먹으면 무엇이든 할 수 있는데 이런 식으로 통제하는 게 무슨 소용이 있을까? 순수하게 만두를 빚어 먹으려고 했던 우리는 만두 빚기 기술을 가진 동생이 쫓겨나는 바람에 아무것도 할 수가 없었다.

/

이탈리아 학생들은 돈이 별로 없으니 주로 집에서 파티를 열고 술을 마신다. 다 함께 사는 집인 만큼 각자의 친구들을 초대해서

널
보러
왔어

파티를 여는데 주로 금요일과 토요일에 밤새 논다. 그런데 놀랍게도 한국 대학생들은 매일 놀았다. 매일이 금요일이고 토요일이었다. 그렇게 놀면서도 아침이면 수업에 들어가는 한국 대학생들의 체력이 신기할 따름이었다. '보발' 친구들은 더욱 놀라웠다. 전날 맥주 한잔해도 새벽 5시에 축구를 하는 일만큼은 빼놓지 않았다. 이탈리아인인 나는 새벽에 축구하는 것 자체도 힘들었는데, 전날 음주를 하고서도 그렇게 일찍 일어나 축구하러 나오는 이들을 보며 혀를 내둘렀다.

원룸 문화 역시 신기했다. 이탈리아 학생들은 원룸처럼 좁은 공간에 혼자 사는 것을 좋아하지 않는다. 그래서 이탈리아 대학가에는 원룸이 없다. 기숙사에 살지 않는 학생들은 큰 아파트를 하나 빌려서 여러 명이 같이 산다. 여기서 재미난 점은 남자는 남자끼리, 여자는 여자끼리 살지 않는다는 거다. 방을 구할 때 남자끼리 사는 집은 피해야 한다. 처음에는 괜찮을지 몰라도 나중에는 너무 더러워진다. 남자끼리 살면 술병과 담배꽁초가 점점 쌓이고 급기야 바퀴벌레가 출몰하고 쥐가 나타난다. 반대로 여자만 사는 집도 피해야 한다. 하우스메이트들끼리 편을 갈라 싸우는 경우가 생긴다. 머리끄덩이를 잡아당기며 싸우는 일은 없더라도 하우스메이트와 한 학기동안 말 한마디 하지 않고 지내는 건 아주 흔한 일이다.

냉랭한 분위기 속에서 밥을 먹어야 하는 경우도 많다. 그래서 대부분은 여자와 남자가 골고루 함께 사는 집을 고른다. 내가 이런 이야기를 한국 학생들에게 하면 다들 놀라서 입을 다물지 못하며 되묻는다.

"알베, 그거 동거 아니야?"
"헐… 알베, 너희 부모님이 그걸 허락하셔?"

내 경험상 대학 시절에는 한 집에 남자 몇 명, 여자 몇 명이 함께 살아야 공부도 열심히 하고 집도 깨끗해진다. 한국 사람들은 이해하기 어렵겠지만 말이다.

널
보러
왔어

"무슨 소리야? 알베, 정신 차려!"

대학원에 입학한 지 두 달 정도 되자 완벽한 나날이 이어졌다. 언어가 더 편해지면서 한국 친구들과 속 깊은 이야기를 나누게 됐고, 그러면서 관계가 달라졌다. 그 전에도 한국 친구들이 있었지만 확실히 언어의 한계 때문에 피상적이고 의례적인 관계에서 크게 벗어나지 못했다. 하지만 이제 인간적으로 한 걸음 더 들어가 교감하고 있었다. 한국 친구들은 조금만 친해지면 정이 넘쳤다. 마치 오지랖 넓으면서도 쾌활한 이탈리아 남부 사람들처럼 뭐든 도와줬다. 축구 동아리 친구들이 그랬다. 수강 신청, 도서관 출입, 도서 대출 등 내가 처음 해야 하거나 낯선 일이 있으면 도와줬고, 명절이 되면 음식도 갖다줬다.

생활은 규칙적이었다. 일주일에 세 번은 보발에서 새벽 축구를 했다. 무려 새벽 5시에! 그리고 매일 오전 대학원 수업을 수강하고 학부 수업을 청강했으며 점심에는 친구들과 학생식당에서 밥을 먹었다. 오후에는 교수님 연구실에서 혼자 공부를 하거나 교수님의 보충 수업을 듣곤 했다. 과제가 많을 때에는 저녁을 먹고도 늦게까지 공부했고, 저녁 시간에 가끔씩 그녀를 만나서 데이트를 했다.

안정적이고 평온한 일상은 중국인 룸메이트가 떠나면서부터 금이 가기 시작했다. 룸메이트는 강원대학교에서 생물학 석사를 마치고, 내 조언으로 장학금 혜택이 좋은 덴마크로 박사 과정을 밟으러 떠났다. 나는 떠나는 룸메이트에게 축하한다고 하면서도 농담 반 진담반으로 괜히 유럽 대학원 정보를 알려 줬다고 투덜거렸다. 결과적으로 좋은 룸메이트를 보내게 돼서였다.

그 친구가 떠나고 한국인 대학 신입생이 새로운 룸메이트가 됐다. 중국인 룸메이트와는 정말 막역하게 지냈는데, 안타깝게도 한국인 룸메이트와는 좋은 관계로 지내지 못했다. 매우 사소하지만 내 일상을 뿌리부터 흔든 한 사건 때문이었다. 이 친구는 항상 새벽 6시에 휴대폰 알람이 울리도록 맞춰 놓았는데, 알람이 울려도 일어나지도 않았고 소리를 줄이거나 *끄*지도 않았다. 계속 이불을 뒤집어쓰고 쿨쿨 자기만 했다. 피해는 고스란히 내 몫이었다. 나는 이 친구 때문에 강제로 6시에 잠이 깼는데, 다시 잠들지 못해서 매우 피곤한 채 아침을 맞이했다. 이 친구에게 알람을 맞추지 말라고 조언을 했어야 했는데, 그때는 그 말이 입 안에서만 맴돌 뿐 밖으로 나오지 못했다. 외국인인 내가 이래라저래라 하는 것처럼 느껴질 것 같아서 아예 입을 닫았다. 문제는 당시 내 공부의 양이 어마어마하게 많아서 밤늦게까지 연구실이나 도서관에서 공부하다가 한밤중에 방에 들어가기 일쑤였다는 것이다. 학업 스트레스 때문에 쉽게 잠들지 못하다가 겨우 잠들 때쯤 다시 알람 소리에 깨는 생활이 반복됐다. 룸메이트로 인해 생활 리듬이 깨지니 스트레스를 받기 시작했다. 그 친구의 얼굴을 보기도 싫었고 방에도 들어가기 싫어졌다.

어느 순간부터 새벽마다 종아리에 쥐가 나서 외마디 비명을 지르며 잠에서 깨어나 스트레칭을 했다. 갈증도 심해 수시로 물을 마셨다. 눈앞이 흐릿하게 보이는 증상도 나타났다. 나는 이 모든 게 학업과 룸메이트와의 갈등으로 인한 스트레스 때문이라고 생각했다. 아직 한창때이니 힘든 일이 지나가면, 이 친구와 헤어지면, 예전의 몸 상태로 돌아갈 수 있다고 생각했다. 중요한 시기인 만큼 공부를 놓을 수 없어서 더욱 열심히 했는데, 이상하게도 점점 눈앞이 흐릿했다. 시험 날 아침에는 1미터 앞도 볼 수 없었다. 두 손을 앞으로 내밀고 더듬어 가며 학교에 겨우 도착했고, 아주 어렵게 시험지를 읽고 답안을 제출했다. 시험이 끝나자 긴장이 풀렸는지 아예 아무것도 보이지 않았다. 눈앞이 캄캄하다는 표현을 이렇게 직접 체험할 줄이야. 익숙했던 내 생활 반경은 눈먼 자의 도시일 뿐이었다.

봄시내 영어 동아리에서 친하게 지내는 형에게 도움을 청했다. "형, 저 갑자기 아무것도 안 보여요. 집에도 어떻게 왔는지 모르겠어요." 이 형은 의사여서 내 증상을 들으면 잘 알 것 같았다. 그래서 전화를 해서 내 증상을 모조리 이야기했다. 형은 내 말을 가만히 듣더니 빨리 병원으로 오라고 했다. 택시를 타고 병원에 도착하니 형이 마중 나와 있었다. "알베, 언제부터 그랬다고? 빨리 검사부터 하자."

강원대학교 부속병원에 도착하자마자 환자복으로 갈아입고 검사를 받기 시작했다. 의사와 간호사가 의학 용어를 사용해 가며 이야기를 하는데 하나도 못 알아들었다. 형이 내게 말했다.

"심각한 문제가 있어. 너 입원부터 해야 돼."

"네?"

널
보러
왔어

당뇨병이라는 진단이 나왔다. 사실 그때까지 나는 당뇨병이 어떤 병인지 잘 몰랐다. 이탈리아어로 당뇨병이라는 단어는 알았지만, 어떤 증상을 보이는지, 왜 발병하는지, 어떻게 치료하는지 전혀 아는 바가 없었다. 형은 검사부터 입원까지 많은 부분을 도와줬지만 너무 바빠 당뇨병에 대해 설명할 시간이 없었다. 입원한 지 사흘이 돼서야 주치의가 당뇨병을 설명했다. 의사의 말에 따르면, 당뇨병은 인슐린이 부족하거나 제대로 나오지 않아서 생기는 질환인데, 1형과 2형이 있다. 2형이 흔히 알고 있는 당뇨병에 가깝다. 고열량, 고지방 등 불균형적인 식사, 비만, 스트레스, 유전적 요소 등이 원인이 되어 인슐린 생산이 부족해 발병한다. 식단 조절, 약물 등으로 질병 관리가 가능하다. 반면 '소아 당뇨'로도 불리는 1형은 인슐린을 전혀 생산을 못하는 질환이다. 태어날 때 혹은 어릴 때 발병하며 식생활이나 생활 습관과는 전혀 상관이 없다. 1형 당뇨병 환자는 인슐린 생산을 못하기 때문에 평생 인슐린 주사를 맞아야 한다. 나는 1형 당뇨병에 해당한다고 했다.

의사의 말을 듣는 순간, 나는 절망했다. 비현실적인 느낌마저 들었고 머리가 멍해졌다. 간신히 주치의 선생님께 물어봤다.

"제가 왜 이런 병에 걸린 건가요?"

"그건 알 수 없어요."

"저는 술도 많이 안 마시고 담배도 안 펴요. 어릴 때부터 지금까지 얼마나 축구를 열심히 했는데요. 음식도 정말 골고루 먹고요. 아무리 생각해 봐도 병에 걸릴 만한 이유를 찾지 못하겠어요."

"왜 걸렸는지는 알 수 없어요. 원래 있었는데 발현하지 않았던 것일 수도 있고요. 알아 두셔야 할 것은 이제 몸을 평생 관리하셔야 한다는 겁니다."

내가 왜 당뇨병에 걸린 것일까? 머릿속에는 온통 그 생각뿐이었다. '이렇게 평생 실명된 상태로 살아야 하는 건가? 그녀를 계속 만날 수 있을까?' 이런 생각을 하니 하염없이 눈물이 흘렀다. 나는 정말 착하게 산 것 같은데 왜 이런 벌을 받은 걸까? 이탈리아도 아니고 이렇게 멀리까지 와서 몸이 아프니 정말 서글펐다. 부모님께 전화드려야 하는데 어떻게 말을 꺼내야 할지도 몰랐다. 부모님은 얼마나 걱정을 하실까?

일단은 곁에서 나를 간호해 주고 있는 그녀에게 말을 꺼냈다. 이렇게 병든 몸을 가진 나 때문에 그녀가 부담감을 가져서는 안 되겠다고 생각했다. 힘들지만, 나보다 더 좋은 사람을 만나길 바라는 수밖에.

"헤어지고 싶으면 헤어져도 돼. 난 아픈 사람이니까. 너를 원망하지 않을 거야."

"무슨 소리야? 알베, 정신차려! 헤어지긴 뭘 헤어져? 관리나 잘해!"

오히려 그녀는 나를 야단쳤다. 몸 관리를 해야 할 사람이 엉뚱한 소리를 한다며 무서운 코치처럼 굴었다. 내가 입원해 있던 열흘 동안 그녀는 직장에서 일을 마치면 곧바로 병원으로 달려와 나를 간호했다.

그녀 덕분에 우울했던 마음이 조금씩 사라졌다. 그리고 이탈리아에 계신 부모님에게 전화를 걸 용기도 생겼다. 엄마와 아빠에게 지금 1형 당뇨병에 걸려서 병원에 입원해 있다는 사실과 1형 당뇨가 어떤 병인지 간략히 말씀드렸다. 다행히 그녀가 간호를 해 주고 있어서 조만간 괜찮아 질 거라는 말도 잊지 않았다. 부모님은 생각보다 크게 걱정하지 않으시는 듯했다. 두 분도 1형 당뇨병이 어떤 병인지 자세히 알지 못하시지만 그래도 아직 젊으니 금세 나을 거라고 위로해 주셨다. 나중에 동생에게 들으니 사실은 전화 통화를 끝낸 후 부모님께서 엄청 걱정하셨다고 했다. 내게 내색하지 않으려고 매우 노력하신 것이었다.

/

　1형 당뇨병에 걸리고 나니 내 몸을 살피고 관리하는 일이 매우 어려웠다. 혈당을 조절하는 인슐린이 분비되지 않아서 혈당이 제 멋대로 오르내렸다. 저혈당이 되면 엄청나게 어지럽다. 이럴 땐 빨리 당을 보충할 수 있는 것을 먹어야 한다. 그렇다고 너무 많이 먹으면 다시 고혈당이 된다. 저혈당이라서 주스 한 잔을 마셨더니 다시 고혈당이 되는 식이다. 그래서 1형 당뇨병 환자는 음식을 먹을 때마다 꼼꼼히 혈당을 계산하고 먹어야 한다. 하지만 식당 음식에 당이 얼마나 함유됐는지를 가늠하기가 어디 쉬운가? 그저 떡볶이, 장아찌, 매운 해물찜 등 맵고 짠 음식에는 모두 설탕이 들어갔다고 가정하라는 교육을 받았다.

　몸 상태에 따라 인슐린 주사를 투여하는 것도 쉽지 않았다. 인슐린 주사는 아침, 점심, 저녁 식사 전, 그리고 잘 때, 하루에 총 네 번을 허벅지나 배에 스스로 놓아야 한다. 식사 전에는 섭취할 탄수화물 양을 예측하고 이에 호응하는 주사량을 계산해서 놓아야 한다. 피곤하거나 긴장할 때, 잠이 부족할 때처럼 컨디션이 좋지 못할 때는 혈당이 높아져 이럴 때는 인슐린 주사량을 늘려야 한다. 반면 운동을 열심히 하면 인슐린 흡수가 잘 돼서 투여량을 줄여야 한다. 이 모든 것을 교육받고, 또 책자를 통해 습득했지만 머릿속에 잘 입력되지 않았다. 사실 이건 아무리 들어도 잘 모른다. 습관이 되어야 알 수 있는 일이다.

사람을 상대하는 일도 난감해졌다. 상대는 내가 1형 당뇨 환자라는 사실을 모르니 나의 사소한 행동이 오해로 이어질 수 있었다. 예를 들어 단둘이 식당에 가서 음식을 주문하고 기다리는데, 인슐린 주사를 투여하기 위해 화장실에 가기가 내키지 않았다. 이탈리아에서라면 식사 전에 화장실에 가서 손을 씻는 문화가 있어서 자연스럽게 행동할 수 있는데, 한국에서는 그렇지 못했다. 둘이 밥을 먹으러 식당에 갔는데 음식을 주문하고 "잠깐 화장실 좀 다녀올게요"라고 말하는 게 어찌나 입이 떨어지지 않던지. 특히 교수님 같은 윗사람과 함께 밥을 먹으러 가면 언제 화장실을 가야할지 눈치를 보게 됐다. 갑자기 저혈당이 왔을 때 단것을 급히 먹어야 하는데 이럴 때도 힘들었다. "잠깐만"을 외치며 제일 가까운 편의점에 가서 사탕이나 주스를 혼자 사 먹어야 한다. 가끔씩 옆에 있는 사람에게 "사탕 하나 먹을래요?"라며 자연스레 행동했지만, 마치 시도 때도 없이 단것을 입에 물고 사는 사람인 것처럼 비쳐졌다. 또한 상대와 대화 중에 갑자기 너무 어지러워 대답을 못 하는 상황도 그랬다. 몸은 멀쩡해 보이는데, 마치 감당 못할 정도의 큰 병이 있는 사람처럼 보일 수도 있다.

1형 당뇨병은 가까운 사람들에게 투병 사실을 드러내면 편해진다. 위와 같은 상황이라면 지인들은 충분히 양해할 수 있다. 그러나 처음 만난 사람들에게 이 사실을 알리기란 쉽지 않다. 업무상 만난 사람에게 "제가 당뇨병이 있으니 화장실 좀 다녀올게요"라고 말을 할 사람이 얼마나 있을까?

훗날 TV 프로그램 〈휴먼 다큐 사람이 좋다〉, 〈내 친구의 집은 어디인가〉에서 내가 1형 당뇨병이 있다는 사실을 공개했다. 언론에서는 투병 사실을 공개한 것 자체를 대단한 일인 것처럼 말했지만 실은 나 자신과, 동일한 병으로 하루에도 몇 번씩 난처한 상황에 빠지는 환우들을 위해서 용기를 냈다. 특히 어린 환자들의 경우 자신이 1형 당뇨병이 있다는 사실을 친구들에게 이야기하지 못한다. 사실 이 친구들이 학교에서 주사를 맞을 곳이 마땅하지 않은 경우가 많다고 들었다. 급식을 먹을 때도 음식을 늘 가려 먹어야 하니 오해를 살 수도 있다. 다른 친구들이 일상적으로 먹는 케이크나 아이스크림도 함께하지 못하니 얼마나 마음이 아플까? 투병 사실을 공개하고 주변 사람들도 이를 안다면, 불필요한 오해를 살 일도 없고, 오히려 도움을 받을 수 있다.

한편으로는 나처럼 세상에 조금 알려진 사람도 당뇨를 앓고 있지만 건강하게 살아갈 수 있다는 걸 보여 주고 싶었다. 생각보다 큰 위로를 받기 때문이다. 나 역시 당뇨병 판정을 받은 후 집에 돌아와서 가장 먼저 한 일이 구글에서 당뇨병이 있는 유명인들을 검색한 것이었다. 영화배우 톰 행크스, 할 베리, 영화감독 우디 앨런이 나와 동일한 병을 앓고 있었다. 이 사람들 외에도 생각 밖으로 많아서 '왜 나에게만 이런 병이 생겼을까'라는 생각을 버리게 됐다.

취업 준비생이 되다

열흘간의 병원 생활을 끝낸 후 자취를 시작했다. 기숙사 생활을 더 하면 스트레스로 인해 내 몸에 다시 이상이 생길 것 같아서 내린 결정이었다. 보증금 50만 원에 월세 21만 원의 작은 원룸이었다. 기숙사에 살 때보다 돈은 더 들었지만 그걸 아까워 할 때가 아니었다. 아프면 병원비가 더 들었다.

   늘 주변이 북적북적한 삶을 살다가 홀로 조용히 지내니 내 자신과 마주하고, 삶을 돌아보는 시간이 많아졌다. 일단 눈앞이 보이고 몸에 활력이 생기는 게 얼마나 감사한 일인지 깨닫게 됐다. 생각해 보니 그간 나는 일상을 너무나도 당연하게 여겼다. 마치 공기처럼 생각했다. 건강을 챙기면서도 자그마한 일상을 소중히 생각하며

널
보러
왔어

시간을 허투로 보내지 말아야겠다고 결심했다.

'나도 한번 한국의 취업 준비생처럼 살아 볼까?'

처음 한국 대학생들을 보았을 때 '왜 저리 열심히 살까' 생각했는데, 지금의 나는 그들처럼 목표를 정하고 치열하게 살아야 할 시점이었다.

이 기회에 영어를 제대로 습득하자는 마음에 한국인 친구들처럼 〈BBC〉, 〈CNN〉 뉴스로 리스닝 연습을 하고, 토플 시험도 신청했다. 아울러 한국어능력시험인 토픽도 공부하기 시작했다. 신기하게도 이렇게 자그마한 목표를 설정하며 치열하게 살기 시작하자 병원에 있던 시간이 아주 오래된 과거 같았다. 나도 모르게 힘이 솟아나는 것 같기도 했다. 달라진 것이 있다면 식사 전마다 인슐린을 맞거나, 수시로 혈당 체크를 하는 것뿐이었다.

이 기세를 몰아 경제학 석사 학위 논문도 썼다. '오일 쇼크와 세계 쌀값 변동'이라는 주제로 계량 경제학 분석 방식을 이용했다. 결국 학기가 끝날 때쯤 눈에 띄는 결과물을 쥘 수 있었다. 거의 만점에 가까운 토플 점수, 한국어능력시험 4급 합격, 그리고 영어로 작성한 석사 학위 논문. 게다가 학위 논문 제출 뒤 홍콩에서 열린 국제 학술 대회에서 발표까지 하게 됐다. 대개 국제 학술 대회에서는 박사 과정 이상이거나 박사 학위 취득자들이 논문을 발표하는데 나는 석사 학위 논문으로 발표를 했다. 알고 보니 발표자 중에 내 가방끈이 가장 짧았다. 정말 감사한 일이었다.

한국 스타일의 노력이 주는 힘은 매우 놀라웠다. 개인적인 목표를 설정하고, 이를 주변 사람들과 공유하며, 열심히 노력하는 삶은 정말 독특했고, 실로 놀라운 결과로 이어졌다.

사실 이탈리아 학생들은 한국 학생들처럼 열심히 하지 않는다. 이탈리아어로 '열심히'라는 말은 한국처럼 매사에 사용되지 않아 거의 죽어 가는 옛말이나 다름없다. 이탈리아 사람들은 잘하는 일을 잘하면 된다고 생각한다. 그래서 잘 안되는 일을 끝까지 포기하지 않고 '열심히' 하는 모습을 찾아보기 어렵다. 공부를 잘 못하면 일찌감치 공부를 접고 다른 길을 알아본다. 봄시내 영어 동아리에서 만난 고시생이나 대학원을 준비하는 학생들처럼 두세 번 떨어져도 포기하지 않고 열심히 몇 년씩 같은 시험을 공부하는 경우는 없다. 정말 간절하면 두 번 정도는 할 것이다. 미래를 위해 20대 시절의 몇 년을 떼어내어 시험 준비에 몰두하는 한국 학생들을 또래 이탈리아 친구들이 본다면, "미쳤다"라거나 "시간 아깝다"라고 말할 것이다.

또 이탈리아에서는 본인의 꿈과 목표를 친구들과 나누지도 않는다. 아마 이탈리아 친구 10명에게 "네 인생의 목표가 뭐야?"라고 물으면 "갑자기 왜 그런 엉뚱한 걸 물어?"라고 말하거나, "난 생각해 본 적이 없는데?"라고 맞받아칠 것이다. 물론 낙천적인 이탈리아 사람이니 다들 꿈도 없이 산다고 생각하지 마시길. 다만 인생에서 단기 또는 중장기 목표를 세우고 이를 타인과 공유하며 응원하는 문화가 없다. 어떤 시험에서 만점을 받는 것은 매우 개인적인 목표여서 이것을 친구들 앞에서 공공연하게 이야기하고 서로 응원해 주는 문화가 없다는 이야기다.

물론 제도의 측면에서도 중단기 목표를 세울 일도 없다. 한국에서는 토익, 토플, 컴퓨터활용능력시험, 한자능력시험, 한국사능력시험, 한국어능력시험, 정보처리기사, 사회조사분석사, HSK중국어시험, 일본어능력시험, 재무관리사시험 등 나열하기에 숨이 찰 정도로 많은 시험과 자격증이 존재한다. 이탈리아에서는 한국과 같은 자격증 문화가 없다. 본인의 능력을 외부 기관을 통해 인증받지 않아도 된다. 이를테면 이런 식이다. 취업 인터뷰에서 면접관이 "영어 할 줄 알아요?"라고 물으면, "네, 중상급 정도는 할 수 있습니다" 또는 "원어민 수준으로 할 수 있어요"라고 대답하면 그만이다. 그 정도 한다고 믿어 준다. 그러니 당장의 목표도, 이를 옆 친구와 공유할 일도 없다.

　한국의 '열심'은 유교 문화에서 기인한 삶의 자세가 아닌가 싶다. 중국에 있을 때도 '노력努力'이라는 단어를 수시로 접했다. 나는 이것이 한국 사회의 과도한 교육열 같은 부작용을 일으키기도 하지만, 한국 사회를 역동적으로 이끄는 중요한 힘인 것 같다고 느꼈다. 내가 한국 학생들처럼, 취업 준비생처럼 살아 본 결과다. 처음에는 미련해 보이기까지 했던 한국 학생들의 삶이었는데, 막상 그렇게 살아 보니 가슴 뿌듯해지는 걸 느끼기까지 했다. 확실히 느슨하게 살 때보다 더 많은 목표를 달성할 수 있었다.

5장

월급은 달콤하지만 밥벌이는 씁쓸한 이유

내가 그 회사를 포기한 이유

석사 논문을 완성하자마자 본격적으로 취업을 준비했다. '석사 학위 취득 예정자'라는 타이틀은 내게 자격증 같았다. 석사 논문을 가슴에 붙이고 다니지는 않겠지만, 조금이라도 취업에 도움이 되지 않을까 기대감을 줬다.

나는 여느 한국 학생들처럼 셀 수 없을 만큼 많은 이력서와 자기소개서를 썼다. 첫 공략 대상은 한국 기업들이었다. 이를테면 현대모비스, LS산전, LG, 삼성 등 취업 준비생이라면 제일 먼저 떠올리는 기업들에 지원서를 냈다. 이 과정에서 알게 된 사실. 한국 기업들은 특이하게도 내 사진을 비롯해서 부모님 성함과 학력을 요구했다. 이탈리아 사람 입장에서는 공개하기 불편한 정보들이었지만, 일일이 따질 입장도 아니었고 간절히 취직하고 싶은 마음에 빠짐없이 기입했다. 내 마음과 달리 결과는 처참했다. 요샛말로 '서류 광탈'. 정말 어느 회사도 통과하지 못했다. 처음에 한두 회사에서 불합격 통보를 받았을 때는 '뭐, 다음엔 잘되겠지' 싶었는데 점점 탈락을 확인할수록 자존감이 무너졌다. 그러고는 아직 결과가 아직 나오지 않은 회사에 더 큰 기대를 하다가 다시 좌절. 마치 끊임없이 '희망 고문'을 당하는 듯했다.

이제 눈을 돌려 외국계 회사에 지원하기 시작했다. 에너지, 금융, 제약 회사 등 분야를 가리지 않고 빼곡하게 지원했다. '외국계 회사는 외국인인 나를 조금 달리 보지 않을까'라는 기대를 했지만, 역시나 결과는 똑같았다. 지원하는 곳마다 떨어졌다. 대학원 연구실에 앉아서 창밖을 바라보는 시간이 점점 길어졌다.

'유럽으로 돌아가야 하나? 이탈리아에서 취직했을 때 그냥 다닐 걸 그랬나? 내가 아직 한국 사회를 잘 모르는 건가? 춘천으로 대학원을 오는 게 아니었어. 사람들 말을 듣고 서울에 있는 대학원에 진학할 걸 그랬나 봐. 내가 나를 과대평가했나? 능력 있고 준비된 사람이라고 생각했는데, 회사가 보기엔 아무것도 아니었나 봐. 이제 학생 비자도 끝나가는데 어쩌면 좋지….'

널
보러
왔어

내가 한국에서 취업 준비생으로 지내면서 느낀 압박감은 상상을 초월했다. 불안감은 공포감으로, 공포감은 무력감으로 이어졌다. 그러면서 애초에 내가 무엇을 좋아했고, 무엇을 잘하는지조차 잊게 됐다. 급기야는 그저 '아무거나 할 수 있으니 제발 붙여만 주세요. 진짜 열심히 할게요'라는 마음이 됐다.

그러던 중 어느 외국계 금융 회사로부터 서류 합격 통보를 받았다. 최종 합격은 아니었지만 일단 처음으로 서류 전형을 통과했다는 데 큰 위안을 받았다. 1차는 서류 전형이었고 2차는 본사 임원들과의 화상 면접, 3차는 온라인상에서의 수학 시험이었다. 모든 전형을 통과해 최종 합격을 하면 2주 후에 홍콩 본사로 가서 연수를 받고, 그 후 전 세계 여러 지점 중 한 곳에 발령을 받아 일을 시작한다고 했다. 짧은 시간동안 최선을 다해서 면접과 수학 시험 준비를 했다. 내 마음이 닿았는지 정말로 최종 합격을 했다는 연락을 받았다.

요즘 한국의 취업 준비생들처럼 아주 오랜 기간 고생하지는 않았지만, 더 이상 마음고생을 하지 않아도 된다고 생각하니 그렇게 기쁠 수가 없었다. 더군다나 정말 간절하게 일하고 싶은 회사이지 않았는가! 그런데 정작 합격하고 나니 그녀와 이별이 마음에 걸렸다. 이 회사에서 일하면 그녀와는 끝일 것 같은 예감이 들었다. 아직 돈도 없고, 그녀에게 청혼을 할 만큼 자신감이 있지도 않았다.

나는 진지하게 고민을 하기 시작했다. 어느 누구에게 마음을 터놓고 이야기할 수 없어서 정말 답답했다. 연구실에 앉아서 그동안의 내 경험을 되짚었다. 한국에 와서 적응을 잘한 편이었지만, 여전히 나는 한국어를 매우 능숙하게 하는 편은 아니었다. 주변 한국 사람들은 내가 한국어를 잘한다고 했지만, 한국인처럼 잘하려면 아직 멀었다. 여행도 마찬가지였다. 여기저기 많이 둘러보기는 했지만 그래도 한국을 잘 안다고 자부할 만큼 다니지는 않았다. 적당히 배운 언어와 여행으로 '한국인'처럼 무언가를 하기에는 무리라는 생각이 들었다.

한편으로 나는 돈이 필요했다. 매달 50만 원씩 장학금을 받기는 했지만, 월세 21만 원과 각종 공과금을 낸 후 밥을 먹으면 손에 남는 돈이 거의 없었다. 시간이 지날수록 통장은 가벼워졌다. 취업 준비를 하면서 알아본 회사들은 대부분 금전적으로 풍요로운 생활을 보장하는 곳이었다. 정장을 차려입고, 그럴싸한 사원증을 목에 걸고 다니는 그런 곳. 점심에 커피 한 잔을 사서 회사 주변을 산책하면 사람들의 시선을 받는 곳. 모든 취업 준비생의 로망일 것이다.

이틀 동안 고민을 거듭한 끝에 결론을 냈다. 그러고는 그녀에게

널
보러
왔어

전화를 걸었다.

"알베, 저번에 입사 지원서를 넣었던 그 회사는 어떻게 됐어?"

그녀가 먼저 물었다.

"아, 거기 떨어졌어. 다음번에는 잘되겠지, 뭐."

이렇게 둘러대고 나니 마음이 한결 편해졌다. 지도 교수님 역시 내가 외국계 금융 회사에 합격하지 못한 걸로 아셨다. 나는 연구실 책상에 앉아 다시 생각해 보았다. 내가 한국에 왜 왔을까, 시베리아 횡단 열차에 올라탔을 때의 다짐은 무엇이었을까 떠올렸다. 결론은 이거였다.

'아직은 한국에 남아 있어야 한다. 나를 위해서, 그녀를 위해서라도.'

/

졸업을 앞두고 나는 인천에서 열린 계량 경제학 관련 학회에서 논문을 발표할 기회를 가졌다. 지도 교수님이 취업에 도움이 될 것이라며 강력히 추천한 자리였다. 나는 영어로 내 논문을 발표했다.

쉬는 시간이 되니 학회에 참여한 연구자들이 복도에 서서 명함을 교환하고 인사를 나눴다. 나는 교수도 아니었고, 어느 기관에 소속되지도 않아서 구석에서 어정쩡하게 서 있었다. 그때 누군가 다가와 말을 걸었다.

"발표 잘 들었어요. 지난번에 홍콩에서 열린 학회 때도 발표했었죠? 그때 눈여겨봤는데 여기서 또 보게 될 줄은 몰랐네요. 이번에 석사 학위를 받았죠? 갈 직장은 정해졌나요?"

"아니요. 아직 정해지지 않았어요."

마침 지도 교수님께서 우리 앞을 지나가시다가 그분과 반갑게 인사를 나누시더니만 함께 사라지셨다. 나중에 알고 보니 그분은 한국조세연구원, 지금은 한국조세재정연구원으로 불리는 곳에서 일하시는 분이셨는데, 지도 교수님께 외국의 조세 정책을 조사하는 계약직 직원을 모집 중이니 내게 지원해 보라고 하셨다고 했다.

뜻하지 않은 행운이 왠지 내 손에 들어 올 것만 같은 기분이었다. 지도 교수님에게 그 말을 듣자마자 조세연구원 홈페이지에서 모집 공고를 확인하고 입사 지원서를 제출했다. 며칠 후 서류 전형에 합격했다며 면접을 보러 오라는 전화가 왔다. 이틀 동안 그녀와 함께 벼락치기로 면접을 준비했다. 그녀는 쉴 새 없이 질문을 던졌고, 나는 자다가도 대답할 정도로 연습했다. 서울 가락시장 근처에 있는 조세연구원에 가서 면접을 보고 춘천으로 돌아온 지 며칠 후, 마침내 최종 합격을 알리는 연락이 왔다.

이제 서울에서 직장 생활을 한다고 생각하니 행복했다. 짧은 시간이었지만 외국계 금융 회사 입사를 포기하고 나서 적잖이 스트레스를 받았던 터였다. 결정 자체는 잘했지만, 수중의 돈이 떨어지면서 걱정을 하고 있었기 때문이다.

입사 전날, 그녀와 함께 구한 가락시장 근처의 고시원에서 직장까지 걸으며 시간을 체크했다. 출퇴근하는 데 시간도 얼마 걸리지 않았다. 이 길을 걸어 직장을 다닌다고 생각하니 두 번째 서울살이에 대한 기대감이 몽실몽실 피어올랐다. 익숙한 이곳에서 주변 한국인들처럼 살아가다 보면, 금세 내 삶을 안정적으로 만들 것 같았다.

조세연구원의 월급은 180만 원 남짓이었다. 세금을 제외하면 약 160만 원 정도의 돈이 들어왔다. 큰 액수는 아니었지만 혼자 사는 데는 모자람이 없었다. 고시원 방값 45만 원을 내고도 한참 남아서 알뜰살뜰 산다면 저축도 할 수 있겠다는 계산이 나왔다. 그것만으로도 행복했다.

고시원 생활자

행복감은 딱 일주일 만에 바닥을 드러냈다. 고시원이 문제였다. 고시원은 주거 시설이었지만 이상하게도 집이 아니었다. 잠시 동안 '주거'는 할 수 있겠지만 '살기는 싫은' 곳이었다.

나는 추가 요금을 내고 창문이 있는 고시원 방을 골랐지만, 이 창문도 참 보잘 것 없었다. A4 용지 한 장보다 작은, 어두컴컴한 감옥에서나 볼 수 있는 손바닥 크기의 창문이었다. 화장실은 나 혼자 간신히 서 있을 수 있을 정도로 작았다. 침대 길이는 180센티미터. 내 키가 185센티미터인지라 베개를 베면 내 발이 침대 밖으로 나가 공중에 떠 있거나, 허리를 살짝 접어 새우잠을 자야 했다.

좁은 공간보다 더욱 숨을 옥죄는 것은 소리였다. 방음이 되지 않아서 옆방 소리가 고스란히 들렸다. 밤에 불을 끄고 누우면 옆방 사람들의 들숨과 날숨 소리가 생생하게 들렸다. 옆방 사람이 술을 마시고 들어와 코를 골고 자면 그날 밤은 내내 불면의 시간이 됐다. '드르렁~' 하고 숨을 크게 들이쉬다가 '크아~' 하며 내뱉는 소리 때문에 깊은 잠을 자도 금세 깼다. 그렇게 잠에서 깨면 그다음부터는 지옥이 됐다. 옆방 소리에 나도 모르게 집중했다. 때로는 '저 사람 숨을 내쉴 때가 됐는데 왜 쉬지 않는 거지?'라며 걱정을 하는데, 한 10초쯤 지나서 '크아아아아~' 하는 소리가 들리면, 나도 모르게 '살아 있네'라며 안도했다. 이게 몇 번 반복되면 쓸데없는 걱정을 하는 내가 한심하기도 하고, 외면하고 싶어도 점점 그 소리에 집중하게 되는 상황에 짜증이 솟구쳐 올라 잠을 거의 못 잔 상태로 아침을 맞이했다. 이 정도로 방음이 안 되니 가끔씩 엄마와 아빠와 영상 통화라도 하는 날이면 나 역시 내 방에서 마음 편히 이야기를 나누지 못했다.

상황이 이러니 낮에 일을 하고 돌아와서 밤에 푹 쉬고 싶었지만 전혀 그럴 수가 없었다. 사는 게 고역일 정도였다. 아무리 공짜 밥과 김치를 주어도 고시원의 숨 막히는 공간감과 소음을 견디기 어려웠다. 아마 햇볕이 잘 드는 널찍한 집에서 유쾌하게 우당탕거리며 지내는 이탈리아 사람들이 이 고시원 방에 들어온다면 단 하루

널
보러
왔어

도 살지 못할 게 분명했다. 지금 다시 생각해 봐도 고시원 생활은 힘든 시간의 연속이었다. 돈을 많이 벌 수 있다고 유혹해도 살지 못할 것 같다. 그때 고시원에서 머물 수 있었던 이유는 정말 단 하나였다. 젊었기 때문이다.

계속 불평만 할 수는 없었다. 고시원에서 탈출하기 전까지 대책을 세워야 했다. 생각 끝에 나는 고시원 안에서의 불편함은 줄이고, 밖에서의 행복감은 늘리는 전략을 세웠다. 일단 고시원에서는 잠만 자기로 했다. 그리고 스트레스가 될 만한 요소들은 최대한 없앴다. 고시원 방이 매우 작으니 아무리 작은 물건이라도 그때마다 정리하고 수납했다. 아차 하는 순간 좁은 방이 마치 도둑이 들어왔다가 나간 방처럼 됐기 때문이다. 물건을 살 때도 몇 번이고 고민했다. 비자발적인 미니멀니즘을 실천하며 살았다고나 할까?

세탁물은 가급적이면 세탁소에 맡겼다. 고시원에 공용 세탁실이 있었지만 청결하지 않았다. 결정적으로 내 방에서는 와이셔츠나 양복을 다림질할 만한 공간이 없었다. 그래서 일주일에 한 번씩 세탁소를 방문했다. 이탈리아에서는 세탁비가 매우 비싸서 아주 값비싼 고급 의류가 아닌 이상 집에서 세탁하고 다림질을 한다. 그런데 가락시장 근처의 세탁소는 와이셔츠 한 장을 세탁하더라도 깨끗하게 다림질을 해 줬고 심지어 내 방 문고리에 걸어 주는 배달 서비스도 했다. 그런데도 가격은 1,500원 정도. 나는 한국의 세탁 서비스에 감탄하고 또 감탄했다. 세탁소에서 갓 배달된 깔끔한 와이셔츠를 입으면 출근하고 싶어졌다. 내의나 양말 정도는 직접 빨았다. 옥상의 빨래 건조대에 널었는데, 바람이 부는 날이면 빨랫감들이 멀리 날아가 버리기도 했고, 방에서 곤히 자다가 빗소리가 들리면 빨래를 걷으러 수도 없이 옥상으로 뛰어올라갔다.

조세연구원 지하에는 직원 복지를 위해 피트니스룸이 있었다. 일이 끝나면 항상 피트니스룸에 가서 땀을 흠뻑 흘릴 때까지 운동했다. 저녁을 먹은 후에는 고시원 근처 탁구장으로 향했다. 탁구가 내 일상이 된 건 우연이었다. 이탈리아에서도 종종 탁구를 쳤고, 친구들 사이에서 꽤 잘 치는 편에 속해서 근처 탁구장에서 몸 좀 풀어 볼까 하고 들어갔다. 그런데 동네 아저씨들의 탁구 실력이 무릴 고수급이었다. 정말 한 게임도 이기지 못했다. 옆에서 지켜보던 탁구장 관장님이 한마디 하셨다. "너는 기본 테크닉이 전혀 없구나." 사실 이탈리아에서 정식으로 탁구를 배워 본 적은 없었다. 나는 고수가 많은 곳에서 탁구를 배우고 싶어 그날로 레슨을 신청했다. 관장님 연세가 거의 일흔 정도 되셨는데 평생 탁구만 치신 분 같았다. 영화에서 볼 수 있는 동양인 사부님 느낌이 폴폴 났다. 그날 나는 라켓 쥐는 방법부터 배웠다. 그렇게 거의 1년간 꾸준히 퇴근 후 탁구 레슨을 받으며 라켓을 휘두르자, 내 탁구 실력이 놀라울 정도로 늘었다. 1년이 지난 뒤 이탈리아에 가서 친구들과 탁구를 칠 기회가 있었는데, 나를 대적할 친구가 아무도 없었다. 왜 한국이 탁구 강국인지 알 수 있었다.

탁구를 치고 나면 목이 탔다. 그럴 때면 근처 전통 찻집으로 갔다. 대부분의 외국인들이 한약 향기와 맛을 질색하는데, 나는 상당히 좋아하는 편이다. 이탈리아에 있을 때도 감초맛 사탕이나 아이스크림을 매우 좋아했다. 한국에서 감초맛 아이스크림을 먹지 못해 아쉬웠는데, 알고 보니 어떤 전통차든 감초가 빠지지 않고 들어가서 반가웠다. 대추차, 솔잎차 등의 전통차를 마시면 절로 몸이 건강해지는 기분이 들었다.

아침에 일어나서 회사에 출근하고, 열심히 일을 한 후 피트니스 센터에서 운동을 하며, 저녁을 먹은 다음 탁구를 치고 전통차를 마시는 일상. 어찌 보면 매우 단조로운 이 일상이 고시원의 불편함과 우울함에 빠지지 않으면서도, 행복을 극대화할 수 있는 나만의 방법이었다.

거인의 어깨 위에 올라타기

조세연구원에서 내 업무는 유럽의 경제 정책을 살펴보는 것이었다. 유럽의 국유 기업과 공기업의 민영화 사례나 조세 정책 등을 면밀히 조사하고, 이를 연구해 보고서를 작성했다. 이 과정에서 좋은 정책 선례가 있으면 도입하고, 나쁜 결과가 나온 정책이라면 피할 수 있는 근거를 마련했다. 동료 연구원들을 가만히 살펴보니 진심으로 나라를 위하는 마음으로 연구하고 정책을 설계했다.

나는 한국의 이런 점이 정말 멋있다고 느꼈다. 한국은 상품과 서비스부터 정책까지 무엇이든 다른 나라의 사례를 분석하고 이를 한국 실정에 맞게 잘 적용하고 발전시키는 나라인 것 같았다. 이 능력 덕분에 한국이 빠른 시간 안에 엄청난 경제 성장을 이룩한 것이 아닌가 싶을 정도로 말이다.

이것은 한국에 와서 직접 경험하고 두 눈으로 목도한 것이기도 하다. 커피 문화가 그렇다. 내가 한국에 처음 왔을 때인 2007년만 하더라도 에스프레소를 판매하는 카페가 거의 없었다. 하지만 조세연구원에 입사한 2010년에는 전국적으로 커피 붐이 불었다. 스타벅스, 커피빈, 파스쿠찌 등 정말 많은 커피 전문점이 생겼고, 어디를 가든 에스프레소와 카푸치노를 주문할 수 있었다. 내가 이탈리아 대사관에서 인턴 생활을 할 때만 해도 못 마셨던, 그래서 더 애타게 마시고 싶었던 에스프레소 마키아토도 마실 수 있게 됐다. 심지어 직장 근처에는 진짜 이탈리아식 커피를 추출하는 카페도 생겼다. 그 3년의 시간 동안 믹스 커피만 마시는 한국인들을 찾아보기 힘들 정도가 됐다. 놀라운 것은 10년 정도 지나자 한국인들은 커피 제조만 배운 게 아니라 음료 문화 전반을 발전시켰다. 고구마 라떼, 녹차 라떼, 오곡 라떼 등은 한국 특유의 음료가 됐는데, 이는 서양의 카페 문화와 결합되고 발전한 결과물이었다.

지금도 나는 한국의 카페에 들어가면 가끔 조세연구원 시절의 업무들이 떠오른다. 외국의 성공 사례를 한국 상황에 맞춰 적용하고 점점 발전시키려는 그 노력들 말이다. 가끔 한국이 창의력이 부족하다는 질타를 받을 때도 있지만, 한국의 방식이야말로 겸손하고 똑똑한 방식이라고 생각한다. 시작하기 전에 남들의 모습을 미리 살피는 것. 사실 유럽의 많은 나라들은 다른 나라의 사례를 치밀하게 챙기지 않는다. 무엇이든 자기들이 종주국이라고 여기니 자세를 낮춰 배우려는 모습을 보기 쉽지 않다. 창의력을 발휘해서 전혀 생각지 못한 혁신적인 결과를 내놓기도 하지만 이것은 모 아니면 도다. 잘못할 때는 완전히 망칠 수도 있다. 조세연구원에서 일해 보니 한국은 미국, 유럽 등 선진국의 사례뿐만 아니라 중앙아시아, 동남아시아, 중남미, 아프리카 등 제3세계의 사례까지 모두 연구하고 있었다. 한국의 자동차가 세계 시장에서 호평을 받고 있는 것처럼 한국의 커피 제조, 원두 로스팅 등도 세계 시장에서 중요한 위치를 차지할 것이다. 자동차 기술도, 커피 제조도 한국에서 자생한 기술은 아니지만 그 성장 속도는 놀랄 만큼 빠르다.

조세연구원을 다니면서 나는 이런 생각을 했다. '남을 연구하고, 따라 하고, 남보다 더 잘하기. 이것이 한국을 설명할 수 있는 키워드다. 거인의 어깨 위에 올라 세상을 바라 보라는 뉴턴의 말을 제대로 실행하는 건 유럽 사람들이 아닌 한국인들이다. 열심히 하는 문화로 단시간에 거인의 어깨에 올라탄다. 그러고는 한국에 맞는 방식을 연구한다. 한국에 있는 동안 남을 연구하고, 따라 하고, 남보다 더 잘하기. 이것 만큼은 따라 할 필요가 있다.'

알베투어

정부 출연 연구소인 조세연구원은 국제 교류 행사가 잦은 편이었다. 조세 관련 연구를 하는 해외의 동급 연구소에서 학술 교류와 양해 각서 체결을 비롯한 여러 가지 이유로 조세연구원을 방문했다.

내가 맡은 업무 중 또 하나는 이 해외 사절단을 수행하는 일이었다. 외국 손님들이 우리 연구소를 방문하면 대개 잠시라도 한국을 둘러보기를 원했다. 나는 귀빈들을 모시고 서울 시내와 외곽의 관광지를 소개했다. 이미 그 시절에 〈어서와~ 한국은 처음이지?〉를 기획하고 진행했다고 보면 된다. 이를 위해서 나는 서울과 교외 관광지를 사전에 답사해서 꼼꼼하게 봐 뒀다.

그때 내 머릿속에 있는 관광 코스는 이랬다. 서울이라면 한양도 성, 경복궁, 창덕궁, 덕수궁, 서대문형무소역사관, 대한민국역사박물관, 김치박물관, 국악박물관 등을 살펴본 후, 삼청동, 인사동, 평창동으로 갔다. 서울의 젊은이들을 만나고 싶어 하면 대학로를 추천했다. 다들 한국에 처음 방문하는 분들이라 매우 좋아하셨다.

한번은 남미 국가에서 고위 공무원과 정치인 들이 방문했다. 나는 이분들을 모시고 인사동에 갔는데, 사주를 보면 재미있겠다 싶어서 작은 철학관에 들어갔다. 유럽에서도 타로 카드나 수정 구슬을 이용해 재미삼아 미래를 점치기는 하지만 아주 보편적이지는 않다. 나는 이분들에게 '철학관'의 말풀이부터 했다. 한국어로 '철학=필로소피philosophy'. 일단 여기에서부터 반응이 좋다. 보통 점이라고 하면 주술적인 느낌을 주기 마련인데, 점 이상의 의미를 부여할 수 있다. 게다가 한국의 철학관은 인테리어가 심플하다. 손때묻은 《만세력》, 《주역》, 《토정비결》 등의 책만 있을 뿐, 그 외에 신비함을 자아내는 물건이 전혀 없다. 손님들은 흡사 도서관처럼 책이 꽂혀 있는 철학관 모습에 놀라는 듯했다.

사주를 보시는 할머니께서 그분들의 생년월일과 생시를 묻고, 글자가 빼곡하게 적힌 만세력에서 이분들의 네 기둥과 여덟 글자를 찾았다. 그러자 남미 손님들이 깜짝 놀랐다. 이분들이 보기에 타로 카드는 아주 순간적인 '뽑기운'인데, 사주는 운명이 이미 정해져 있는 '과학'이었다. 게다가 그 운명이라는 게 두툼한 책에 모두 나와 있는 게 아닌가! 과학적이면서도 운명적인 기운에 그만 굴복한 것 같았다. 《만세력》에 나온 십이간지와 '갑을병정…'을 중얼중얼 세어 나가는 할머니의 모습은 그야말로 동아시아에 대한 판타지 그 자체였다. 나는 할머니가 읊어 주는 이분들의 운명을 충실히 통역했고, 이분들은 정말 열심히 경청했다.

이분들이 가장 궁금해 하는 운은 무엇이었을까? 관운이었다. 고위 공무원과 정치인답게 언제 승진할지, 어떠한 명예를 얻게 될지 정말로 궁금해 했다. 할머니는 아주 단호하게 정확한 연도와 계절을 말씀하시면서 "된다, 안 된다"를 말씀하셨다. 실제로 이분들이 할머니의 예언대로 승진을 했는지, 원하는 정치 경력을 쌓았는지는 모른다. 중요한 것은 이분들이 사주를 보는 그 순간을 매우 즐겼다는 사실이다. 그 이후로 귀빈들을 모시고 거의 항상 철학관에 들렀다. 덕분에 나는 그곳 할머니의 사랑을 듬뿍 받았다.

'알베투어'만의 추가 서비스도 있었다. 경복궁 뒤 민속박물관에 가면 12간지 조각상이 있다. 인사동에서 사주를 본 후 손님들을 이곳에 모시고 각자의 띠 앞에서 사진 촬영을 하면 다들 엄청나게 좋아하셨다.

하지만 이러한 철학관 투어가 통하지 않는 사람들이 있었다. 바로 중국 손님들이었다. 이분들에게 이런 문화는 전혀 새로운 게 아니었다. 중국 귀빈들은 잡다한 문화 체험 대신 한국의 대형 마트에서 기저귀, 분유, 김, 라면, 화장품 등을 대량으로 살 기회를 드렸다.

서울이 아닌 지역을 보고 싶어 하는 손님들에게는 송도 신도시와 세종특별시로 인도했다. 당시 송도 신도시는 막 착공하는 단계였고, 세종특별시는 계획만 있을 뿐 아무것도 없는 상태였다. 허허벌판인 공사장을 보여 주며, 옆에 설치된 조감도를 함께 보도록 했다. 그게 무슨 볼거리냐고 반문할지도 모르겠다. 하지만 적어도 유럽 사람에게는 큰 볼거리다. 이탈리아 사람들에게 신도시 구축은 상상할 수도 없는 일이다. 신도시란 고대 로마 시대에나 가능한 일이다. 유럽 사람들은 기존 도시 안에서 옛 모습을 지켜 가면서 사는 게 익숙하다. 토지 보상을 하여 온전히 빈 땅을 만든 후 그곳에 도로를 깔고 다리를 세우며 건물을 짓는 일은 '심시티' 같은 게임에서나 가능한 일이다. 그런데 한국에서는 이것을 현실로 만든다. 간혹 매년 혹은 2~3년의 간격을 두고 조세연구원을 방문하는 분들도 계셨는데, 이분들의 경우에는 송도 신도시와 세종특별시가 완공되어 가는 모습을 보면서 놀라워했다.

나는 한국 정부가 이렇게 큰일을 실행하는 그 자체가 꽤나 멋지다고 생각했다. 비록 그 와중에 크고 작은 문제가 있을지언정, 큰 밑그림을 세우고 몇 년 안에 그것을 완공시킬 수 있는 힘이 내재해 있다는 자체가 놀라웠다.

소리 없는 쇼

고등학교 시절에 국제기구 직원들을 동경한 적이 있다. 미디어에 가끔 등장하는 그들은 국경을 넘나들면서 전 세계를 대상으로 일을 하고 있었다. 그렇게 멋져 보일 수 없었다. 주위에 실제로 국제기구에서 일하는 사람을 만날 수 없으니 실상을 알 리 만무했다. 그저 미디어에 노출된 모습만 보고 좋아한 것이었다. 그 이후에 이탈리아 대사관에서 인턴을 하면서 대사님 수행 비서로 아시아유럽 정상회의에 참석했을 때가 국제기구 행사를 가까이 본 최초의 기회였다. 하지만 인턴 계약 기간 거의 막바지에 선물처럼 참석하게 된 국제기구 행사는 사실 피상적인 경험일 수밖에 없었다. 그저 분위기를 익히는 정도? 일자리로서 잠시 고민을 하게 된 때는 대학원에서 국제 경제학 수업을 들을 때였다. 국제연합UN이나 경제협력개발기구OECD 같은 기구는 전공과도 관련이 있으니 그쪽 일을 하면 어떨까 생각했다. 하지만 국제기구 취업을 준비할 만한 경제적 여유와 시간이 없어서 생각을 깊게 할 수는 없었다.

조세연구원에 입사하니 그저 동경하고 머릿속에서 생각하는 수준을 넘어서 현실적으로 준비할 수도 있겠구나 싶었다. 조세연구원은 경제협력개발기구와 같은 일반적인 국제기구뿐만 아니라 아시아개발은행ADB, 미주개발은행IDB 등 지역 국제기구와 협업을 많이 하고 있었다. 마음만 먹으면 차분히 다음 미래를 준비할 수 있었다.

입사 후 얼마 동안은 특급 호텔에 머물면서 국제 학회 행사에 참여하는 게 엄청 즐거웠다. 오전에 세미나를 들은 후 맛있는 점심을 먹고, 또다시 강연과 토론을 청강하다가 저녁이 되면 귀빈들과 만찬을 먹으면 됐다. 하지만 이러한 행사에 수차례 참석하자 슬슬 지겨워지기 시작했다. 하루 종일 앉아서 표정 관리를 하며 사람들과 인사를 나누고 밥을 먹는 게 힘들었다.

행사가 없는 날 사무실에서 일을 하는 것도 쉬운 일이 아니었다. 내가 맡은 업무는 주로 유럽의 국유 기업 관련 연구였다. 뉴스 및 유럽의 국유 기업 홈페이지 등을 훑어보며 이슈를 정리하고 주간

보고서를 작성했다. 그리고 박사님이 지시한 자료를 찾아 한국어로 번역했다. '주요국의 공공기관'이라는 주제로 싱가포르, 중국, 이탈리아의 사례를 연구했고, 독일, 스웨덴, 이탈리아의 조세 정책과 세율을 비교하기도 했다.

사실 배울 게 아주 많고 편한 일이었다. 하지만 놀랍게도 나란 사람은 아침부터 저녁까지 책상에 앉아 모니터를 응시하는 걸 정말 힘들어 했다. 그 이전까지는 이걸 전혀 몰랐다. 대학원을 다닐 때는 종일 책상에 앉아 있어도 힘들다는 생각을 한 적이 없었는데, 업무로 하루 종일 앉아 있는 건 공부와는 또 달랐다. 업무 도중 화장실에 볼일을 보러 가면 스트레칭을 할 겸 거울을 보며 춤을 추거나 혼잣말을 했다. 당시 누군가 내 모습을 우연히 봤다면 정신이 나간 게 아닐까 생각했을 것이다. 하지만 나는 그거라도 하지 않으면 정말 정신이 나갈 것 같아서 화장실에서 소리 없는 쇼를 했다.

조세연구원에서 나를 괴롭힌 사람도 없었다. 나는 다른 직원들보다 어렸고, 더구나 외국인이어서 다들 잘 대해 줬다. 그곳은 정부 산하 단체인 만큼 성과에 대한 압박이 강하지 않았고 업무 스트레스도 크지 않은 편이었다. 어찌 보면 내가 힘들다고 말하는 내용들은 배부른 불평이었다. 그도 아니면 신입 사원의 투정이거나. 하지만 직장에서 한숨을 쉬는 횟수가 늘어가고 그곳 생활을 답답해한다는 걸 스스로 느끼기 시작했다. 지금 생각해 보면 그곳처럼 안정적이고 평온한 조직은 천성적으로 나와 맞지 않는 것이었다.

상황이 이러니 업무 이외의 것들에 민감해 하고 힘들어 했다. 예를 들어 서양인들이 좀처럼 적응하지 못하는 한국의 조직 문화가 대표적이다. 동료들은 오후 6시 퇴근 시간이 돼도 아무도 일어서지 않았다. 팀장님이 자리에서 일어나기 전까지 말이다. 내 일이 다 끝나고 할 일이 없는데도 그랬다. 나중에 실장님이 다른 분으로 바뀌자 좀 더 이상한 관행이 생겼다. 퇴근할 때 실장님 방에 들러서 "이제 퇴근하겠습니다"라고 인사를 꾸벅한 뒤 총총걸음으로 나갔다. 일이 많아서 야근을 할 때는 퇴근 눈치를 보지 않아도 되니 편했다. 그러나 일이 없을 때는 그 시간 동안 자리를 지키고 앉아 있는 게 여간 힘든 게 아니었다. 윗분이 언제 퇴근하나 눈치를 보면서 당시 유행하던 싸이월드 미니홈피를 구경하며 시간을 때웠다. 그것도 지겨워서 옆자리 직원이 뭘 하나 슬쩍 훔쳐보면 그 역시 업무가 아니라 인터넷 쇼핑을 하고 있었다.

때로는 회사 사람들과 점심을 먹는 일도 난처했다. 윗분들은 종종 나에게 점심 약속이 있냐고 물어보며 같이 밥을 먹자고 하셨다. 이럴 경우 밥을 사 주셨기 때문에 매우 감사했다. 하지만 그분들과 몇 차례 공짜 점심을 먹어 보니 이것만큼 괴로운 게 또 없었다. 상급자와 하급자가 함께 밥을 먹으러 가면 대체로 조용히 밥만 먹었다. 남자끼리 가면 더 심했다. 정말 메뉴 고를 때를 제외하고 거의 한마디도 하지 않고 식사에만 집중했다. 사무실에서 다들 대화가 없으니 식사 시간이라도 대화를 나눠야 할 것 같은데, 소용히 밥그릇만 쳐다보며 밥을 먹었다. 식사를 하는 동안 시끄러울 정도로 대화를 많이 하는 이탈리아 사람인 나로서는 힘들 수밖에 없었다. 이탈리아에서 동료들과 이렇게 조용히 밥을 먹는 경우는 딱 한 가지밖에 없다. 누군가 돌아가셨을 때다.

한번은 12시가 되자마자 사무실 남자 동료들과 함께 길 건너 칼국수집에 갔다. 장사가 잘되는 집이어서 주문하자마자 음식이 나왔는데, 다들 아무 말도 하지 않고 대접에 코를 박은 채 국수를 흡입했다. 맞다. 흡입이라는 표현이 딱 어울렸다. 모두들 식사를 마치고 사무실로 돌아와 시계를 보니 12시 17분이었다. 어떤 윗분들은 본인의 식사가 끝나면 바로 자리에서 일어섰다. 모두 그분들의 식사 속도에 맞추고 신발을 신고 나가는 분위기였다. 나는 밥을 좀 천천히 먹는 편이라 다 먹지 못 했지만 수저를 내려놓고 따라 나갈 수밖에 없었다. 물론 나중에 주변 사람을 통해 아랫사람이 윗사람의 식사 속도에 맞추는 게 한국의 식사 예절 중 하나라는 것을 알

널
보러
왔어

게 되어 이해를 했지만, 나로서는 정말 맞추기 힘든 문화였다. 이탈리아에서는 동료들과 식사를 하면 밥을 다 먹은 후 5분 정도는 앉아서 대화를 하다가 천천히 일어난다. 게다가 나는 먹는 게 느려서 점심시간만 되면 애를 먹었다.

급하게 점심을 먹지 않아도 되는 방법은 딱 하나였다. 여자 동료들과 점심 약속을 잡는 것이었다. 여자 동료들은 천천히 수다를 떨면서 식사를 했다. 그리고 밥을 먹은 후에는 꼭 카페에 들려서 커피를 한 잔 마시든지, 여의치 않으면 손에 들고 나왔다. 이런 면은 이탈리아와 비슷해서 여자 동료들과 점심을 먹으면 마음이 편했다.

"보증금 좀 빌려주세요"

이탈리아 대사관에서 인턴 생활을 했을 때처럼 나와 그녀는 주말 연인이었다. 나는 주말마다 그녀를 만나러 춘천에 갔다. 청량리에서 무궁화호 기차를 타거나, 동서울버스터미널에서 시외버스를 타고 갔다. 사실 쉽지 않았다. 휴식을 취해야 하는 주말마다 데이트를 하러 춘천을 오가니 몸이 굉장히 피곤했다. 게다가 2011년은 그녀와 본격적으로 사귄 지 3년째 되는 해였다. 이탈리아에서는 연인끼리 3년 정도 사귀고 서로 잘 맞으면 결혼을 생각한다. 이제 그녀와 결혼을 해야 할 시점이 아닐까 싶었다.

주머니도 꽤 두둑해진 상태였다. 나는 2010년부터 매달 70만 원씩 적금을 부었다. 고시원에서 빨리 탈출해 괜찮은 방에서 자취 생활을 하고 싶은 마음에, 내 돈으로 식사를 해결해야 할 때면 반드시 사내 식당에서 밥을 먹을 정도로 최대한 알뜰하게 살았다. 10개월이 지나니 700만 원이라는 목돈이 생겼다.

'700만 원이 있으니 결혼할 수 있겠어.'

그녀에게 충분히 청혼할 수 있는 여건이라고 생각했다. 이탈리아 결혼식을 기준으로 계산하니 충분히 가능했다. 이탈리아에서는 대개 성당에서 결혼하는데, 일종의 예식장 비용으로 50만 원 정도를 기부한다. 결혼식 오찬 때에는 4~5만 원짜리 코스 요리를 신랑 신부의 주머니 사정에 따라 하객 중 초대 인원을 조정해 대접한다. 가족과 가까운 친인척 그리고 친구들을 부른다면 30명 정도만 식사를 제공할 수 있다. 적게 초대했다고 야박하다고 할 사람도 없다. 저녁부터 시작될 피로연에서는 친구들과 함께 본격적으로 먹고 마실 텐데, 평범한 결혼식이라면 약 400~500만 원 정도가 든다. 따져 보니 내가 가진 돈이면 충당할 수 있었다. 게다가 친인척들이 신랑 신부에게 찔러주는 돈이 있으니 결혼식 비용 정산에 큰 도움이 될 것이었다. 또, 이탈리아에서는 대개 신혼부부는 보증금이 없는 집을 구하거나 보통 월세로 신혼을 시작한다.

그때 나는 휴가를 맞아 잠시 이탈리아에 갔다. 한국에 돌아가자마자 그녀에게 깜짝 프러포즈를 해야겠다고 생각했다. 이탈리아에 머무는 동안 틈틈이 청혼을 어떻게 할지 고민했다.

한국에 도착한 날, 나는 서울 신논현역 앞에 있는 리츠칼튼 호텔에 들어가 객실을 예약하고는 그녀에게 전화했다. 공항 리무진 버스가 도착하는 신논현역에서 만나서 데이트를 하자고 했다. 그녀는 한걸음에 서울로 올라왔다. 오랜만에 만나서 반가웠는지 아무것도 눈치채지 못한 표정이었다.

"짐이 있어서 놀기 불편하네. 이거 호텔에 맡겨 두자."

"응? 우리는 손님도 아닌데, 그게 돼?"

"한번 해 보는 거지, 뭐."

그녀는 내 말에 깜빡 속아서 호텔에 공짜로 짐을 맡길 수 있다고 생각하는 듯했다.

"우와! 이럴 줄 몰랐는데, 이게 되네? 신기해."

홀가분한 마음으로 그녀와 영화 한 편을 봤다. 그러고는 호텔에

널
보러
왔어

다시 돌아와 예약해 둔 레스토랑에 가서 연애 이후 처음으로 비싸고 맛있는 음식을 먹었다. 저녁 식사가 끝나갈 때쯤 그녀에게 운을 띄웠다.

"오늘 우리 어디서 자야 할까? 고시원 방이 너무 작아서 우리 둘이 못 들어가는데…."

"그러게. 오랜만에 만나서 영화도 보고 맛있는 음식을 먹느라 그 생각은 하지도 못했어."

"그럼 여기서 잘까?"

나는 호텔 객실이 있는 위쪽을 가리켰다. 그녀가 손사래를 치며 말했다.

"말도 안 되는 소리 하지 마."

나는 미리 예약한 객실로 그녀를 데려갔다. 그녀는 흠칫 놀라는 눈치였지만 내색하지 않았다. 그녀가 세상 물정을 몰랐는지, 아니면 알면서도 모른 체를 했는지 지금도 나는 모른다. 그녀도 아직까지 내게 말하지 않았다. 이튿날 느긋하게 일어나서 그녀와 함께 레스토랑에서 조식을 먹고는 다시 방으로 들어왔다. 아직까지 그녀는 아무런 눈치도 채지 못한 듯했다. 나는 거금 30만 원을 주고 산 반지를 슬며시 꺼내 건넸다.

"Vuoi sposarmi?나와 결혼해 줄래?"

그녀는 계속 웃기만 했다.

"응. 나도 너와 결혼하고 싶어."

사실 외국인을 만나면 상대를 검증하기가 어렵다. 한국에서라면 몇 사람만 통하면 상대를 충분히 알 수 있겠지만 말이다. 그녀는 3년의 시간 동안 나를 잘 알게 됐겠지만, 한국에서 이역만리 떨어진 우리 집안에 대해서는 제대로 알 턱이 없었다. 그런데도 청혼을 받아들인 그녀가 참 용감해 보였다.

그날 오후 내내 우리는 결혼 이야기만 나눴다. 달달한 이야기에 행복감이 오래 갈 것 같았는데, 어느새 현실의 대화가 오가기 시작했다. 그녀는 한국에 온 이후로 늘 돈이 없어 허덕이던 내가 무턱대고 결혼하자고 하니 우리 집에 돈이 좀 있다고 생각한 듯했다.

"알베, 결혼은 현실이야. 돈은 좀 있어?"

"그럼! 내가 모아둔 700만 원이 있지!"

그녀가 깔깔 웃었다. 나도 따라 웃었다.

"나도 모아 둔 돈이 좀 있어. 내 통장에 150만 원 있어."

"그럼 우리 850만 원 있는 거네?"

본격적으로 결혼 준비에 들어가자 내가 얼마나 무모했는지 금세 깨달았다. 한국에서 결혼을 하려면 700만 원 갖고는 어림도 없었다. 이 돈으로는 서울에서 방을 구하기 위한 최소한의 보증금도 안 됐다. 1,000만 원 정도는 있어야 했다. 300만 원을 채우기 위해 은행에 가서 대출을 알아 봤지만, 한국에서 외국인이 대출 받기란 정말 어려웠다. 그녀 역시 불가능한 건 마찬가지였다. 당시 그녀의 일자리는 비정규직이었기 때문이다. 우리는 서로 사랑하는 사이였고 빨리 결혼하고 싶었지만, 한국에서 나와 그녀, 둘만의 힘으로 결혼을 하는 건 불가능해 보였다.

/

인생은 타이밍이라고 누가 말했던가. 조세연구원 생활이 답답해지고, 결혼 자금 문제로 고민하던 시점에 전화 한 통을 받았다. 한국에서 나고 자란 이탈리아인 친구였다. 친구는 지인 중에 맥주 회사 마케팅 디렉터가 있는데, 한국어를 할 줄 아는 이탈리아인을 찾는다며 한번 만나 보라고 했다. 사실 구체적인 제안을 한 것이 아니라서 큰 기대는 없었다. 그저 내가 모르는 분야의 사람을 알아 두면 나쁠 게 없다는 정도의 생각을 했다.

퇴근 후 가벼운 마음으로 맥주 회사 마케팅 디렉터를 만나러 갔다. 이태원에서 만났는데, 맥주 회사 이야기는 전혀 하지 않았다. 오히려 한국에서의 삶을 유쾌하게 나누는 자리였다. 마음껏 그 자리를 즐기고 집으로 돌아왔다. 일주일이 지나자 그 마케팅 디렉터에게 연락이 왔다. 이탈리아 맥주 페로니의 홍콩 담당자가 한국을 방문하는데 함께 만나지 않겠냐고 했다.

"제가요? 왜요?"

좀 뜬금없는 제안이었다. 왜 내가 그 자리에 나가야 하는지 알 수 없었다. 하지만 이번에도 역시 알아 두면 좋을 사람인 것 같아서 일단 미팅 장소로 나갔다. W호텔이었다. 이번에도 마케팅 디렉터를 처음 만날 때처럼 맛있는 음식을 먹고 즐겁게 수다를 떠는 자리였다. 나 역시 기분 좋게 시간을 보내고 집으로 돌아왔다. 맥주 회사 이야기는 전혀 없었다.

'내가 좀 재미있게 논다고 생각하셨나?'

다시 일주일이 지나자 맥주 회사 마케팅 디렉터가 다시 한 번 내게 전화를 했다. 이번에는 커피를 한잔 마시자고 했다. 약속 장소에 나갔더니 이분이 단도직입적으로 말을 꺼냈다.

"지난 두 번의 만남은 사실 모두 맥주 회사의 면접이었어요. 영업직 직원을 뽑을 때 늘 이렇게 면접인 줄 모르게 태도를 관찰해요."

면접은 항상 양복을 차려입고 면접장에서 긴장된 상태에서 이뤄지는 줄 알았는데, 이런 면접은 처음이었다. 마케팅 디렉터는 나를 포함해 이탈리아인 3~4명을 대상으로 면접을 진행했고, 그중에서 내가 뽑혔다고 말했다. 그러면서 곧바로 이직 제안을 했다. 영업직인 만큼 차량과 휴대폰이 제공되고, 월급도 많이 받을 것이라고 했다. 전혀 생각지 못한 이직 제안에 사실 무척 놀랐고, 한편으로는 참으로 적절한 시기에 들어온 달콤한 제안이라고 생각했다. 하지만 이럴 때일수록 냉정해야 한다고 생각하고 들뜬 마음을 억누르며 내 생각을 전했다.

"저는 연봉도 상관없고, 제공하는 차량이 무엇이든 상관없어요. 제 조건은 딱 하나입니다. 집을 구해야 하는데 보증금 좀 빌려주세요. 보증금 안 빌려주시면 이직 못 해요."

"네? 돈을 빌려 달라고요?"

마케팅 디렉터는 놀란 눈치였다. 연봉을 더 올려 달라는 것도 아니고, 돈을 빌려 달라니! 지금 내가 생각해 봐도 황당한 제안이었다. 그때는 매우 절박해서 그런 용기가 난 것 같다. 그분은 회사에 알아보고 다시 연락을 준다고 했다.

3주 만에 신기하게 일이 진행돼서 어안이 벙벙했지만 설레는 마음이 더 컸다. 기가 막힌 타이밍에 이직 제안이 들어왔기 때문이다. 더구나 지겨운 모니터에서 벗어날 수도 있는 상황이었다. 물론 그 회사에 입사할 수 있을지 여전히 불투명했지만, 나를 마음에 들어 하는 회사가 있다는 것만으로도 기분이 좋았다.

얼마 후 맥주 회사 마케팅 디렉터의 이메일이 도착했다. 찬찬히 읽어 보니 보증금 5,000만 원을 회사에서 빌려줄 수 있다는 내용이었다. 연봉은 회사의 내규에 따라 준다고 했다. 나는 이메일을 끝까지 읽자마자 그녀에게 전화를 했다.

"우리 집이 생겼어!"

/

그녀와 나는 다시 결혼 준비를 시작했다. 우리가 가진 850만 원, 맥주 회사에서 빌린 5,000만 원이 전부였는데, 이 돈이면 결혼을 하기에 충분하다는 생각이 들었다. 결혼식은 춘천에 있는 세종호텔 야외 정원에서 하기로 했다. 스튜디오 촬영도, 예단도, 값비싼 예물도 하지 않았다. 메이크업이나 드레스도 춘천에서 알아보니 그다지 비싸지 않았다. 이때가 6월 말이었는데, 결혼식 날짜를 9월 3일로 잡았다.

이제 양가 부모님께 우리의 결혼 약속을 알릴 차례였다. 우선 그녀의 부모님, 나에게는 장인어른과 장모님이 되실 분을 모시고 식사 대접을 하기로 했다. 아마 보통의 한국 사람들이라면 고급 한정식집이나 호텔 레스토랑에서 식사를 하면서 결혼 승낙을 받겠지만, 우리는 그럴 생각도 없었고 형편도 되지 않았다. 그녀에게 부모님이 좋아하시는 음식이 뭔지 물으니 흑염소라고 했다. '그럼 좋아하시는 음식을 대접해야지. 좋아하는 음식을 드시다 보면 기분이 좋아지실 테고, 그러면 부모님도 우리의 결혼을 허락하시겠지.'

사실 나는 매우 불안했다. 눈에 넣어도 아프지 않을 예쁜 딸인데, 과연 외국인인 나와 결혼하는 걸 승낙하실지 전혀 감을 잡을 수 없었다. 그동안 두 분께 나는 그녀의 '외국인 친구'였다. 그녀의 부모님은 외국인 친구인 내가 한국에 온 이후 한국어를 배우고, 대학원에 다니고, 졸업 후 직장을 다니는 것까지 모두 가까운 거리에서 지켜보셨다. 아마도 나를 가장 잘 아는 한국 어른이 아닐까 싶다. 그녀의 어머니는 타지에서 고생하는, 딸의 외국인 친구를 다정다감하게 챙겨 주시기도 했다. 그렇지만 '사윗감'이 되는 건 또 다른 차원의 문제였다.

한편으로는 우리 아빠와 엄마가 데이트하던 시절의 에피소드가 떠올랐다. 두 분이 연애할 당시, 우리 아빠는 동네에서 별 볼일 없는 청년이었고, 엄마는 예쁘고 잘나가는 간호사였다고 한다. 하루는 콘서트에 가려고 아빠가 엄마 집 앞으로 가셨는데, 세상에나 문 뒤에 외할아버지께서 긴 칼을 들고 조용히 서 계셨단다. 흠칫 놀란 아빠에게 외할아버지께서 던진 한마디는 정말 위협적이었다. "오늘 밤 뭐할 거야? 우리 딸 데리고 장난치면 죽여 버릴 테니 알아서 해." 한국에서든, 이탈리아에서든 딸 가진 아빠들의 마음은 다 똑같다. 나중에 들었지만 우리 아빠뿐만 아니라 이모부 역시 외할아버지께 칼로 위협을 당했다고 한다. 한번은 외할아버지께서 "저 미친놈이 나한테 협박을 받아도 콘서트에 가더라고"라며 그때 아빠와의 아찔한 대면을 헛웃음을 지으며 말씀하셨다. 물론 지금은 외할아버지, 아빠와 이모부 모두 잘 지내시지만, 혹여 '그녀의 아버님도 외할아버지와 같지는 않을까'라는 두려움이 있었다.

춘천에 있는 흑염소 식당에 갔다. 그 전과는 다르게 중요한 이야기를 앞둔 상태여서인지 음식이 나오는 전까지 어색함을 견디기 어려웠다. 입안이 바짝 말라갔다.

"저희 결혼하고 싶어요."

마음속으로 수백 번은 연습한 말을 어렵게 꺼냈다. 그녀에게 "나와 결혼해 줄래?"라고 말할 때보다 훨씬 더 떨렸다. 걱정스러운 표정을 하신 어머니의 첫 질문은 좀 의외였다.

"우리 딸은 개신교를 믿는데, 알베 너는 천주교라고 했지? 너희들은 나중에 아이가 생기면 어느 종교를 택하게 할 거니? 교회? 성당? 이게 좀 걱정되네. 종교 때문에 싸움이 벌어지지 않을까?"

그러자 장인어른이 서둘러 장모님의 말씀을 봉합하셨다.

"괜찮아, 괜찮아. 둘이 알아서 하겠지."

놀랍게도 장인어른은 아주 쿨하셨다. 아무 문제될 것이 없다고 하시며 흔쾌히 결혼을 승낙하셨다. 총이나 칼을 보더라도 놀라지 않겠다며 단단히 마음먹고 나왔는데, 너무 쉽게 일이 풀려서 좀 의아하기도 했다. 7년이 지나서 알게 된 사실이지만, 그때 장인어른도 딸이 외국인과 결혼하는 것을 엄청나게 걱정하셨다고 한다. 예비 사위 앞에서는 내색을 안 하셨지만 말이다. 아버님이 걱정하신 이유는 더욱 의외였다. 장모님처럼 종교 문제 때문도 아니고, 내가 번듯한 집을 마련하지 못해서도 아니었다. 장인어른 친구들의 한마디 때문이었다.

"이탈리아 남자는 다 바람둥이야!"

귀한 딸이 바람둥이 남편을 만나서 고생할까 봐 대놓고 말도 못하시고 속만 끓이셨다는 이야기를 얼마 전에 하셨다.

아무튼 장인어른과 장모님의 사소한 걱정 덕분에 가장 어려운 고비일 것만 같은 결혼 승낙이 쉽게 이뤄졌다. 우리 집에서는 이미 그녀의 존재를 알고 있었고, 부모님은 내가 좋다면 아무 상관이 없었다. 일반적으로 유럽에서는 자녀의 결혼은 자녀가 결정하는 문제이고, 부모님은 당사자가 아니라는 인식이 있다.

이제는 마지막 절차인 상견례만 남았다. 문제는 양가가 멀어도 너무 멀다는 것이었다. 짧은 상견례를 하기 위해서 이탈리아에 계신 우리 부모님이 한국에 오시거나, 반대로 장인어른과 장모님이 이탈리아에 가실 수는 없었다. 생각 끝에 영상 통화로 대체하기로 했다. 그녀의 집 컴퓨터에 웹캠을 설치하고, 장인어른과 장모님이 컴퓨터 앞 의자에 앉으셨다. 우리 부모님 또한 이탈리아 집에서 옷을 잘 차려입고 거실 컴퓨터 앞에 앉으셨다.

양가 부모님들께서 서로 덕담을 나누시고 내가 중간에서 통역을 했다. 사실 통역 내용이 맞는지 틀리는지 검증할 사람이 없어서 내 마음대로 말했다. 결혼을 약속하기 전에 그녀와 함께 이탈리아에 간 적이 있는데, 두 번 모두 우리 집에 묵었다. 우리 부모님은 그때 일을 떠올리며 예비 며느리 칭찬을 늘어놓기 시작하셨다. 한국에서 온 착하고 성실하고 예의 바른 며느리라고. 그러자 장인어른과 장모님께서도 이에 질세라 내 칭찬을 하셨다. 우리가 알베를 몇 년간 지켜봤지만 항상 열심히 하고 생각이 바르고 똑똑한 녀석이라고. 칭찬 경쟁이 계속 이어지자 중간에 통역을 하는 내가 견딜 수가 없었다. 내가 내 입으로 내 칭찬을 해야 하는 상황을 생각해보시라. 얼굴을 들 수 없을 정도로 칭찬이 나오면 모르는 척 묵음 처리했다.

아무튼 양가 어느 곳에서도 반대가 없었고 오히려 예비 사위와 예비 며느리를 칭찬하는 분위기여서인지 결혼식 준비는 순조로웠다. 한국의 많은 커플들이 결혼을 앞두고 다툰다고 들었는데 우리는 단 한 번도 싸운 적이 없었다. 오히려 전혀 생각지 못한 문제에 당황했다.

첫날밤(feat. 8명)

우리 신혼여행은 뜻하지 않게 모두를 위한 신혼여행이 됐다. 내 결혼식이니 우리 부모님과 동생이 한국행 비행기 티켓을 끊었고, 베네치아대학교 동기이자 포토그래퍼인 스테파노 역시 결혼식 사진을 찍으러 온다고 했다. 스테파노의 여자 친구인 미키도 자리에 함께하기로 했다. 또 다른 친구 루카 역시 내 결혼식을 축하하러 온다고 했다. 상황이 이렇게 되니 결혼식을 마치자마자 그녀와 나, 단둘이서 신혼여행을 갈 수가 없었다. 부모님과 친구들 모두 이탈리아에서 어렵게 한국까지 왔으니 여기저기 둘러보고 싶어 했기 때문이다. 결국 장인어른과 장모님, 우리 아빠와 엄마, 스테파노와 미키, 루카, 내 동생, 그리고 우리 부부. 이렇게 열 명이서 결혼식을 끝낸 후 한국 관광을 하기로 했다.

동선은 이랬다. 서울을 시발점으로 장모님 고향인 안동에 들렀다가 경주, 거제, 전주까지 둘러보는 일정이었다. 장인어른은 사돈과 사위의 친구들에게 한국의 맛과 멋을 보여 줄 수 있는 절호의 기회라고 생각하시고, 촘촘한 일정을 짜셨다. 하나라도 놓치면 아쉬울 새라 어딜 가든 아침 일찍 숙소를 나서서 최대한 많이 둘러보고, 유명한 맛집을 모조리 탐방할 계획이셨다. 장인어른은 패키지 여행의 가이드를 자처하셨다. 그런데 이탈리아 사람들이 어디 그런가? 이 사람들은 여행지에 가면 모두 둘러보겠다는 생각 자체가 없다. 어차피 이방인이 현지의 모든 곳을 둘러볼 수 없으니 그냥 편하게 즐기고, 휴가인 만큼 최대한 휴식을 취하자! 기본적으로 이런 생각을 가지고 있다.

이 사실을 전혀 모르시는 장인어른과 장모님은 숙소에서부터 빨리 조식을 먹고 나가야 한다고 재촉하셨다. 또한 사돈의 계획과 성정을 모르시는 우리 부모님은 천천히 식사를 하시고 늦장을 부리셨다. 관광지에 가서도 이런 상황은 계속됐다. 장인어른과 장모님은 빨리 이동을 하자는데, 우리 부모님은 잠깐 앉아 쉴 그늘을 찾으시거나, 커피와 아이스크림을 먹을 곳을 찾으셨다. 이탈리아 상남자처럼 보이는 내 동생은 식물을 매우 사랑하는 여린 남자여서 꽃을 볼 때마다 공을 들여 사진을 찍었다. 우리 가족 모두 장모님과 장인어른이 얼마나 속이 타는지 전혀 눈치채지 못하고 느릿느릿 행동했다. 양쪽 상황을 모두 아는 우리만 계속 키득키득했다.

장인어른과 장모님만 제외하고 모두가 여유 있고 행복한 여행을 절반 정도 보내고 있을 때였다. 아마 거제 여행 중인 것으로 기억한다. 아침부터 장모님께서 큰일이 났다며 나를 조용히 부르셨다. 꽤 고민이 되셨는지 쉽게 말을 떼지 못하셨다.

"알베, 큰일 났어! 이를 어떡해…."

"무슨 일이세요?"

"내가 스테파노와 미키가 키스하는 걸 봤어!"

"그게 뭐가 문제죠?"

"아니, 임신한 상태에서 키스를 했다니까!"

"어머니, 저는 뭐가 문제인지 모르겠어요."

"아니, 이상도 하지…. 어떻게 임신한 상태에서 다른 남자와 키스를 하누?"

"아, 장모님, 스테파노와 미키가 커플이에요."

스테파노와 미키, 루카, 나. 우리 넷 모두 이탈리아에서 진짜 친한 친구들이다. 루카와 미키 역시 친하고, 나와 미키도 친하다. 스테파노와 미키는 아직 결혼식은 올리지 않았지만 곧 결혼을 할 예정이었다. 한국에 왔을 때 미키는 뱃속에 아기가 있는 상태였다.

그런데 이탈리아에서는 이성친구 사이에도 스스럼없이 스킨십을 한다. 만나서 반가우면 볼에 뽀뽀를 하고, 이따금 이성의 무릎에 앉아 있기도 한다. 이번 신혼여행에서 스테파노는 주로 우리 부부와 같이 다니고, '그냥 친구 사이'인 루카와 미키가 함께 다녔다. 이 과정에서 이탈리아에서는 자연스럽지만 한국에서는 오해할 수 있는 둘 사이의 스킨십이 있었던 것 같다. 이를테면 허그나 볼 뽀뽀 정도? 이를 보신 장모님은 미키와 루카가 커플이라고 여기셨던 것이다. 내 설명을 들은 장모님은 그때서야 안도를 하셨다.

"아이고, 망측해라."

나중에 스테파노와 미키, 루카에게 장모님이 오해한 사실을 이야기했더니 정말 배꼽이 빠지도록 웃었다. 다 함께한 신혼여행이었기에 나올 수 있는 해프닝이었다.

넌
보러
왔어

밤을 잊은 그대, 주류 영업 사원

조세연구원을 그만두고 이직한 회사는 당시 해외 맥주 업계 2위인 사브밀러SAB miller였다. 사브밀러는 다양한 맥주 브랜드를 보유하고 있었는데, 그중에 이탈리아 국민 맥주인 페로니Peroni도 있었다. 페로니 맥주는 1846년 이탈리아의 프란체스코 페로니가 만든 회사다. 영국계 맥주 회사인 사브밀러에 합병됐지만, 여전히 이탈리아 사람들은 페로니를 국민 맥주라고 생각한다.

페로니 맥주 중 프리미엄 라인인 나스트로 아주로Nastro Azzurro, 파란 리본는 당시 전 세계적으로 인기를 끌고 있었다. 런던과 호주에서 해외 맥주 매출 1위를 달리고 있다고 했다. 당시 페로니 맥주 영업 전략은 '이탈리안 스타일'이었다. 나라별로 이탈리아인 영업 사원을 채용해서 페로니가 이탈리아 스타일 맥주라는 사실을 강조했다. 한국 역시 페로니 맥주의 론칭을 위해 이탈리아인 영업 사원을 담당자로 둬야 했고, 나도 모르는 사이에 내가 적임자가 됐던 것이다.

업무는 간단하면서도 어려웠다. 오전에는 사무실에서 회의를 한 다음 영업 전략을 구상했고, 오후에는 이를 실행에 옮겼다. 브랜드 홍보와 이미지 차원에서 자체 행사를 여는 것뿐만 아니라 이탈리아 커뮤니티와 네트워크 관련 행사, 이탈리아 기업 행사 등 페로니를 알릴 수 있는 곳에는 무조건 찾아갔다. 이를테면 이탈리아 대사관과 문화원 행사부터 프라다, 구찌, 돌체앤가바나, 아르마니 등 소위 명품이라고 부르는 브랜드 행사와 이탈리아 디자이너 패션쇼까지 말이다.

이뿐만 아니라 맥주를 판매하는 술집과 레스토랑을 돌아다니면서 맥주를 홍보했다. 아침에 출근하면 매일 전날 영업 실적을 보고하는데, 100리터가 팔려야 겨우 숫자 1로 표기됐다. 그 숫자를 위해 매일 노력해야 했다. 페로니 맥주를 아는 사람 자체가 없었기 때문에 매 순간이 도전이었다. 그 당시에는 한국말을 하기는 했지만 비즈니스 한국어는 능숙하지 못했다. 거래처를 방문할 때는 매장 앞에서 15분 가량 서성이며 대사를 암기하듯이 중얼중얼 할 말

널
보러
왔어

을 연습했다. '안녕하세요? 맥주 회사에서 왔는데요, 지배인님 계신가요?'라고 할까, '안녕하십니까? 맥주 회사에서 나왔습니다. 사장님 계십니까?'라고 할까. 이런 고민을 하며 수십 번씩 연습했다. 그렇게 대사를 입에 붙인 후 문을 열고 들어가 용감하게 한마디를 던지지만 신통치 않은 대답을 들을 때가 많았다.

"지금 브레이크 타임입니다."

"사장님 안 계시는데요."

그럴 때면 맥이 쏙 빠졌다.

한국 사람들의 '외국인 공포심'도 때로는 영업의 장애물이었다. 이태원처럼 외국인이 많이 드나드는 곳은 괜찮았지만, 청담동이나 가로수길 술집이나 레스토랑에 주류 영업을 하러 들어가면 관계자들이 매우 당황했다. 나에게 "영어를 잘 못해서 미안하다"고 사과를 하곤 했다. "아니에요. 저는 영어를 하러 온 게 아니라 맥주 영업을 하러 온 거예요"라고 말했지만 이미 얼어붙은 이분들은 내 말이 잘 안 들리는 듯했다. 반면 장소 불문하고 이탈리안 레스토랑에서는 나를 환대했다. 다른 레스토랑에서는 이탈리아 맥주가 있어도 그만, 없어도 그만이었지만 이탈리안 레스토랑에서는 이탈리아 현지 맥주가 필요했다.

이런 과정이 수십 번 반복되자 나만의 영업 요령이 생기기 시작했다. 우선 매장에 들어가면 '키 맨key man'을 재빨리 파악하는 게 중요했다. 맥주를 선택할 권한이 있는 결정권자가 누구인지 가급적 빨리 알아채야 했다. 아르바이트생에게 페로니 맥주의 좋은 점을 아무리 설명해도 맥주를 선택할 권한이 없는 건 불문가지. 어떤 매장의 경우에는 사장님은 가끔씩 가게에 들러서 이것저것 체크만 할 뿐 모든 결정을 매니저에게 일임하기도 한다. 이럴 때는 사장에게 설명해 봤자 소용이 없다. 두 번째, 회사에서 교육받은 페로니 맥주 소개는 영업에 아무런 도움이 되지 않는다는 사실을 알게 됐다. 매장에 들어가서 페로니 맥주의 역사나 강점을 설명해도 귀 담아 듣는 사람은 거의 없다. 100명 중 1명 정도 들을까? 이건 그냥 내 머릿속에만 담아 둘 내용이었다. 세 번째, 내가 먼저 사장님들과 매니저들에게 질문을 했다. 영업은 상대방의 말을 잘 들어야 한다. 이것을 모르는 영업직 종사자는 없다. 그렇지만 먼저 질문을 하는 사람은 많지 않다. 나는 오히려 먼저 질문을 하는 편이었다. "어떤 주류가 필요하세요?"라고 물은 뒤, 상대방의 대답을 듣고 내가 손을 쓸 수 있는 부분을 최대한 파악했다.

이렇게 매장을 공략하니 사장님들과 매니저들과 함께할 수 있는 여지들이 늘어났다. 조금씩 사람들과 안면을 트고 신장개업을 하거나 리모델링을 해서 이벤트를 할 때 적극적으로 지원을 해주니 페로니 맥주를 자연스럽게 홍보할 기회가 생겼다. 그리고 언젠가부터 매장에 영업을 가면 열 곳 중 여덟 곳이 내게 친절함을 보였다. 물론 여전히 한두 곳은 나를 무시하거나 오지 말라며 짜증을 냈고, 어떤 날은 하루 종일 방문한 모든 곳에서 퇴짜를 맞기도 했다. 하지만 시간이 지나자 거래처 사장님이 지인이 운영하는 다른 곳을 소개해 주고, 또 그 지인이 다른 곳을 연결해 주는 식으로 거래처가 늘어갔다. "저희 매장에서 페로니 맥주를 팔고 싶은데요"라는 전화를 받을 때마다 기뻤다.

철옹성 같던 매장들이 하나둘씩 문을 열자 나도 자신감이 조금씩 붙기 시작했다. 이탈리아어로는 '피부가 두꺼워졌다'고 말하는데, 거절을 당하고 문전박대를 당해도 두꺼운 피부 덕에 상처를 받지 않았다. 어차피 내가 노력하면 언젠가는 문을 열어줄 것을 알았기 때문이다. 나는 정말 노력에 노력을 더했다. 조세연구원에서는 내가 연구의 보조적인 역할을 했다면, 이곳에서는 내가 페로니라는 브랜드를 주체적으로 이끌어야 했다. 페로니가 곧 내 브랜드고, 사브밀러는 내 회사였다. 맥주 회사의 특성상 출근은 오전 10~11시까지만 해도 됐지만, 오전 8시 30분~9시까지 회사에 들어가 밤

11시까지 일을 했다. 페로니 맥주를 론칭하고 점유율을 높여 나가기 위해서는 해야 할 일이 정말 많기도 했지만, '내 것'이라는 주인의식이 없다면 할 수 없었던 헌신이었다.

이때 맥주 영업이 오롯이 내 힘으로만 이뤄진 것이라고 말한다면 아마 나는 염치없는 사람으로 손가락질 받을 것이다. 사브밀러에는 나를 바꾼 능력자들이 있었다. 우선 내 책상 옆에 앉아 있던 '필스너 우르켈' 마케팅을 담당했던 직원. 그녀는 3년 반 동안 내 한국어 선생님을 자처하며 도움을 줬다. 당시 나는 한국말로 영업하는 데 어느 정도 익숙해졌지만, 전화 영업은 여전히 어려웠다. 나는 거래처에 전화를 걸 때마다 아무도 없는 조용한 곳에 가서 미리 할 말을 연습하고 전화를 걸었다. 이뿐만 아니라 이메일이나 문자로도 의사소통을 해야 하는데, 이게 적절한 비즈니스 표현인지 확신이 서질 않았다. 그때마다 이 직원은 '전화 대사'나 이메일이나 문자를 미리 한 번 검토하고 좀 더 나은 표현을 제안했다. 본인의 업무도 많았을 텐데, 한국어가 익숙하지 않은 동료를 위해 얼굴 한 번 찡그리지 않고 늘 도움을 줬다. 그때마다 어찌나 고맙던지….

우리 팀장님은 회사에서 엄마 같은 존재였다. 이분은 남성이 대다수인 주류업계에서 드물게도 전설의 판매 기록을 갖고 계셨는

널
보러
왔어

데, 본인이 갖고 있는 영업의 비기를 가르쳐 주셨다. 팀장님은 '인간관계의 성실성'을 강조하시며, 매일 최소한 12개의 매장을 다닐 것을 강조했다.

"알베, 12개 못 채우면 집에 들어갈 생각하지 마."

매일 매장 12개를 들른다고 해서 모두 실적으로 이어지는 것은 아니다. 어떤 날은 일이 엄청나게 많아서 12개를 채우려면 새벽 1~2시까지 매장을 돌아야 할 때도 있었다. 이런 날은 갈등이 생긴다. '피곤한데 오늘은 여기까지만 하고 내일 더 할까?'

그렇지만 팀장님은 '얼굴 도장 찍기'를 강조하면서 할 일이 없더라도 매장에 꼭 들려서 인사를 하고 가라고 했다. 주요 매장은 적어도 일주일에 한 번은 꼭 방문하지 않으면, 열흘 또는 보름만 가지 않아도 다른 영업 사원이 그 자리를 치고 들어온다고 말했다. 나는 팀장님의 조언에 따라 열심히 일하되 남들이 안 다닐 때 더 열심히 다녔다. 비 오는 날, 추운 날, 월요일에 더욱 많이 방문했다. 이런 날 매장을 방문하면 손님이 별로 없고 한적해서 사장님 또는 지배인님과 오래 이야기를 할 수 있었다. 이분들의 이야기를 들어주다 보면 어느새 일이 술술 풀렸다.

팀장님의 강력한 조언에 힘입어 길에서 일하는 날이 늘어날수록 사람을 대하는 '잔기술'이 좋아졌다. 점잖게 말하자면 인간관계를 맺는 노하우가 생겼다고나 할까? 내가 방문해야 하는 영업 대상들은 소위 핫플레이스였고, 그래서 늘 주차가 어려웠다. 매장 앞에 잠시 주차를 하면 주차 관리인들이 막았다. 영수증을 가져오지 않으면 주차가 아예 안 된다는 식이었다. 주차비를 낸다고 해도 막무가내로 안 된다는 곳도 있었다. 처음 가는 매장에 영수증을 만들어 달라고 할 수도 없는 노릇이어서 매번 승강이를 벌였다. 그래서 자동차를 공영 주차장에 대고 시음주 몇 병을 가방에 넣고 매장에 방문하기도 했다. 날씨가 좋으면 상관없지만 비가 오거나 추우면 엄청나게 고생이었다. 다른 방식의 접근이 필요했다. 고민 끝에 몇몇 건물의 주차 관리 아저씨에게 시음주를 드렸다. 몇 번을 반복하니 주차 자리까지 잘 잡아주셔서 걱정 없이 주차할 수 있었다. 어떤 때는 해당 건물에 있는 매장에 일이 없어도 주차가 가능할 정도로 친분을 쌓았다.

나를 뽑아 주신 이사님은 아빠 같은 분이셨다. 이분은 매일 밤 11시 30분~ 12시 사이에 내게 전화를 하셨다. 그러고는 "오늘 일은 잘됐어? 문제는 없었고?"라며 하루 일을 꼬치꼬치 물으셨다. 전화 통화 마지막에는 "우리 알베 사랑한다! 파이팅!"이라고 말하며 마무리하셨다. 입사 초반에는 이 전화가 정말 너무 너무 싫었다. 밤 11시면 집에 들어와서 하루를 마무리할 시간이고, 가끔은 아내와 중요한 이야기를 나누고 있을 때도 있었다. 누가 그 시간에 오는 업무 전화, 그것도 상사의 전화를 좋아할까? 업무 시간을 분리하지 않는 이사님에 대한 감정이 좋지 않은 건 당연했다. 그렇지만 시간이 지날수록 이사님이 나를 걱정하는 마음이 느껴졌다. 이런 마음을 느낀 후로는 이사님의 전화를 달갑게 받았다. 나중에 이사님이 회사를 떠나시고 새로운 이사님이 오셨는데, 이분은 밤에 전화를 거는 나쁜 행동을 하지 않으셨다. 그런데 무심결에 이사님의 전화를 기다리고 있는 나를 발견하고는 깜짝 놀랐다. "수고했네, 우리 알베. 사랑한다"라는 짧은 위로를 듣고 싶은 날들도 있었는데 전화가 오지 않으니 꽤 서운했던 것이다.

내가 아빠처럼 생각하던 이사님은 항상 이렇게 말하셨다. "회사에서 너 혼자 일을 잘하면 안 돼. 다른 직원에게 항상 네가 지금 무슨 일을 하고 있는지 이야기해. 그리고 뭔가 잘된 게 있으면 다른 직원들에게 자랑해야 해." 처음에는 이 말의 의미를 잘 이해하지 못했는데, 나중에 생각해 보니 팀워크를 늘 염두에 두면서 일을 하라는 의미였다는 것을 깨달았다.

이사님은 또, 조직 안에서 상사를 설득하기 위해 어떤 자세와 태도를 가져야 하는지도 알려주셨다. 앞서 말했듯이 나는 페로니 맥주를 론칭한 후 여러 행사를 지원하고 참여하려고 노력했는데, 그때마다 사전에 기획서를 작성해서 이사님의 승인을 받았다. 그런데 매번 이사님의 승인을 받는 게 정말 힘들었다. 행사 전에는 홍보물도 제작해야 하고 여러 채널을 통해 행사를 홍보해야 하는데, 이사님이 마지막까지 잘 승인을 하시지 않아서 곤란했다. 이사님은 기획서를 검토하면서 항상 미흡한 곳을 지적하셨다. 고작 10만 원을 지원하는 행사인데 다섯 번이나 기획서를 수정한 적도 있다. 이때는 이사님을 정말 원망하며 일을 참 어렵게 만드는 분이라고 생각했다.

어느 날 회식에서 한잔하며 이사님께 결재를 잘 안 해 주시는 이유를 슬쩍 물었다. "알베! 기획서를 올릴 때는 상사가 질문을 할 게 없도록 만들어야 하는 거야. 나는 직원들이 그렇게 기획서를 써 오길 바라고 있어. 나쁜 뜻은 없었어. 상사가 어떤 질문을 할지 모든 예상 질문을 미리 준비하면 돼." 그 대답을 듣고 나니 자연스레 고개가 끄덕여졌다. 이런 식으로 1년을 지내자, 나는 외국인인데도 한국인 못지않게 기획서를 완벽하게 쓸 수 있게 됐고, 이사님 방에 가면 어떠한 질문이 나와도 당황하지 않고 조목조목 대답할 수 있었다.

마지막으로 아시아 세일즈 총괄 디렉터님. 스코틀랜드 출신인 그분은 홍콩에서 계셨는데, 한두 달에 한 번씩 한국을 방문했다. 매우 깐깐한 양반이셔서 그분이 오실 때마다 모두들 긴장했다. 그분은 한국에 올 때마다 트렌디한 레스토랑, 바, 호텔을 방문해서 사브밀러 브랜드들이 입점이 됐는지 점검했다.

한번은 페로니 맥주 입점 상태를 확인하려는 그분을 모시고 서울 시내를 돌았다. 먼저 5성급 호텔 레스토랑부터 들렀는데 페로니 맥주가 모두 입점돼서 통과. 그다음 청담동으로 건너갔는데 아뿔싸! 디렉터님이 들어간 매장은 입점에 실패한 곳이었다. 내가 열다섯 번이나 찾아갔지만 입점을 허락하지 않던 매장이었다. 매장에 들어간 그분은 페로니 맥주를 찾았고, 예상대로 페로니는 없었다. 디렉터님이 내게 물으셨다.

"여기는 왜 페로니가 없죠?"
"실은 이곳에 열다섯 번이나 찾아왔는데도 번번이 거절했어요."
"안 된다는 대답은 받지 않겠어요 Never take no for an answer."

이 짧은 대화 이후 나는 입점이 안 되는 매장이 있으면 열다섯 번이 아니라 스무 번, 서른 번이 넘도록 찾아 갔다. 어떤 곳은 매일 방문했다.

동료 직원, 직장 내 엄마, 아빠, 그리고 디렉터님 덕분에 나는 만
능 영업 사원으로 점점 성장해 나갔다.

이탈리아에는 없고 한국에만 있는 것들

한국에서 본격적으로 직장 생활을 하다 보니 자연스럽게 이탈리아의 직장과 다른 점들이 눈에 띄었다. 웃기기도 하고 아찔하기도 한 일들이다. 이미 10년 전 일들이라 어쩌면 현재 한국의 직장 문화와는 차이가 있을 것 같기도 하다.

첫 번째는 회의에 임하는 자세다. 이탈리아 회사에서는 회의 때 윗사람이 직원들에게 질문을 하면 자기 의견을 꼭 이야기해야 한다. 이때 대답을 불성실하게 하면 윗사람은 예의가 없다고 생각한다. 한국 회사는 반대였다. 회의 때 윗사람이 질문하면 아무도 대답하지 않았다. 이것도 모르고 나는 사브밀러 생활 초반에 예의를 지킨답시고 혼자 열심히 대답했다. 이런 일이 몇 번 반복되자 팀장님이 회의가 끝난 후 조용히 나를 불렀다.

"그 일과 관련해서 우리끼리 정한 게 없는데 왜 혼자 대답을 하나요?"

팀장님은 이사님이 회의 때 질문을 던지면 그 자리에서 개인적으로 대답을 하는 게 아니라, 팀 차원에서 의견을 수합해 본인이 이사님께 서면으로 보고하는 게 예의라고 했다.

두 번째는 잘못에 대한 태도다. 한번은 브랜드 이벤트를 진행했는데 시음용 맥주가 시원하지 않았고, 행사 도우미들도 일을 열심히 하지 않았다. 행사가 끝난 후 회사 임원들께서 이벤트 진행상 문제점을 지적하셨고, 이에 나는 행사장에 아이스박스를 준비했지만 생각보다 얼음이 부족했고, 도우미를 파견한 업체와 커뮤니케이션이 잘 이뤄지지 않은 사실을 솔직히 설명했다. 윗분들은 내 말을 건성건성 듣는 것 같았다. 그중 한 분이 말을 꺼냈다.

"잘 안 된 이유는 궁금하지 않아요. 다음번에 잘하는 게 중요하지."

널
보러
왔어

사실 이해가 되지 않아서 동료에게 이런 경우에 어떻게 반응해야 하는지 물었다. 그랬더니 "죄송합니다. 시정하겠습니다" 또는 "다음번에는 최선을 다하겠습니다" 정도의 짤막한 대답을 하라고 했다. 구구절절한 설명은 오히려 윗사람을 화나게 할 수 있다고 덧붙였다.

이탈리아에서는 정반대의 이유로 윗분이 분기탱천할 것이다. 실수를 저질렀을 때, 또는 의도치 않게 일이 흘러갈 때, 무조건 원인을 상세하게 설명해야 한다. 만약 그저 "다음번에 잘하겠습니다" 정도의 대답을 한다면, 윗분은 왜 설명을 하지 않으냐고 노발대발할지도 모른다.

세 번째는 회사 내 서열과 책임이다. 내가 페로니 브랜드 매니저였을 때 만 스물일곱 살이었다. 내 옆자리에서 일을 하던 필스너 우르켈 담당 매니저는 스물네 살의 직원이었다. 나도, 그녀도 매우 젊은 나이였지만 브랜드 하나를 담당하며 사장처럼 일했다. 우리는 일을 아주 많이 했고 연봉도 적지 않았다. 이탈리아라면 이는 상상할 수 없는 일이다. 이탈리아에서는 신입 사원 또는 나이 어린 직원에게는 아주 쉽고 간단한 일만 준다. 일이 지루할 수밖에 없고, 성장할 기회가 없다. 결정적으로 연봉도 매우 적다. 여기까지는 한국 회사의 완벽한 승리.

분위기는 시간이 지날수록 정반대가 된다. 가만히 살펴보니 한국 회사에서는 정년을 꽉 채워 일을 하기 어려웠고, 일찌감치 은퇴 이후의 삶을 준비해야 했다. 특히 내가 일했던 회사처럼 외국계 회사의 경우 더욱 은퇴 연령이 빨라서 40대 중반을 넘어서도 임원이 되지 못하면 퇴사해야 하는 분위기였다. 치킨집 오픈을 고민하고 있다. 주말엔 닭 튀기는 연습을 하고 있다고 농담을 하는 직원들이 있었다. 반면 동일한 연령대의 이탈리아 사람들은 안정적인 시기로 접어든다. 연공이 어느 정도 쌓이면 중요한 일을 맡고 연봉도 높아진다. 그리고 60대까지 묵묵히 일을 하다 보면 통장도 두둑해질 뿐만 아니라 은퇴 후 평생 연금을 받을 수 있다.

혈기 왕성한 20대의 나는 열심히 일한만큼 돈을 많이 버는 한국식 직장 생활이 더 좋았다. 물론 60대가 되면 이탈리아를 그리워하겠지만.

/

페로니 맥주를 론칭한 지 1년 반 정도가 지나자 입점 업체가 늘어나고 매출도 높아져서 나 혼자 브랜드 관리와 영업을 감당할 수 없는 지경에 이르렀다. 직원을 한 명 더 채용해야 했다.

널
보러
왔어

우선 채용 사이트에 공고를 올리고 이메일로 이력서를 받았다. 한 명을 뽑기로 했는데 맙소사! 약 200명 정도가 지원했다. 메일함을 열어 보기가 두려울 정도였다. 이력서를 살펴보니 입이 다물어지지 않았다. 다들 굉장한 스펙을 가지고 있었다. 서울대, 연세대, 고려대 출신들이 수두룩했고, 유학파도 상당했다. 심지어 회계사 출신도 있었다. 다들 외국어가 능통한 것은 물론이다. 이 사람들에 비하면 오히려 내 스펙이 초라해질 정도였다.

나를 비롯해 채용 관계자들은 200장 정도의 이력서와 자기 소개서를 하나하나 꼼꼼하게 읽고 싶었지만, 당장 발등에 떨어진 업무에 치여서 솔직히 대충 읽을 수밖에 없었다. 그래서 우리만의 채용 기준을 정하고 그 기준에 맞는 사람을 통과시키기로 했다.

일단 욕심이 있는 사람이 최우선 고려 대상이었다. 영업은 욕심이 없으면 할 수 없다. 하루에 열두 군데의 매장을 방문할 원동력은 욕심이다. 영업을 다니다 보면 상대적 박탈감을 느낄 수밖에 없다. 다들 쉴 때 일하는 직업이니 그렇다. '모두 한잔하며 즐거운 시간을 보내고 있는데, 나 혼자 길거리에서 대충 저녁을 때우며 일하고 있구나' 하는 생각이 든다. 외근 시에는 감시자도 없기 때문에 유혹이 너무 많다. 일과 시간에 잠깐 PC방, 사우나, 카페에 간다고 해서 누가 알겠는가? 하지만 일 욕심이 있다면 이런 우울함과 유혹쯤은 충분히 이겨낼 수 있을 것이라 생각했다.

그다음은 사회성 좋은 사람을 골라냈다. 동호회, 동아리, 성당, 교회, 절 등 사람이 모이는 곳에서 활동을 많이 한 사람에게 점수를 후하게 줬다. 지원자의 성격을 가늠할 수 있는 중요한 잣대였다.

마지막은 힘든 인생을 산 사람을 선발했다. 말도 안 되는 기준이라고 생각할 수도 있다. 하지만 당시 내 업무는 영업을 할 때는 사람에게 거절을 당하는 게 일이었고, 행사를 진행할 때는 몸을 쓰는 일이 많았다. 온실 속 화초처럼 살아서 힘든 일이 있을 때 주저앉거나 팔짱을 끼는 사람이라면 적합하지 않았다.

이 기준에 따라 서류를 거르고 면접을 보았다. 많은 지원자들 중에 유난히 내 눈에 띄는 지원자가 한 명 있었다. 다른 지원자에 비해 상대적으로 스펙이 좋지도 않았고, 프리젠테이션 면접도 그다지 인상적이지 않았다. 면접이 끝나고 잠시 회의를 하는 동안 임원들이 말했다.

"알베, 이 사람은 안 되겠어. 공부를 못했나봐."

"제 생각에는 오히려 이 사람은 욕심이 있어서 무슨 일을 시켜도 잘할 것 같아요. 운동도 좋아해서 자기 관리도 잘할 것 같고요."

"그래? 솔직히 나는 다른 사람을 뽑고 싶은데, 네가 이 사람이랑 일할 테니 알아서 해라."

사실 우리 일은 모범생 스타일의 사람이라면 절대 할 수 없다. '약골, 범생이, 왕자님, 공주님 사절!' 이걸 채용 공고에 넣었어야 하는데, 노골적으로 쓸 수 없어서 못했다. 그렇다 보니 다들 외국계 주류회사의 '브랜드 매니저'라는 달콤한 타이틀에 속아 지원을 한 것이다. 다음번부터는 좀 더 정확한 정보를 채용 공고에 넣어야 지원자도 회사도 시간과 노력의 낭비가 없을 것 같다는 생각을 했다.

드디어 내가 뽑은 직원이 첫 출근을 했다. 나는 그에게 화장실에 갈 시간, 커피를 홀짝일 시간도 거의 안 주고 일을 가르쳤다. 그야말로 스파르타 방식으로 대했다. 그런데 기대 이상으로 잘 따라오고 빠르게 일을 익혔다. 역시 나의 감이 통했다.

/

눈코 뜰 새 없이 바쁜 나날을 보내면서도 마음 한 구석에 늘 미안함이 있었다. 단 한 사람, 아내에게 말이다. 아내는 매일 새벽 5시 30분에 일어나 직장이 있는 춘천으로 출근했다. 나는 아침마다 아내를 셔틀버스 정류장 앞까지 차로 데려다줬고, 아내는 그곳에서 춘천행 버스를 탔다. 일을 하고 다시 서울에 돌아오면 저녁 8~9시. 그 시간이면 나는 한창 열심히 매장 영업을 하고 있을 시간이었고, 집에는 아무도 없었다. 아내는 늘 혼자 저녁 식사를 할 수밖에 없었다. 내가 밤 11~12시쯤에 귀가하면 아내는 자고 있었다. 아내를 위해 주말이면 거래처 레스토랑에 가서 데이트를 했다. 주중에 아무리 바빠도 주말에 어디에서 놀지 고민했다. 사실 이것만으로 부족하다는 건 나도 잘 알고 있었다. 서울에는 아내의 친구가 전혀 없었고 주중에 아내는 늘 외롭고 심심할 수밖에 없었다.

솔직히 말하면 주중에 내 시간이 전혀 없었던 이유는 회사의 업무량이 감당할 수 없을 정도로 많아서도 아니었고, 회사가 눈치를 줘서도 아니었다. 상당 부분은 내 욕심 때문이었다. 영업이 나에게 정말 잘 맞았고, 일이 잘될수록 흥이 나서 일을 했다. 조세연구원을 다닐 때는 시계를 보며 퇴근 시간을 기다린 적이 꽤 많았는데 맥주 회사에서는 퇴근을 기다려 본 적이 없었다. 이 일을 하면서 드디어 내 적성에 맞는 일을 찾았구나 싶었다. 남들이 나를 워커홀릭으로 여기기에 딱 좋았다.

널
보러
왔어

한편으로는 현실적인 이유도 있었다. 페로니는 대형 맥주 브랜드가 아니어서 항상 예산 부족에 시달렸고, 끊임없는 행사를 통해 브랜드를 키울 수밖에 없었다. 나는 내 몸을 혹사하며 일을 했다. 행사 대행사를 쓰면 비용이 많이 들기 때문에 나와 신입 사원, 다른 직원 한 명, 이렇게 셋이서 직접 모든 일을 했다. 음식을 제공해야 하는 행사면 친분이 있는 셰프에게 도움을 요청했고, 근사한 장소를 빌려야 하면 거래처와 협의했다. 모델이 필요하면 직접 모델 에이전시에 연락했다.

행사를 하는 날에는 새벽 5시에 집에서 나와 일을 시작했다. 행사는 주로 오후나 저녁에 열렸는데, 이벤트가 끝난 후 물건을 반납하고 뒷정리를 하면 그다음 날 새벽 5시가 됐다. 직원들과 새벽 5시에 24시간 운영되는 김밥나라에 가서 라면과 김밥을 먹고 나서 퇴근. 그리고 잠시 눈을 붙인 후 오후가 되면 출근을 했다. 지금 생각하면 말도 안 되는 노동 강도로 일을 한 셈이다. 24시간 근무라니!

이렇게 하루하루 지독하게 일을 하니 어느 순간 내 인맥이 놀랄 정도로 확장돼 있었다. 브랜드 행사나 파티를 많이 개최하다 보니 한국에 사는 외국인을 누구보다 많이 아는 마당발이 된 것이다. 그때 알게 된 사람 중 한 명이 피아트FIAT코리아 사장님이었다. 페로니 맥주는 이탈리아 관련 행사가 있으면 대부분 참여했기 때문에 이탈리아 자동차 회사 피아트코리아 사장님을 우연히 만나는 기회가 많았고, 어느 정도 시간이 지나면서 속마음을 털어놓는 사이가 됐다.

어느 날 사장님은 현재 본인이 겪고 있는 어려움을 이야기했다. 한국어를 거의 하지 못해 업무에 차질이 생길 정도로 소통 문제를 겪고 있다고 했다. 피아트코리아 사장님은 아르헨티나분이셨다. 모국어인 스페인어 외에도 이탈리아어와 영어를 능숙하게 구사하지만 한국어는 하지 못했다. 나와는 이탈리아어로 대화를 나눴다. 피아트코리아는 소비자들에게 직접 자동차를 판매하지 않았다. 실제 그 일을 하는 건 여러 딜러들이었다. 그러니까 피아트코리아 사장님은 이 딜러 숍 사장들과 원만하게 의사소통을 할 수 없어서 고민인 것이었다. 대화가 어려우니 한국 시장을 내다보지 못하겠고, 또 무슨 일이 일어나고 있는지 모르겠다고 했다. 그러면서 슬쩍 나에게 이직 제의를 했다.

"알베! 나와 이탈리아어로 소통이 가능하고 또 한국어를 잘해서 딜러들과도 잘 이야기할 수 있을 텐데, 피아트 그룹에서 일하지 않겠어요? 내가 보기엔 아주 적합한 사람인 것 같은데요."

나는 그 말을 듣는 즉시 거절했다.

"죄송합니다만, 지금 하고 있는 일이 재미있어서요."

솔직히 그 당시 나는 몸과 마음이 힘들었다. 24시간 내내 일을 한 적도 셀 수 없을 정도로 많은데 왜 힘들지 않았겠나? 떠나는 건 어떨까 생각하기도 했지만, 몇 번을 생각해도 아직 페로니와 함께 하고 싶은 일이 남아 있었다. 그래서 이직 제안을 거절한 후에도 아무 일도 없었다는 듯이 하던 일을 계속했다.

그런데 며칠 후 내 마음을 뒤흔든 일이 생겼다. 회사에서 아빠로 모셨던 이사님이 다른 회사로 이직하시게 된 거다. 마음 한쪽을 잃는 듯한 느낌이었다. 회사에서 매우 큰 의지가 된 분이셨기 때문이다.

순간 며칠 전 피아트 그룹의 이직 제의가 떠올랐다. 아빠가 이곳을 떠난다면 내가 더 일할 수 있을지 자신이 없었다. 이사님은 그만두기 전날, 나를 조용히 불렀다.

"알베, 담배나 피우자."
"저 안 피우잖아요."

"알아, 따라와."

이사님이 말을 꺼냈다.

"알베, 그동안 수고했어. 너는 앞으로 뭐 할 거야? 생각해 놓은 게 있어?"

"이사님, 사실 며칠 전에 이직 제안이 들어왔어요. 갈지 말지 고민이에요. 처음에는 안 간다고 했는데요. 이사님이 이렇게 떠나신다고 하니 저도 가고 싶은 생각이 드네요."

"너, 지금 하는 일 좋아하잖아. 세상에 완벽한 회사는 없어. 야! 지금 연봉의 두 배를 받지 못할 거면 가지 마! 절대로!"

이사님은 강렬하면서도 유용한 조언을 하시고는 사무실로 들어가셨다. 그러고는 이별.

이미 마음이 크게 흔들린 나는 이사님의 조언에 따라 '밑져야 본전'이라는 마음으로 피아트코리아 사장님께 다시 연락을 드렸다. 그리고 두 배의 연봉은 아니었지만 꽤 높은 금액의 연봉을 받기로 하고 이직을 확정지었다.

영업이 무엇인지 아무것도 모른 채 입사했는데 사브밀러에서 정말 많은 것을 배웠다. 아내보다 더 오랜 시간을 함께한 팀원들과는 정이 많이 들어 출근 마지막 날에는 많이 섭섭하고 아쉬웠다. 하지만 나는 중국 배낭여행 때 만난 베트남계 아저씨가 한 말이 떠올라 간신히 마음을 다잡을 수 있었다.

"In order to continue, you have to discontinue."

알고 보니 곤란한 자리

사브밀러에서 꽤 혹독하게 일을 배우고, 꽤 헌신적인 시간을 보내기도 해서 이직의 두려움은 없었다. 늘 새로운 것에 도전해 온 인생이었고, 지난 직장에서처럼 일한다면 금세 적응할 수 있을 것이라 생각했다.

그러나 내 생각은 오만이었다. 정작 다녀 보니 맥주 회사를 다닐 때보다 백배는 더 힘들었다. 자동차를 좋아하는 것과 자동차 회사에서 일하는 건 정말 전혀 다른 문제였다. 우선 자동차 부품 이름부터 한국어로 모조리 외워야 했다. 아무리 영어가 익숙하다고 해도 생소한 자동차 부품 이름을 모두 영어로 암기해야 한다고 생각해보시라. 머리가 지끈지끈했다.

더욱 고민이 된 부분은 따로 있었다. 내가 소위 '낙하산 인사'였다는 점이었다. 피아트코리아에서 내가 맡은 직책은 '에어리어 매니저Area Manager'였다. 상무님 한 분과 에어리어 매니저 세 명이 전국을 서부, 동부, 강원, 충청 등 총 4개의 권역으로 분할해 담당 지역의 전시장과 딜러 숍을 관리했다. 에어리어 매니저는 본사에서 프로모션을 진행하면 이를 딜러 숍에 전달하고, 딜러 숍에서 주문이 들어오면 자동차 공장에 연락하는 일을 했다. 또, 시장을 분석해서 어떤 차량이 잘 팔릴지 예측해 본사에 보고하고, 본사에서는 이를 바탕으로 프로모션을 진행했다. 말하자면 에어리어 매니저는 매출에 엄청난 책임을 가진 자리였다.

내가 이런 자리를 꿰차니 기존 직원들의 눈길이 싸늘할 수밖에. 더구나 사브밀러에서야 본사 정책상 이탈리아인인 나를 영업 사원으로 채용해야 해서 한국인 동료들의 눈총을 받을 일이 전혀 없었지만, 피아트코리아에서는 순전히 사장님의 개인 사정으로 내가 채용된 것이라 인상이 좋을 리가 없었다. '자동차 업계에서 잔뼈가 굵은 사람도 아니고, 맥주 회사에 일했던 사람한테 왜 이렇게 중요한 일을 맡기지? 심지어 외국인을?' 이런 눈초리가 느껴졌다.

회사에서는 처음부터 내게 차장 직위를 줬다. 알베르토 차장. 훗날 '알차장'이라는 별명이 여기서 나왔다. 나는 처음부터 왜 그렇

게 높은 직위를 주는지 의아했는데, 딜러 숍 대표들과 미팅을 자주
해야 해서 일부러 높은 직위를 준 것이었다.

우리 팀은 나를 포함해 총 세 명이었다. 두 분은 나보다 나이가
많아서 형님이라고 불렀다. 내가 이직한 지 얼마 되지 않아서 상무
님Sales Director도 새로 오셨다. 상무님은 한국 자동차 영업 분야에
서 최연소 세일즈 디렉터가 되신 분이셨다. 사장님은 외국인, 상무
님은 최연소 세일즈 디렉터, 에어리어 매니저 한 명은 외국인인 데
다 자동차 업계 초보. 이 모든 것은 피아트코리아 영업에 치명적인
약점이 될 수 있는 상황이었다.

나는 주변의 시선 때문에라도 맥주 회사에서보다 더 열심히 일
하며 진정성을 보여야 했다. 또한 딜러 숍 대표님이나 지점장님을
만날 때마다 나이 어린 외국인을 불편해 할 것 같아서 조심 또 조
심했다. 혹여 '쓸데없이 한국말 잘 못하는 외국인 보내지 말고, 일
잘하고 경력 많은 한국인으로 보내라'라는 말을 들을까 봐 업무상
서툰 부분은 최대한 인간적이고 따뜻한 모습으로 채우려고 노력했
다. 맥주 회사에서 익힌 습관, 그러니까 '말이 안 통할 때는 무조건
환한 미소와 바른 예의' 전략을 사용했다. 이 때문이었을까? 내 담
당 지역의 딜러 숍 대표님과 지정장님 들은 한 번도 불편한 내색을
하시지 않으셨고, 오히려 본사 지침을 전달하러 지방에 내려가면

이분들에게 많은 것을 배우고 올라오는 경우가 허다했다.

영업 총괄을 맡으신 '젊은 상무님'은 최연소 세일즈 디렉터라는 타이틀만큼이나 전략적이었고 옆에서 배울 게 많았다. 사실 처음에는 이분이 진두지휘하는 조직 관리 스타일과 영업 방식에 적응하기 힘들었다. 특히 회식이 그랬다. 맥주 회사를 다닐 때는 회식이 그다지 많지 않았다. 모두들 저녁에 매장에 들러서 영업을 해야 해서 다 같이 모여 회식을 한 적이 별로 없었다. 회식을 하더라도 거래처 레스토랑에서 그곳 매상을 올려 줄 겸 간단히 식사를 하고는 파했다. 그런데 피아트코리아에서는 전형적인 한국식 회식을 했다. 아르헨티나인 사장님은 일찍 귀가하셨고 상무님이 회식을 주관했다. 나는 빨리 퇴근해서 집에 가고 싶은데 늦게까지 회식 자리에 잡혀 있으니 정말 미칠 지경이었다. 폭음을 하지는 않았지만 새벽 1~2시까지 회식이 이어졌다.

상무님은 가끔 대낮에 딜러 숍 대표님들을 서울로 부르라고 하셨다. 미리 약속을 한 것도 아니고 갑자기 전화해서 당장 본사로 와 달라고 했다. 내가 전하면서도 미안하고 또 미안했다. 그렇다고 딜러 숍 대표들이 한걸음에 와도 긴히 전할 말이 있는 것도 아니었다. 그냥 부른 것이었다. 그런데 상무님은 그렇게 부른 딜러 숍 대표님들과 사우나를 가셨다. 한참 일할 시간인데 왜 이러실까? 정말 이해가 안 됐다. 이게 바로 '갑질'이 아닌가 싶었다. 나중에 상무님께 왜 그러시냐고 물어보았는데 이렇게 대답하셨다.

"사장은 외국인이지, 상무는 새파랗게 젊지. 경력이 오래되신 딜러 숍 대표들에게는 우리 본사가 그리 좋아 보이지 않을 거야. 우리는 짧은 시간 안에 이 단점들을 극복해야 해. 그래서 자주 만나고 얘기를 많이 해서 뭉쳐야 해. 알베, 너는 외국인이라 이해를 못하겠지만 사우나에서 딜러 숍 대표분들과 많은 얘기를 해. 이건 팀빌딩 차원이야. 이래야만 어려운 일이 있을 때도 같이 극복할 수 있다고."

진짜 그랬다. 당시 피아트 그룹이 한국에 상륙한 지 15년 가량 됐는데, 젊은 상무님이 그렇게 노력하신 덕분에 내가 입사한 이듬해에 피아트 역대 최고 매출을 찍은 것은 물론 판매량 목표를 초과 달성했다. 우리 팀은 피아트 그룹의 중간 규모 시장에서 1등을 하기도 했다. 나 역시 그 과정에서 한국 문화와 영업 스타일을 배웠다.

한국에서 직장 생활을 하는 다른 외국인들과 이야기하다 보면 다들 한국의 직장 문화의 단점만 지적한다. 회식을 욕하고 팀빌딩을 시간 낭비라고 한다. 그렇지만 내가 보기에 그게 오히려 한국식 직장 문화가 가진 장점이었다. 빠른 시간 안에 회사가 이만큼 성장할 수 있었던 건 상무님 그리고 한국의 직장 문화 덕분이었다.

/

피아트 생활이 1년 정도 지나자 일도 쉬워지고, 각 지역의 딜러 숍 대표님들과의 관계도 더욱 깊어졌다. 이때쯤인 것으로 기억한다. 나는 그맘때부터 이탈리아처럼 지방마다 다른 색깔을 가진 한국의 맛과 멋을 본격적으로 알아갔다.

그중에서도 나는 전라도 출장이 늘 설렜다. '이번에는 또 뭘 맛보게 될까' 하는 기대감을 가지고 내려갔다. 광주나 전주의 딜러 숍에서 회의가 있을 때마다 나는 운 좋게도 항상 그 지역 최고의 음식점에서 식사를 했다. 매번 달라지긴 했지만 떡갈비, 죽통밥, 육전, 보리굴비, 꼬막찜, 전복구이, 오리탕 등 맛뿐만 아니라 눈과 코까지 즐거운 최고의 메인 요리를 맛봤다. 아울러 상추튀김, 고구마줄기 김치, 김부각 등 생전 본 적도, 먹어 본 적도 없는 반찬들이 곁들어져 나와 놀라움은 늘 배가 됐다.

딜러 숍 관계자분들은 본사에서 온 나를 위해 맛집을 예약해 두고 기다리셨다. 전시장 바로 앞 식당에 가거나 배달 음식을 시켜 먹은 적이 정말 단 한 번도 없었다. 이러니 처음에는 분명 열심히 일하러 가는 길이었는데, 어느 순간부터 남도 출장은 맛집 기행을 하는 시간이 돼 버렸다.

회의는 늘 순식간에 끝났다. 광주의 딜러 숍 대표님이나 지점장 님들은 나를 데리고 도심을 벗어나 무려 1시간 정도 떨어진 산속 음식점으로 향했다. 화순으로, 나주로, 장성으로, 때로는 담양으로 갈 때도 있었다. 그분들은 차 안에서 약간 달뜬 목소리로 지금 우 리가 도착할 식당의 음식이 얼마나 맛있는지를 길게 설명하셨다. 음식점에서도 똑같은 공기를 느낄 수 있었다. 음식점 주인분의 자 부심 가득한 요리가 줄지어 나왔고, 이를 음미하면서 1시간 정도 유쾌한 시간이 이어졌다. 그리고 다시 1시간 동안 차를 타고 딜러 숍으로 복귀. 재미있는 것은 이 일련의 과정이 흡사 이탈리아 같았 다는 점이다. 이탈리아 사람들은 음식에 대한 자부심이 매우 강해 서 '밥 시간'을 정말 소중하게 생각한다. 혀에서 녹아내리는 음식 을 맛볼 때면 조세연구원에서 아무 말도 안 하고 17분 만에 점심 을 때운 날들이 언제였는지 아득하게 느껴질 정도였다.

지방의 독특한 문화를 하나씩 알아가는 재미도 쏠쏠했다. 전라 도에서는 서로를 지칭할 때 직책으로 부르지 않았다. 부장, 차장,

이런 직함들은 처음 대면할 때만 불렸다. 나이가 많으면 형이고, 어리면 아우였다. 고객님에게도 '형님', 직원끼리도 부장님, 차장님 대신에 '형님'이라고 불렀다. 예를 들어 이런 식이었다. 에어리어 매니저로 일한 지 얼마 지나지 않았을 때, 전라도의 딜러 숍 대표님의 전화를 받은 적이 있다.

"알베! 아야, 나 광주에 있는 성인디이, 시방 바쁘냐? 전화해도 되냐? 괜찮해?"

"네?"

분명 핸드폰에는 대표님 성함이 떠 있는데, 아리송한 목소리의 주인공이 자신을 '성'이라고 부르니 머뭇거릴 수밖에 없었다. 걸쭉한 전라도 사투리라 금방 알아들을 수도 없었다. 다행히 누구인지 알아채고 어색하지 않게 통화를 이어갔지만, 업무상 관계가 사적인 관계로 표현되는 문화는 처음이라 당황했다. 물론 나중에 이 문화가 상대와 나와의 관계를 친밀하게 표현하는 전라도만의 방식이라는 걸 알게 됐고, 나 역시 그 관계 속에서 편안함을 느꼈다.

경상도는 또 다른 매력이 있었다. 경상도 사람들은 마치 이탈리아 남부 지방, 특히 나폴리 사람들과 비슷했다. 전형적인 외강내유

형. 남자들은 상당히 마초같고 무뚝뚝해 보이는데 친해지면 말이 많아진다. 잘난 척을 많이 할 때도 꼭 이탈리아 남부 사람들 같다. 경상도에 출장을 가면 '일'이 제일 중요하다. 회의가 길어지면 대충 중국집에서 배달 음식을 시켜 먹으며 업무에만 집중한다.

"차장님예, 미안시럽지만 오늘은 쭝국 음식 시기 묵고 일 쫌 하입시더. 담번에는 진짜루 쎄가 깨금을 뛰는 걸로 제가 싹 마 책임지고 사드리께예. 예?"

경상도 사람들은 업무 효율이 상당히 좋기 때문에 사실 일을 하는 입장에서는 매우 편했고, 좋은 파트너였다.

자동차 영업을 하면서 나는 한국의 각 지방을 속속들이 알게 됐다. 사실 주류 영업을 할 때는 서울을 하나씩 알아 가는 시간이었다. 수없이 운전을 하면서 한강 다리의 순서를 외웠고, 어느 순간 서울에서 내비게이션이 없어도 운전할 수 있을 정도가 됐다. 각 상권마다 주요 주차장의 위치도 알게 됐다. 이제는 서울을 벗어나 한국의 각 지방과 소도시를 배우는 시간이었다. 울산, 포항, 영주, 문경, 울진 등은 일이 아니었다면 갈 일이 없는 동네였다. 덕분에 지방 출장을 갔다가 좋은 곳을 알게 되면 주말에 아내와 함께 데이트를 가곤 했다. 특히 아내와 함께 간 문경새재와 섬진강은 여전히 아름다운 기억으로 남아 있다.

사장님, 그건 '갑질'이에요!

사장님은 생각보다 심각한 상황에 처해 있었다. 한국어를 말하는 것은 물론 잘 듣지도 못해서서 언어적으로 고립되어 있었다. 마치 외로운 섬 같은 존재였다. 피아트코리아 사장님이지만 모든 것을 완벽히 통제하지 못하는 상황이랄까? 의사소통 문제로 호미로 막을 문제를 가래로 막아야 하는 상황으로 이어지기도 했다. 사장님은 그럴 때마다 매우 답답해했다.

원래 나의 입사 이유가 아르헨티나 출신 사장님과 한국인 직원들 사이의 가교 역할이었으니 그 업무에 충실하려 노력했다. 모든 회의에 참여해서 양측의 이야기와 의도를 오해가 없도록 전달하거나, 문제가 될 수 있는 상황을 잘 요약해 설명해 드렸다. 예를 들어 이런 상황.

사장님은 회의가 있을 때마다 직원들이 허심탄회하게 본인의 의견을 말하기를 바라셨다. 이를테면 광고 영상 시안 A와 B를 보여 준 뒤 어느 게 더 좋은지 공개적으로 직원들에게 물었다. 직원들은 우물쭈물했다. 사장님이 어느 것을 더 좋아하는지 몰라서였다. 직원들이 대답을 못하면 사장님은 답답했다.

또한 사장님은 매우 유럽적인 방식으로 직원들을 격려하고 동기를 부여하려고 했는데 이게 통할 리가 없었다. 영업팀은 주별, 월별, 분기별로 목표치를 설정하는데 마감일이 다가오면 정말 최선을 다해서 달려야 한다. 그때 사장님은 아주 세게 말하셨다.

"자네, 그것 밖에 안 되나? 기껏 뽑아 놨더니 이것도 못해? 뭐하는 거야?"

이런 식으로 자존심을 건드렸다. 사실 운동을 해 본 사람이라면 경기 때 감독이 이렇게 모진 말을 하는 이유를 안다. 나도 이탈리아에서 축구 선수로 뛸 때 감독님들께 이보다 훨씬 더 자존심 상하는 말을 종종 들었다. 이 말들은 오히려 나의 전의戰意를 불태웠고 남은 경기에 몸을 던져 뛰게 만들었다. 경기를 마치면 이 말들은 모두 잊었다. 하지만 이 방식은 직장 내 인간관계가 비교적 수평적인 것을 전제로 해야 한다. 직장 내 상하관계가 뚜렷한 한국에서 이러한 방식의 동기부여는 반발을 불러일으킨다. 직원들은 사장님께 이런 이야기를 들으면 꽤나 자존심 상한다. 한국에서는 맥주 회사의 상무님이 그러셨던 것처럼 "사랑한다! 우리 알베, 파이팅!" 같은 말랑말랑한 응원이 더 잘 통한다는 생각이 들었다.

아르헨티나 사장님은 딜러 숍 대표들과의 문화적 차이로 인한 오해에 휩싸이기도 했다. 사장님은 딜러 숍 대표들과의 회의 중 종종 테이블에 발을 올리고, 화가 나면 주먹으로 책상을 내리쳤다. 그런 모습이 몇 번의 회의를 통해 나타나자, 어느 날 딜러 숍 대표 몇 명이 나를 찾아왔다.

"자존심이 상해서 도저히 일을 못하겠어요. 우리가 이런 대접을 받고 일해야 하나요? 우리를 무시해서 테이블에 발을 올리는 거 맞죠? 걸핏하면 소리나 지르고 말이야. 이 사장과 같이 일하기가 싫어요. 그리고 이런 말을 하면 좀 그런데… 대표급 회의라고 해서 어렵게 서울에 올라왔는데 다과조차 준비하지 않는 건 지나친 푸대접이라고 생각하지 않아요? 사장도 바뀌고 상무도 바뀌었다고 업무 스타일이 너무 달라진 것 같아요."

딜러 숍 대표들이 얼마나 마음이 상했을지 충분히 이해가 갔다. 그런데 나는 사장님의 마음 역시 이해 못하는 게 아니었다.

"음… 사장님이 남미 사람이라서 그런 것 같아요. 유럽 사람들이나 미국 사람하고는 또 달라요. 남미 사람들은 충분히 그럴 수 있어요. 남미 회사에서는 충분히 일어나는 일이고요. 그냥 우리 사장님이 파이팅이 넘치는 분이라고 생각해 주시면 안 될까요? 대표님들을 무시해서 그러시는 게 아니라 그냥 친하게 생각해서 그런 것 같아요."

이렇게 이야기를 하면서 딜러 숍 대표님들을 좀 진정시켰다. 그리고 얼마 후 사장님과 독대할 일이 있어서 딜러 숍 대표들의 분위기도 전하고 한국 문화에 대해서 자세하게 설명했다.

"사장님, 직원들에게 그것밖에 못하냐고 무시하는 투로 말씀하시면 안 돼요. 그리고 대표급 회의 때 테이블 위에 다리를 올리시는 것도 하지 않는 게 좋아요. 한국은 예의를 중시하는 나라예요. 그렇게 다리를 올리시면 사람들이 자존심 상해 할 수도 있어요."

"직원들에게 잘하라고 그렇게 말하는 거 알잖아. 내가 나쁜 감정이 있는 것도 아니고. 딜러 숍 대표들 문제라면, 어차피 그쪽도 대표들이고 나도 사장인데 뭐가 문제지? 부하 직원이 아니라 양쪽 모두 대표라서 편하게 한 건데?"

"사장님은 그렇게 생각하실지 몰라도 직원들이나 딜러 숍 대표님들은 사장님이 '갑'이고 본인들은 '을'이라고 생각해요. 사장님이 그렇게 소리 지르거나 다리를 올리면 '갑질'이라고 생각해요. 한국 문화는 형식도 중요하게 생각하기 때문에 그렇게 하시면 좀 곤란할 것 같습니다."

"아니 결과만 잘 나오고, 자동차만 잘 팔리면 되지."

"아, 그리고 회의 때 다과도 좀 준비해야 할 것 같아요."

"내가 대표들에게 몇 번이나 이야기했잖아. 배고프면 말하라고. 커피 마시고 싶으면 얘기하라고 말이야. 그런데 아무도 얘기 안 하던데?"

"저희 쪽에서 충분히 준비를 해야 그쪽에서도 존중받는다고 생각할 것 같습니다. 앞으로는 제가 준비하겠습니다. 아, 그리고 저희 쪽의 판매 목표량이 있을 때 지역 딜러 숍에 그 수치를 말하면서 팔아줄 수 있냐고 물어봐서는 안 될 것 같습니다."

"팔아줄 수 있냐고 묻는 것도 안 된다고? 난 그렇게 해 줄 수 있냐고 물어본 것뿐인데!"

"한국에서 그건 밀어내기예요. 본사에서 그렇게 물어보면 딜러 숍에서는 질문이 아니라 의무라고 생각해요. 그렇게 꼭 해야 된다고 생각해요. 그게 바로 갑질이 될 수 있고요."

"밀어내기? 갑질?"

"한국에서는 본사와 딜러 숍의 관계를 동등한 관계로 보지 않기 때문에 표현에 좀 더 신경 써야 할 듯합니다."

사장님은 도통 이해할 수 없다는 표정을 지었다. 하지만 나는 몇 번이고 한국의 '특수한 상황'을 설명했다. 그렇게 1년이 넘도록 나는 사장님 옆에서 강사가 되어 '한국 문화의 이해' 수업을 했다. 사장님이 완벽히 납득이 될 때까지 말이다. 나는 '갑질'이 영어로 'Gapjil'로 표기되어 영문판 위키피디아에도 소개되고 있다는 걸 그때 알았다.

내가 회사에 들어왔을 때는 사장님과 직원들, 그리고 사장님과 딜러 숍 대표님들과 관계가 매우 껄끄러운 분위기였는데, 1년 후부터는 양측의 관계가 많이 좋아졌다. 나중에는 이분들이 다 같이 찜질방에 가서 땀을 쭉 빼는 이벤트까지 했다.

인생을 바꾼 결정

주말에 아내와 함께 데이트를 하던 날이었다. 내가 자주 가는 카페 사장님이 웬일로 내게 전화를 했다.

"알베! 혹시 우리 카페에 조만간 한번 와 줄래? 너를 만나고 싶어 하는 사람이 있어?"

"저를요?"

"응."

"누군데요?"

"긴 말은 만나서 하자. 아무튼 언제 시간되는지 알려 줘."

카페 사장님은 사브밀러에서 한창 일할 때 알게 된 분이다. 그 카페는 한강진역 인근에 다소 외진 곳에 자리를 잡고 있다. 한번은 일 때문에 카페 앞을 지나가다가 너무 예뻐서 홀린 듯이 들어갔는데, 마치 유럽에 와 있는 듯한 착각을 불러일으킬 정도였다. 이곳에 페로니 맥주를 꼭 비치해야겠다고 마음먹고 그 자리에서 사장님과 미팅을 했다. "카페에서 맥주 안 파는 거, 저도 잘 알고 있어요. 그래도 그냥 비치해 두시면 안 될까요? 1년 동안 맥주 다 안 나가면 그때 제가 반품 받을게요." 나는 이렇게 예쁜 카페에 오는 단골손님들은 심미안이 있는 사람들일 것이라고 생각했다. 그 사람들이 여기서 '페로니'라는 맥주를 사 마시지 않더라도 존재한다는 것만이라도 꼭 알리고 싶었다. 그 이후로 나는 그 카페의 단골이 됐다. 영업을 다니다가 문서 작업을 해야 할 때 꼭 그 카페에 들러서 일을 했다. 에스프레소 또한 매우 맛있어서 한 잔 마실 때면 내가 이탈리아에 있는 것 같은 느낌이었다.

그런데 그 카페 사장님의 전화라니! 나는 사장님의 요청에 이틀 후에 퇴근할 때 잠시 들르겠다고 말하고 전화를 끊었다. 이틀 뒤 카페에 가니 어떤 분이 날 기다리고 계셨다. 본인을 〈JTBC〉 방송작가라고 소개하며, 외국인이 나오는 예능 프로그램을 기획 중인데 출연해 보겠냐고 제안했다. 당시 우리 집에는 TV가 없었다. 컴퓨터를 통해 TV를 시청할 수 있었지만, 당시 나는 너무 바빠서 그럴 여유가 없었다. 당연히 인기 있는 TV 프로그램이 뭔지도 몰랐다. 내가 간신히 시간을 내어 보는 프로그램은 한국어 연습을 위해서 아침마다 시청하는 〈MBC〉, 〈KBS〉 뉴스였다.

큰 문제는 따로 있었다.

"죄송한데요. 〈JTBC〉가 뭐죠? 뭐의 약자예요?"

"종합편성채널 중 하나예요."

"저보고 방송 출연하라는 말씀이신가요?"

"그렇죠."

"죄송하지만 저는 한 번도 그런 일을 상상해 본 적이 없어요."

사실 그 전에 아는 형님을 통해서 방송 출연 제의가 들어온 적이 있었다. 아내에게 의견을 물어보자 정색을 하며 말했다. "알베, 넌 이런 거 안 했으면 좋겠어." 나는 아내의 의견을 받아들여 거절 의사를 전했고, 그걸로 끝이었다. 그런데 이번에는 그 전보다 좀 더 집요하게 제안이 들어왔다.

"이건 그냥 파일럿 프로그램일 뿐이에요. 한번 해 보고 나서 반

널
보러
왔어

응이 안 좋으면 정규 편성이 안 될 수도 있어요. 그냥 한번 해 보시죠. 인터뷰만 한번 나와 보세요. 인터뷰 장소에 가서 마음에 안 들면 그때 안 한다고 하셔도 돼요."

알고 보니 그때 나를 섭외하셨던 분은 카페 사장님과 친한 지인이셨다. '비정상회담' 프로그램에서 외국인 출연진을 모집한다는 이야기를 우연히 카페 사장님께 말했는데, 사장님이 내가 생각이 나서 추천한 것이었다. 작가분은 2년 동안 이탈리아에서 살았던 경험이 있었다. 능숙하게 이탈리아어를 구사하시며 대화를 이어갔다. 사실 이분이 이탈리아어로 고향 이야기를 한 게 내 마음을 크게 흔들었다. 함께 이탈리아 이야기를 마음껏 나누다 보니 점점 거절하기 어려운 상황이 돼 갔다.

"네. 그럼 인터뷰를 한번 해 볼게요."

결국 나는 방송국 인터뷰 날짜를 잡고 카페를 나왔다. 며칠 후 방송국에서 연락이 왔다. "주말에 인터뷰 오세요." 아내는 이미 몇 년 전에 내가 방송 출연을 안 했으면 좋겠다는 의사를 확고히 했으니 이 상황을 전할 수는 없었다. 일 때문에 외출한다며 대충 얼버

무리고 상암동 〈JTBC〉 스튜디오로 갔다. 약속된 장소에 가자 한쪽에 PD와 작가분들이 쭉 앉아 있었다. 사실 이때는 PD와 작가가 구체적으로 뭘 하는 사람인지도 잘 몰랐을 때다. 나는 인사를 꾸벅한 후 습관처럼 이분들에게 명함을 돌렸다. 나는 4년 반 동안 쉬지 않고 영업 사원 생활을 했기 때문에 누구를 만나든 초면에는 명함을 꼭 전달했다. 제작진은 내 명함을 받고 당황했다.

"안녕하세요? 저는 이탈리아 자동차 피아트 영업 사원, 알베르토라고 합니다. 혹시 자동차 구매하실 일이 있으면 언제든 여기 연락처로 전화 주세요."

이 말을 건네자 다들 웃겨 죽겠다는 표정이었다.

인터뷰가 시작됐다. 제작진은 방송에 출연할 외국인 11명을 뽑기 위해 정말 많은 주한 외국인들과 인터뷰를 했다고 했다. 나는 제작진에게 내가 어떻게 한국에 왔는지, 현재 어떤 일을 하고 있는지를 설명하면서, 그들의 질문에 최대한 솔직하고 성실하게 답변했다. 어차피 방송 출연을 하고 싶은 마음도 없었던 터라 나중에 앞에 앉아 있는 제작진 중 한 명이 피아트 자동차나 한 대 구매했으면 좋겠다는 생각만 했다.

인터뷰가 끝나고 며칠 후 다시 전화가 왔다. 방송용 화보 촬영을 하러 모 스튜디오로 나오라고 했다. 아무런 기대도 하지 않았는데 화보 촬영까지 한다니 당황스러웠다. 일이 점점 커지고 있었다. 게다가 그날은 마침 회식이 잡힌 날이었다. 고기 먹는 회식.

화보 촬영 당일. 직감적으로 회사에 방송 때문에 화보 촬영을 한다고 이야기를 하면 안 될 것 같다는 생각이 들었다. 일단은 회식에 참여했다가 촬영을 하고 와야겠다 싶었다. 나 혼자 튈 수 없어서 다른 분들처럼 소고기 안주에 술 한잔 걸치며 화기애애한 분위기를 즐겼다. 시계를 슬쩍 보니 스튜디오에 갈 시간이었다.

"상무님, 저 지금 급히 다녀올 곳이 있어서요. 잠시만 다녀올게요. 꼭 다시 올 거예요. 죄송합니다."

곧바로 택시에 올라타 역삼동에서 스튜디오가 있는 논현동으로 향했다. 문을 열고 들어가니 '비정상회담' 의장을 맡은 한국인 세 명이 있었고, 다른 외국인들도 있었다. 뉴스 외에는 TV를 보지 않아 전현무, 유세윤, 성시경 씨가 누구인지 전혀 알지 못했으니 신기해 할 일도 없었다. 쭈뼛거릴 새도 없이 누군가 화장부터 하라고 했다. 스튜디오에서 대충 사진 몇 번 찍고 가는 정도로 생각했는데

메이크업이라니! 내 옷에서는 고기 냄새가 폴폴 나고, 입에서는 술 냄새가 슬금슬금 나오는 상황인데 얼굴 가까이에서 메이크업 아티스트가 화장을 한다고 생각하니 난감했다. 그리고 시간도 문제였다. 난 다시 회식 장소로 빨리 돌아가야 했다. 머릿속에는 온통 '얼른 사진 찍고 화장 지우고 고깃집으로 가야겠다'는 생각밖에 없었다.

며칠 후 일요일. 전날 자동차 행사 때문에 근무를 했던 나는 몸이 꽤 피곤한 상태였다. 하지만 일요일이 첫 녹화라고 했으니 상태가 어떠하든 가야 했다. '재미있는 구경이라고 생각하자.' 아내에게는 다시 일 핑계를 대고 집을 나왔다.

녹화장에 들어가니 정신이 하나도 없었다. 머리 위에는 조명이 쏟아졌고, 사람들의 목소리는 웅웅 울려서 들렸다. 내 앞에, 옆에 있는 외국인들은 매우 능숙하게 서로 이야기를 하고 있었다. 알고 보니 샘 오취리, 줄리안 퀸타르트, 다니엘 스눅스, 기욤 패트리는 이미 방송이 익숙한 친구들이었다. 방송에 처음 출연하는 나를 비롯해 제임스 후퍼, 장위안은 입을 떼는 것조차 힘들었고, 그저 분위기를 살피는 데 급급했다.

녹화가 시작되어 자리에 앉았다. 수많은 말들이 내 머리 위로 오갔지만 나는 가만히 있기만 했다. 이런 느낌이 낯설지는 않았다.

그 전에도 한 번 느낀 적이 있다. 결혼식 때였다. 눈을 뜨고 있지만 내가 뭘 하는지 몰랐다. 사진을 찍으라면 찍고, 이리 오라면 가고. 정신이 없어서 피곤한지도 몰랐다. 아무튼 우여곡절 끝에 녹화를 마치고 집에 돌아왔다. 피로가 쏟아져서 그대로 침대 위에서 기절했다. 어차피 파일럿 프로그램이라서 한 번 방송되고 끝날 테니 굳이 아내에게 이야기해 기분을 언짢게 할 필요는 없었다. 아내는 내가 일을 하고 돌아온 줄 알았다.

며칠 후 일을 하고 있는데 친구에게 카톡이 왔다. '야, 알베! 중앙일보 건물 옆에 대형 현수막이 있는데 거기에 네 사진이 나왔네?' 그러면서 현수막을 찍은 사진을 보내줬다.

'아…. 소고기 먹다가 나가서 찍은 사진이 여기에 왜….'

생각보다 일이 커졌다. 아내에게 말하지도 않고 나가서 찍었는데 이를 어쩌나 싶었다. 불안감이 엄습했다. 일을 마치고 회사 앞 대로변으로 나가자 버스 정류장 전광판에 '비정상회담' 출연진들의 단체 사진이 떡하니 있었다. 지나가는 버스 옆구리에도 우리 사진이 박혀 있었다. 이제는 더 이상 숨길 수 없었다. 아내에게 이실직고할 수밖에. 그날 집에 돌아가자마자 아내에게 그간의 사정을 설명하며 용서를 구했다.

"파일럿이니 딱 한 번 방송되고 말거야. 미안해, 그간 말하지 않아서."

아내는 호탕하게 웃으며 딱 한마디 했다.

"방송에서 김치 맛있다고 하지 마. 그거 되게 식상한 거 알지?"

2014년 7월 7일 월요일. 지금도 '비정상회담'의 첫 방송일이 생생히 기억난다. 실은 첫 방송 한 달 전쯤인 6월 15일에 큰마음을 먹고 TV를 구매했다. 브라질 월드컵은 자그마한 스마트폰이나 데스크톱 화면이 아니라 실감 나는 큰 화면으로 보고 싶어서 거금을 들여 산 것이었다. 그런데 하필 이탈리아도, 한국도 조별 예선에서 바로 떨어지는 게 아닌가! 정말 충격이 이만저만이 아니었다. 맥빠지는 월드컵이 된 것도 그렇지만, 축구 때문에 TV를 샀는데 순식간에 무용지물이 된 상황이라니. 그런데 그 TV로 내 인생 처음으로 출연한 방송을 아내와 함께 보게 됐다. 첫 방송이 나가자 여기저기서 연락이 왔다. 그간 소식이 없던 친구들까지 방송 잘 봤다

널
보러
왔어

며 연락을 했다. 그때서야 TV를 산 보람이 생겼다. 아내는 유세윤, 성시경, 전현무 씨에 대해 설명해 줬다.

"우리 전에 춘천에 살 때 일본인 친구 요시가 노래방에만 가면 '거리에서'를 부른 거 기억나? 그 노래 지겨울 정도로 들었잖아? 그 노래 부른 가수가 성시경이야. 되게 유명한 가수라고."

첫 방송은 성공적이었다. 이후 정규 편성이 됐다. 첫 녹화 때는 오히려 아무것도 몰라서 별 느낌이 없었는데, 이제 한국의 모든 사람들이 볼지도 모른다는 생각을 하니 진짜 떨리기 시작했다.

매주 일요일에 정기적으로 녹화를 하게 되면서, 회사에 모든 걸 털어놓고 허락을 구해야 했다. 사장님을 만나 봤다.

"사장님, 제가 방송에 나가게 돼서 매주 일요일에 녹화를 해야 하는데요. 괜찮을까요?"

"일요일에 하는 건데 회사와 무슨 상관이야? 그걸 왜 나한테 얘기해?"

역시 쿨한 남미 아저씨다.

"상무님, 저 일요일에 방송 일 좀 해도 될까요?"

"일만 잘하면 되지. 회사 홍보도 되니 괜찮아."

다행이었다. 반대하실 거라 생각하지는 않았는데, 조금 걱정이 됐던 건 사실이었다. 아무튼 회사 윗분들께서 흔쾌히 양해해 주신 덕분에 회사 일과 방송 일을 병행할 수 있게 됐다.

/

놀랍게도 정말 하룻밤 사이에 나는 '스타'가 돼 있었다. 자고 일어났더니 유명해졌다는 표현이 있던데, 딱 그 상황이었다. 출근길에 회사 엘리베이터를 타니 거의 모든 사람들이 내게 인사를 했다. "알베 씨, 방송 잘 봤어욥. 파이팅!" 밥을 먹으러 가도, 카페를 가도 모르는 사람들이 다가와 인사를 하고 사인을 부탁했다. "알베 씨, 사인 좀 해 주세요."

방송 때문에 내 본업도 잘 풀려갔다. 피아트 자동차 홍보가 꽤 많이 된 탓이었다. 긍정적인 상황이었다. 그럼에도 불구하고 방송 국에 더욱 더 기웃거리며 열을 올려서는 안 된다고 스스로 마음을 다잡았다. 방송 일이라는 게 당장 내일이라도 끝날 수 있고, 한순간의 바람 같은 존재라고 생각했다. 그래서 최대한 본업에 집중하려고 노력했다.

'비정상회담'은 매회 여러 가지 주제를 놓고 토론하기 때문에 사전 준비가 필수였다. 작가들은 다음 방송에 나올 질문들을 사전에 이메일로 보내고, 나는 퇴근 후 밤늦게까지 답변을 준비했다. 다음날 점심시간이 되면 막내 작가가 회사 인근으로 찾아와서 질문에 대한 인터뷰를 진행했고, 그 인터뷰 내용을 바탕으로 방송 대본을 작성했다. 때로는 추가 인터뷰를 하기도 했다. 생각 이상으로 많이 힘들었다. 회사 일과 병행하기가 정말 쉽지 않았다. 공부량이 대단했기 때문이다. 이슈가 있으면 모두 찾아보고 이에 대한 내 '의견'이 있어야 했고, 근거도 준비해야 했다. 안 그래도 바쁜데 방송 때문에 더 바빠지는 내 모습을 보고 아내가 한마디 했다.

"알베, 인기보다 더 빨리 없어지는 건 없어. 네가 하던 일 그냥 열심히 했으면 좋겠어. 인스타그램 팔로워, 이런 거 신경 쓰지 마."

응원은 바라지도 않았지만, 아내는 여전히 내가 방송 일을 하는 걸 부정적으로 바라보고 있었다. 프로 방송인도 아닌 내가 한국, 중국, 일본 팬들에게 선물과 편지를 여행 가방 세 개 분량 정도를 받아도 정말 눈곱만큼도 신경 쓰지 않았다. 아내는 내 방송 일이 '한여름 밤의 추억'처럼 될 것이라고 내다봤다. 그런데 아내의 이런 시큰둥한 반응 때문에 오히려 방송에 대한 부담감이 없었다. 아내가 '비정상회담'을 잘 안 본다고 생각하니 좀 더 편해졌다고나 할까? 아내는 내가 방송 일을 하는 동안 신경 써야 할 한 가지만 덧붙였다.

"방송에서 네가 하는 말 나도 못 알아듣겠어. 발음 좀 잘해."

프로 방송인들은 말과 행동으로 이제 막 방송의 맛을 알아가는 내가 자칫 마음이 들뜰 수 없도록 했다. 나와 함께 프로그램에 출연하는 그분들은 모두 성공적인 방송인의 길을 걸어가고 있었다. 똑똑하고 사려 깊고 어느 순간에도 100퍼센트를 쏟아 내려 했다. 그분들을 보면서 잘되는 데에는 모두 이유가 있다는 생각을 했다. 내가 전업 방송인이 아니더라도 조금이라도 불성실하게 방송에 임하면 그분들에게 큰 민폐를 끼칠 것 같았다.

그분들은 공통적으로 이런 이야기도 건넸다. "카메라 앞에 있는 사람들보다 뒤에 있는 사람들을 보세요. 카메라 뒤에서 묵묵히 고

널
보러
왔어

군분투하시는 저분들이 없으면 방송도, 우리도 없어요. 저분들에게 진심으로 고마운 마음을 가지고 방송에 임해야 돼요. 늘 막내 스태프에까지 인사를 하도록 노력해 봐요." 이런 이야기를 들으며 겸손하지 않을 수는 없었다.

고기도 생선도 아닌 상황

2년 정도 방송에 열중하니 나도, 주변도 문제가 생기기 시작했다. 일단 일주일 내내 휴식을 제대로 취할 수 없는 게 가장 큰 문제였다. 월요일부터 금요일까지는 자동차 회사에서 근무를 했고, 토요일에는 행사장에 나갔다. 일요일에는 '비정상회담' 촬영이 있었다. 맥주 회사에 첫발을 디딘 이후 쭉 바쁘게 살았는데 방송을 시작한 이후 더 심해졌다. 언제까지 이 두 가지를 병행할 수 있을지 심각하게 고민이 됐다. 당장이야 젊으니 체력에 문제가 없지만, 조금만 더 나이가 들면 몸이 버티지 못할 것 같았다. 당연히 아내와 오붓하게 보낼 시간도 없었다. 맥주 회사에서 자동차 회사로 옮긴 이유 중 하나가 아내와 좀 더 오랜 시간을 보내고 싶어서였는데, 오히려 이전보다 더 시간이 없었다.

방송 일과 회사 일에 충돌이 생겨나기도 했다. 간혹 회사 행사 일정과 방송 녹화 스케줄이 겹칠 때가 있었다. 사무실 일이야 야근을 하면 마무리가 됐지만, 행사장에는 내가 가지 않으면 다른 직원들이 그만큼 일을 더 해야 했다. 그때마다 직장 동료들, 상무님, 사장님이 배려해 주셔서 프로그램에 꼬박꼬박 참석할 수 있었지만, 시간이 지날수록 회사의 모든 분들에게 고맙고 죄송한 마음이 커져 갔다.

이탈리아 속담이 떠올랐다. '한 발이 여기 있고 다른 발이 저기 있으면 둘 다 안 된다. 두 발은 항상 같은 곳을 디디고 있어야 한다.' 또 이런 말도 떠올랐다. '고기도 아니고 생선도 아니다.' 내 모습을 돌아보니 정말 고기도 아니고 생선도 아니었다. 어느 쪽도 제대로 집중하지 못했다.

당시 내 옆에는 매니저 역할을 해 주시는 분이 있었다. 처음에 나를 섭외했던 그분, 수현이 형이었다. 출판업이 본업인 수현이 형은 내가 방송 이후 수없이 많은 섭외 전화에 시달리자 먼저 매니저 역할을 자청했다. 내가 고민을 거듭하자 수현이 형은 잠깐 내 상황을 살펴볼 시간이 필요한 것 같다고 조언했다.

"제수씨와 2박 3일 정도 여행을 가서 이야기를 많이 나눠 봐. 어느 쪽을 택할지."

아마 내가 결혼하지 않은 상황이었다면 나는 직장 일도 방송 일도 놓지 않았을 것이다. 하지만 내 욕심만 생각할 처지가 아니었다. 내 옆에 아내가 있었고, 조만간 아기도 태어날 것이었다. 이제는 가족과 함께할 시간이 더 필요했다.

크리스마스 무렵이었다. 간신히 모든 일정을 뒤로 하고 사흘의 시간을 비웠다. 아내와 함께 서울 시내의 모 호텔에 묵으며 서로의 말에 귀를 기울이며 마음속 말들을 내놓기로 했다. 시간에 쫓기지 않고, 휴대전화를 손에서 놓고 말이다.

역시 아내는 내가 두 가지 일을 병행하는 건 더 이상 무리라고 보고 있었다. 우리뿐만 아니라 곧 태어날 아기에게도 좋지 않을 거라고 했다. 자신 역시 결혼 이후 갈수록 외롭고 힘들어지고 있다고 속내를 털어놨다. 이미 나도 알고 있었지만, 아내 입을 통해 들으니 사태의 심각성이 더 절감됐다. 아내는 내가 직장을 계속 다녔으면 좋겠다는 생각을 조심스럽게 말했다. 영업 일 역시 바쁜 건 마찬가지이지만, 방송에 비해 상대적으로 안정적이라는 건 놓칠 수 없는 장점이었다. 더구나 신기루 같은 인기는 언제 사라질지 모른다.

그런데 그즈음 나는 직장 일 못지않게 방송 일을 통해 재미와 보람을 느끼고 있었다. 새로운 경험도 더 많이 할 수 있고, 방송을 통해 그동안 상상도 못한 일들을 도전해 볼 수 있었다. 다람쥐가 쳇바퀴 도는 듯한 일상을 피하는 선택을 해왔던 내 성향과도 꼭 부합했다. 한편으로는 방송 일이란 바쁠 때는 정말 바쁘지만 스케줄이 없을 때는 그나마 내 시간을 확보할 수 있어서 가족과 함께할 수 있겠다는 생각도 했다. 어쩌면 내 마음의 추는 이미 방송 쪽으로 많이 기울어진 상태였고, 2박 3일의 대화는 아내를 설득하는 과정이었을지 모른다. 대화의 마지막 날. 내 마음을 읽은 아내가 이렇게 말했다.

"알베, 우리 그냥 순간을 살자. 길게 보지 말고… 순간순간에 하고 싶은 일들을 하자."

아내의 말을 들으니 그간의 미안함과 고마움이 한꺼번에 밀려왔다. 호텔을 나올 때 나는 마음의 정리를 했다. 정든 회사 사람들과 이별하는 게 어려울 테지만, 차라리 웃으며 헤어지는 게 더 훌륭한 결정이라고. 나는 사장님과 상무님께 그간의 고민 과정을 솔직히 말씀드리고 이별을 고했다. 물론 미래는 알 수 없었다. 내가 한국어를 완벽히 하는 것도 아니고, 노래와 춤, 연기에 재능이 있는 것도 아니어서 프로 방송인으로서 얼마나 성공을 거둘 수 있을지 전혀 가늠할 수 없었다. 하지만 내 인생이 늘 그랬던 것처럼 순간에 충실하며 현재를 살기로 했다.

그렇게 결정을 하고 나서 더욱 더 진지한 자세로 방송에 임했다. 월급쟁이와 프리랜서는 마음가짐부터 다르다. 프리랜서를 선언한 이후로는 늘 배수진背水陣을 치는 기분이었다. 한 발만 물러서면 낭떠러지이고 저 아래에는 차가운 물이 한가득인 기분. 그렇지만 때로는 그 기분이 내가 살아있음을 느끼게 했다.

/

'비정상회담'을 사랑했던 분들이 종종 오해하는 사실이 하나 있다. 바로 그 프로그램이 '예능'이라고 여기는 것이다. 그런데 실은 '비정상회담'의 제작진은 예능이라고 전혀 생각하지 않았다. 시청률이 꽤 잘 나오던 어느 날, 제작진이 이런 말을 한 적이 있다. "이건 예능이 아니고 교양 프로그램입니다. 그만큼 내용에 최선을 다해주세요! 파이팅!" 그래서 나를 비롯한 출연진 모두가 충실하고 정확한 내용을 위해 엄청난 노력을 기울였다. 본인의 나라를 사례로 들 때는 위키피디아와 같은 누구나 작성할 수 있는 인터넷 백과사전이 아니라 항상 공신력 있는 기관, 예를 들어 국제연합, 유럽연합, 경제협력개발기구 등이 작성한 보고서와 자료를 제출했다.

이 과정을 통해 나는 내 조국 이탈리아의 또 다른 면모를 발견했고, 한편으로는 시야를 더욱 넓힐 수 있었다. 회를 거듭할수록 서로 다른 문화 속에서 살아가는 이들이 허심탄회한 의사소통을 하려면 '선입견'을 넘어서려는 노력을 해야 한다는 걸 깨달았다. 예를 들어 내가 그동안 한국에서 가장 많이 들었던 이야기는 "이탈리아 남자는 모두 바람둥이"라는 말이었다. 그러면서 사람들은 매우 의심에 찬 눈초리로 나를 봤다. '저놈도 바람둥이겠지?' 심지어 연애 시절의 내 아내도 이렇게 생각했으니 말 다했다. 공신력 있는 통계를 찾아 보니 이탈리아는 혼외 연애를 하는 비율을 알 수 없을 정도였다. 많다는 이야기가 아니라 아예 순위권에도 올라 있지 않을 정도로 불륜 비율이 낮다는 이야기다. 오히려 1위 국가는 북유럽의 어느 나라였다.

한 줌밖에 되지 않는 얄팍한 지식으로 막연히 추측하는 것과 실제 통계 수치가 보여 주는 사실 사이의 간극도 크다는 점도 알게 됐다. 그동안 각종 농업 생산물에 대한 얘기가 나오면 각 나라 비정상 대표들은 자기 나라의 특산물이 최고라고 말했다. "우리나라 오렌지가 제일 유명하지", "사과는 우리나라가 1등이지", "피스타치오는 우리나라가 1등이야" 등. 하지만 통계 자료를 찾아 보면 대부분 1위는 중국이었다.

한편으로는 나름 세계 시민에 가깝게 성장했다고 자부하던 나도 '비정상회담'을 통해 아프리카에 대한 편견이 꽤 강고했다는 걸 깨달았다. 무의식적으로 아프리카는 하나의 나라쯤으로 여겼었는데, 샘 오취리 덕분에 내가 알던 상식과는 매우 다르다는 것을 알게 됐다. 54개국이 모여 있는 대륙이고, 각 나라별로 정말 다른 역사와 문화를 가지고 있었다. 동아시아 문화권에 있다는 이유로 한국을 중국 또는 일본과 매우 흡사하다고 여기면 안 되는 것처럼, 그리고 피부 색깔 때문에 이탈리아인인 나에게 미국인이냐고 물으면 안 되는 것처럼, 아프리카를 단일 문화권으로 여기면 안 되는 것이었다. 매번 녹화를 하며 나는 이렇게 그동안 깨닫지 못했던 내 안의 선입견을 하나둘씩 발견하고 반성했다.

'비정상회담'이 교양 프로그램을 역할을 톡톡히 하면서 한국 사회에 꽤 긍정적인 영향을 끼쳤다고 생각했지만, 한 가지 현실은 쉽게 달라지지 않았다. 각 나라 비정상들이 방송에서 줄기차게 한국어로 말을 하는데도 길에서 만난 한국인 절반 정도는 영어로 말을 걸었다. 한국에 처음 왔을 때는 그러려니 했지만, 이제는 많은 사람들이 내가 한국말을 하는 걸 알 텐데 왜 영어로 대화를 시도하는지 전혀 이해할 수 없다. 서운함마저 느꼈다. 한국 사람이 영국 런던에 15년을 살았는데, 동네 사람들이 여전히 일본어로 말을 걸 때 느끼는 기분이라고 말하면 내 심정이 이해가 될까?

나는 이렇게 생각한다. 외국인도 한국말을 배울 수 있고, 한국에 사는 외국인이라면 한국어를 할 줄 알아야 한다. 이탈리아에 사는 외국인들은 이탈리아어를 한다. 중국에 사는 외국인들도 중국어를 한다. 그런데 유독 한국에 사는 외국인은 왜 영어를 한다고 생각할까? 사실 한국에 20년째 거주하면서도 한국어를 거의 못 하는 백인을 본 적도 있다. 사람은 게으르기 마련인지라 한쪽에서 일방적으로 맞춰 주면 상대방은 계속 편하게만 생활한다. 한국인들이, 특히 백인들을 대할 때 자꾸 영어를 쓰니 그들은 한국어를 배울 생각을 전혀 안 한다. 나는 한국에서 외국인을 만나면 먼저 이렇게 인사한다.

"안녕하세요?"

엄마를 사랑하는 아빠

'비정상회담' 방송 초반에 호주 다니엘, 로빈, 그리고 내가 한국말을 제일 못했다. 그래서 의도하지 않게 가만히 있는 역할을 많이 맡았다. 나의 조용한 캐릭터는 한 번의 멋진 말로 확 바뀌었다. 육아 이야기가 나왔을 때였다. 그 당시만 해도 결혼은 했지만 아이는 없어서 육아를 피부로 실감하지 못했을 때였다.

"어떤 아빠가 되고 싶어요?"

그 질문을 듣자마자 내 머릿속에 떠오른 생각이 바로 입 밖으로 튀어나왔다.

널
보러
왔어

"무엇보다 첫 번째로 엄마를 사랑하는 아빠가 되고 싶어요."

내 말을 듣던 전현무 씨는 "이런 멘트는 준비하고 오는 거냐?'라고 질문했고, 나는 "우리 아빠도 엄마를 많이 사랑하는 모습을 보였고, 그 모습이 좋아 보였다. 나 역시 그런 아빠가 되고 싶다"고 말했다. 그때부터였다. 내가 '사랑꾼' 알베가 된 것이.

엄마를 사랑하는 아빠. 쉽고도 어려운 길이다. 모든 아빠들이 그렇겠지만 나 역시 레오가 태어나기 전에 어떤 아빠가 되고 싶은지 그려본 적이 있다. 아빠 역할이 처음이니 막막하기만 했다. 문득 우리 아빠가 떠올랐다. 세 형제를 키워낸 아빠는 훌륭한 내 롤 모델이라는 생각이 들었다. 아빠에게 내 고민을 털어놓으니 두 가지를 말씀하셨다.

아빠는 부모란 토마토 작물의 지지대와 같다고 말씀하셨다. 아직 여린 토마토 줄기는 바람에 쉽게 흔들려 반드시 지지대를 옆에 꽂고 묶어 줘야 한다. 지지대 덕분에 토마토 줄기는 거친 비바람을 이겨낼 수 있고 곧게 자란다. 하지만 일정 시기가 지나면 지지대를 뽑아야 한다. 지지대를 그대로 두면 토마토는 지지대에 의지하느라 제대로 자랄 수 없다. 마찬가지로 부모가 자식을 계속 곁에 두고 싶어 한다면 그 자식은 성인으로 홀로 설 수 없다.

우리 아빠는 또, 완벽한 부모가 될 필요는 없다고 말씀하셨다. 완벽한 부모가 되려고 노력하는 사람은 있지만 완벽한 부모는 이상理想 속에나 있을 뿐이라고 했다. 아이에게 완벽한 부모보다 언제나 의지할 수 있는 부모가 필요하다. 자식이 지치고 힘들어 할 때 기꺼이 무릎을 내어 주어 쉴 자리를 마련해 주는 그런 부모.

그로부터 2년 후 레오가 태어나면서 나는 진짜로 '아빠'가 됐다. 그때부터 아내와 나는 우리가 예상했던 것보다 3,000배는 힘든 육아 과정을 겪었다. 아기를 키워 보신 분들은 공감하시리라. 왜 아기는 밤에 잠을 잘 자지 않는지, 왜 이유 없이 우는지, 왜 때때로 아픈지. 아기는 그 자체로 정말 사랑스럽지만 때로는 고통스러울 정도로 부모의 헌신을 요구한다. 그리고 무엇보다도 말이 안 통한다! 아기 레오와 우리는 이탈리아어로도, 한국어로도 소통할 수 없기에 때로는 답답했다. 도대체 왜 우는지 알 수가 없다.

때로는 육아 방식을 두고 아내와 옥신각신 한 적도 있다. 레오가 돌이 막 지나서 분유를 끊고 우유를 줄 시기가 왔다. 나는 아내에게 우유를 끓여서 주자고 했고, 아내는 말도 안 된다며 이제는 생우유를 먹여야 할 시기라고 했다. 이탈리아에서는 배앓이를 방지하기 위해 아기에게 우유를 한 번 끓여서 준다. 이탈리아에서는 이게 상식이다. 그런데 자꾸 아내가 레오에게 생우유를 주려고 하길

래 설전을 벌이다가 각자 인터넷에서 검색해 보기로 했다. 아내는 네이버에서 검색했고, 나는 이탈리아 검색 엔진을 이용했다.

검색 결과는 놀랍게도 서로 달랐다. 네이버에서는 '생우유를 먹여도 된다'고 했고, 이탈리아 검색 엔진에서는 '생우유를 먹이면 안 되고 끓인 우유를 먹여야 한다'고 했다. 아주 사소한 일이었지만 이 작은 사건은 육아에 대한 우리의 시각을 바꿔 놓았다. 우리의 결론은 '정답은 없다'였다. 세상에는 수많은 문화가 있고, 그 문화마다 다른 방식으로 아이를 키운다. '이래야만 한다'는 수많은 당위들이 우리의 육아를 힘들게 하는 건 아닐까? 그 이후로 우리는 좀 더 마음을 내려놓고 육아를 즐기기 시작했다.

가족과 더 오랜 시간을 함께하기 위해 방송 일을 택했지만 모두 내 맘대로 되는 건 아니다. 들쭉날쭉한 촬영 스케줄, 혹은 지방 촬영 때문에 며칠 동안이나 가족의 얼굴을 보지 못한 적도 있다. 이때는 영상 통화를 하기도 하고, 그것조차 여의치 않을 때는 휴대폰에 저장된 아내와 레오의 사진을 본다. 존재 자체로 나를 행복하게 한다.

새벽 촬영을 마치고 겨우 눈을 붙이려고 집에 돌아오면 꼭 이럴 때 레오가 놀아 달라고 조른다. 레오 입장에서는 오랜만에 아빠를 만났으니 신나겠지. 아들 녀석인 레오는 항상 에너지가 넘친다. 아내는 레오의 에너지를 감당하지 못한 지 오래다. 나도 쉬고 싶지만, 아내는 그동안 홀로 육아를 책임지느라 다크서클이 팬더처럼 내려왔다. 그 얼굴을 보고 있노라면 쉬고 싶다는 말이 쉽사리 나오지 않는다.

"레오, 아빠 잡아 봐."

레오는 까르르 소리를 내며 나를 잡으려고 뛰어다닌다. 눈꺼풀은 감길 것 같지만 레오를 바라보며 숨을 고른다. 레오와 몸으로 놀아 줘야 하는 사람은 바로 나다. 좋은 아빠가 되는 길은 결코 쉽지 않다는 걸 매번 느낀다. 특히 이렇게 피곤할 때는 더더욱.

잠자리에 들 시간이 되면 나는 레오와 협상 과정을 꼭 거쳐야 한다. 동화책을 한 권만 읽고 코 자자고. 영화에서 보면 아빠는 아이에게 동화책을 한 권 읽어 주고 아이는 그 한 권이 채 끝나기도 전에 스르륵 잠이 들던데, 현실은 전혀 그렇지 않다. 일단 레오는 동화책을 다섯 권쯤은 가져오고 다섯 권을 모조리 다 읽어 줘도 쉬이 잠들지 않는다. 다시 놀이방에 가서 책을 더 가져온다. 대체 이걸 몇 번이나 반복해야 하는지, 왜 쉽사리 잠들지 않는 것인지 아내에게 물은 적이 있다. 무심하게 아내가 던지는 한마디에 무릎을 탁

널
보러
왔어

370

쳤다.

"자기 전에 넷플릭스 한 편만 보고 잘 수 있어? 궁금해서 서너 편은 봐야 하잖아. 그러고 나서 잘 시간이 지나서 겨우 잠이 들지. 레오도 마찬가지라고."

때로는 촬영을 마치고 한밤중에 집에 들어온다. 가족들이 잠에서 깰 것 같아서 살금살금 집에 들어오면 아내와 레오는 곤히 자고 있다. "넌 잘 때 제일 예뻐"라고 농담 삼아 말하지만 아내는 내 마음을 알까 모르겠다. 아내가 자고 있을 때면 얼굴을 빤히 바라보며 우리의 오랜 인연을 떠올린다. 중국에서의 첫 만남, 아내를 따라서 시작한 한국 생활, 결혼, 그리고 우리 아이 레오까지. 그 소중한 시간들을 함께해 줘서 항상 고맙다.

아침에 별 스케줄이 없으면 내가 아침식사를 준비한다. 그다지 거창할 건 없지만 평소에 육아로 지친 아내에게 주는 작은 성의 표시다. 좋은 아빠가 되고자 하는 아빠들은 많겠지만 아직까지 '엄마를 사랑하는 아빠'는 흔치 않은 것 같다. 아이들은 부모를 보고 배운다. 아빠가 엄마를 사랑하고 존중하는 모습을 보이면, 아이도 자연스레 부모를, 형제를, 그리고 본인을 사랑하고 존중하게 된다.

레오를 위해서 '엄마를 사랑하는 아빠'가 되고자 한 것은 아니다. 나는 그저 내 아내를 사랑한다.

아차! 베이징에서 헤어지기 전날, 어학용 카세트에 이탈리아어로 내 마음을 녹음한 그때. 비밀이라며 말하지 않고, 언젠가 우리가 다시 만나면 알려 준다고 말했는데, 생각해 보니 아직도 그 말을 아내에게 하지 못했다. 실은 그때 내가 조용히 녹음했던 말은 이랬다.

"나는 우리가 꼭 다시 만날 수 있을 거라고 생각해. 내가 한국에서 널 만나게 되면 이렇게 말할 거야. '널 보러 왔어 Tutto solamente per vedere te'라고⋯."

에필로그
네가 놓치는 모든 것은 잃어버린 것

봄맞이 대청소를 하다가 책장 밑에서 오래된 일기장 한 권을 발견했다. 열어 보니 대학 시절의 소소한 일상과 여행 이야기로 가득 채워져 있다. 거기에는 지금의 나와는 다른 내가 있었다. 만나면 보는 것이라 생각해 약속을 좀처럼 잡지 않는, 보헤미안 기질이 다분한 대학생이 있었다. 이 책의 주인공인 알베르토가 중국에서 유학 생활을 했던 그해에 나 역시 배낭 하나를 메고 실크로드를 걸었다. 싸구려 초대소에서 잠을 자고, 길거리 음식을 먹으며 배를 채우고, 딱딱한 기차 의자에 앉아서 여행기를 써 내려갔다. 나는 5달러로 하루를 버티는 '오불 생활자'였다. 일기를 읽다 보니 그 시절 야간열차 안에서 MP3로 들었던 음악이, 호스텔에서 만났던 동행들이 떠올랐다.

현재의 나는 그때 전혀 상상하지 않았던 삶을 살고 있다. 계획에 없던 배우자가 곁에 있고, 두 아이가 있기도 하다. 책 작업 막바지에 알베르토가 이런 말을 했다. "10년 후를 그리라고요? 세상에서 가장 바보 같은 질문이에요. 계획대로 되어 가는 삶이 어디 있나요?" 한국의 일부 대기업들이 입사 지원자에게 10년 후 미래를 이야기해 보라고 질문한다는 말에 이해할 수 없다는 표정을 지으며 한 말이다. 나도 그의 말에 동의한다. 내 삶도 그러했으니.

인생은 계획대로 되지 않는다. 모든 것을 통제하고 계획하려고 해도 예상을 빗나가는 일들이 분명 있다. 그럼에도 불구하고 우리는 어린 시절부터 미래를 계획하라고 강요받는다. 인생의 밑그림을 그리고, 그 모든 면을 꼼꼼히 색칠하라고 한다. 자기계발의 굴레가 가혹한 이유는 본인 스스로 그 가혹함을 깨닫지 못함에 있다. 그러다 보니 과로에 시달리고 때때로 방향을 잃는다.

나는 20대에 용감하게도 최대한 여백을 많이 남기는 삶을 택했다. 그런데 어째서 삶의 여백을 주는 마음의 여유를 잃어 버렸는지 도통 기억이 나지 않는다. 20대 후반이 되자 마음이 조급해졌고 남들처럼 살고 싶어졌다. 나를 버리고 남들처럼 사는 일은 굉장히 어려운 일이라는 것을 그때는 몰랐다. 그렇게 취직을 하고, 결혼을

널
보러
왔어

하고, 몇 년을 주저한 끝에 아이를 낳기로 결정했다. 첫 아이를 낳았을 때만 하더라도 나의 목표는 하나였다. '경력을 단절시키지 말자.' 그런데 계획에 없던 둘째 아이를 낳고 키우는 동안 내 삶의 방향도 조금 달라졌다. 쉬어 간다고 해서 망한 인생은 아니란 걸 깨달았다. 아이들은 언제나 예쁘고 사랑스러웠다. 나는 30대 후반이 돼서야 아이들을 키우며 삶의 여백을 다시금 고민하게 됐다.

'Ogni lasciata è persa.네가 놓치는 모든 것은 잃어버린 것.'

이탈리아의 격언을 읽으며, '잃어버린 10년'을 떠올렸다. 그동안 너무나 많은 것을 통제하고 계획하려고 들면서 인생의 아름다움을 놓치고 말았다. 며칠 전 그 일기장을 다시 펼치며 피식 웃었다. 그 시절의 내가 그립기도 하고 부럽기도 했다. 그래도 다행이다. 지금이라도 여백을 다시 찾게 돼서 말이다. 20대에 가졌던 여백과는 또 다른 여백이 되겠지만 그래도 다행이다.

아직은 아이들이 너무 어려서 엄마가 무슨 말을 하는지 이해하지 못하겠지만 말귀를 알아듣는 그때가 오면 꼭 안고 들려주고 싶다.

"애들아, 힘들기 전에 쉬어 가자. 그리고 언제나 우리, 현재를 살자."

이세아

널
보러
왔어